巧讀 隋唐演義

（清）褚人穫◆原著　高欣◆改寫

余秋雨 推薦

經典著作優秀改寫，全白話無障礙讀本，

內含精美手繪插圖，人物、典故、成語、知識點隨文注釋，

是一本適合青少年閱讀的國學入門書。

我们也许逃不过这样的荒诞：阅读极其泛滥又极其荒凉，文化极其堵塞又极其贫乏。

这里倒有一条安静的自救小路：趁年轻，放松心情读一点经过选择的经典。

余秋雨

目錄

經典

梅子涵

成年人文化多，知道得多，上下五千年，心裡著急，恨不得把一切有價值的書都搬來給小小的孩子看。

成年人關懷多，責任多，總想著未來幾千年的事，恨不得小小的孩子們都能閱讀著幾千年的經典，讓未來因為他們的經典記憶風平浪靜、盛世不斷，給人類一個經久的大指望。

我們要說，這簡直是一個經典的好心腸、好意願，唯有稱頌。

可是一部《資治通鑑》，如何能讓青少年閱讀？即使是《紅樓夢》，那裡面也是有多少敘述和細節，是不能讓孩子有興致的，孩子總是孩子，他們不能深，只能淺，恰是他們的可愛；他們不能沉湎厚度，而只可薄薄地一口氣讀完，也恰是他們蹦蹦跳跳的生命的優點，絕不是缺點！

這樣，那好心腸、好意願便又生出了好靈感、好方式，把很長的故事變短，很繁複的敘述變簡單，很滔滔的教誨變乾脆，很不明白的哲學變明白，於是一本很厚很重的書就變薄變輕了。是的，它們已經不是原來的那一本那一部，不是原來的偉岸和高大，但是它們讓孩子們靠近了，捧得起來了，沒讀幾句已經願意讀完了。於是，一種原本是成年後正襟危坐讀的書，還在小時候沒有學會把玩耍的手洗得乾乾淨淨的時候，已經讀將起來，知道了大概，知道了有這樣的經典和高山，留在他們的記憶裡當個「存目」，等他們長大了以後再去正襟危坐地讀，探到深度，走到高度，弄出一個變本加厲的新亮度來，當成教授和專家。而如果，長大了，實在忙得不可開交，養家糊口，建設世界，沒有機會和情境再閱讀，那麼那小時候的閱讀和記憶也已經為他的生命塗過了顏色，再簡單的經典味道總還是經典的味道，你說，一個人在童年時讀過經典改寫本，還會是一種羞恥嗎？還會沒有經典的痕跡留給了一生嗎？

所以經典縮寫本改寫本的誕生，的確也是一個經典。

它也許不是在中國發明，但是中國人也想到這樣做，是對一種經典做法的經典繼承。經典著作的優秀改寫，在世界文化先進、關懷兒童閱讀的國家，是一個不停止的現代做法，是一個很成熟的出版方式，今天的世界說起這件事，已經絕不只是舉英國蘭姆姐弟的莎士比亞戲劇的例子了，而是非常多，極為豐盛。

所以，我們也可以很信任地讓我們的孩子們來欣賞中國的這一套「新經典」，給他們一個簡易走近經典的機會；而出版者，也不要一勞永逸，可以邊出版邊修訂，等到第五版第十版時簡直沒有缺點，於是這個品種和你的出版，也成長得沒有缺點。那時，這一切也就真的經典了。連同我在前面寫下的這些叫做「序言」的文字。

為孩子做事，為人生做事，是應該經典的。

導讀

《隋唐演義》是一部歷史小說，同時也是一部英雄傳奇。它以隋朝滅亡與大唐建立的歷史為背景，塑造了數十個鮮活生動的英雄形象，講述了一段激盪人心的傳奇故事。

隋朝末期政治黑暗，社會動盪不安。在此期間，湧現出一大批亂世英雄，他們以文韜武略反抗暴政、逐鹿中原，共同開創了中國的大唐盛世。自宋以來，這些英雄傳奇就一直在民間廣為流傳。以此為素材的文藝作品層出不窮，其中影響最大的，有明代的《隋唐兩朝志傳》《隋煬帝豔史》《隋史遺文》《大唐秦王詞話》《混唐後傳》等等。到了清代，江蘇長洲（今江蘇蘇州）的文學家褚人穫對這類作品進行了全面梳理，並參考唐宋傳奇的材料，廣收博采、精心編撰，將風起雲湧的隋唐故事提煉成一部《隋唐演義》。這是一部集大成之作，它幾乎將古籍和傳說中的相關史實、軼聞、雜說一網打盡，並完美地融合在一起，枝節清晰、雜而不亂，形成有機的藝術整體。這使得《隋唐演義》超越了所有同類題材的小說，被譽為清代「歷史演義小說最優秀的一部」。

褚人穫（一六三五—？），字稼軒，又字學稼，號石農，在清初文人圈中聲望甚高。褚人穫一生沒有走入仕途，而是醉心於涉獵野史軼聞專事寫作。著作頗多，傳世的有《堅瓠集》《讀史隨筆》《退佳瑣錄》《聖賢群輔錄》等，《隋唐演義》是其代表作。

《隋唐演義》主要由三部分構成：一是以隋煬帝和朱貴兒為中心的隋末宮廷軼事，二是以秦瓊、單雄信、程咬金為代表的草莽英雄反抗暴政的鬥爭傳奇，三是以唐明皇和楊貴妃為中心的唐代宮廷愛情故事。第一部分和第三部分，被作者處理成「兩世姻緣」，成為全書情節的副線，不過這兩部分的藝術成就都無法和第二部分相比。第二部分以描繪亂世英雄為主線，情節緊湊曲折、振奮人心、引人入勝。這些英雄人物，每個人都面目清晰、個性分明，並且身懷絕技，頗具傳奇色彩，本書對他們的著力描寫，使他們成為民間世代傳頌的經典英雄形象。這也是《隋唐演義》能夠流傳至今並且經久不衰的主要原因。

在思想觀念上，《隋唐演義》存在著一些不足。書中有較大篇幅的道德說教，對愚忠行為大加渲染等等。在情節處理上，有些地方繁簡不當讀之無味，或連接生硬不夠自然。此次新版的精縮白話本，在原著的基礎上進行了精簡和加工，提煉出全書最精華的部分，目的就是為了讓讀者在較短的時間內，更為輕鬆地領略這部經典小說的精彩和價值。

第一回　秦彝戰死沙場

時光流逝，朝代更迭。兩晉覆滅之後，中國進入南北朝時期。南朝歷經宋、齊、梁、陳四個朝代，而北朝則分裂為北齊、北周。北周國主野心勃勃、勵精圖治、富國強兵，一心想吞併北齊統一北方。

當時北周軍中有一對兄弟，名叫楊忠、楊林。兩人武藝出眾、用兵如神。尤其是楊林，不但長得一表人才，而且力大無窮、武藝精湛，手中一對囚龍棍足有一百五十斤。北周國主封楊林為帥，領兵六十萬攻打北齊。

楊林一路攻無不克，戰無不勝，很快就打到了北齊重鎮濟州城。濟州城守將名叫秦彝（ㄧˊ），也是一名勇將。他的父親晉陽武衛大將軍秦旭，在抵抗周兵進攻時為國捐軀。秦彝得知後傷心欲絕，立志手刃仇敵為父報仇。北齊國主派來協助守城的丞相高阿那肱，見楊林勢大早已心生懼意，勸秦彝投降北周被斷然拒絕，表示「秦彝父子，誓死衛國」！嚴令手下堅守城門。

秦彝心知此次楊林大兵壓境凶多吉少，便回房與夫人訣別，讓她帶著孩子快走。話還沒說完，就有手下來報說高阿那肱已經打開城門放周兵進來了。秦彝一聽，氣得火冒三丈，提起渾鐵槍就衝了出去。周兵人多勢眾，如決堤洪水般撲面而來。秦彝催動戰馬衝入敵營，一支渾鐵槍舞動如風，一時不知殺了多少齊兵。齊兵見他十分勇猛，嚇得四散奔逃。

楊林見秦彝武藝精湛，心裡十分欣賞想勸他投降，秦彝卻寧死不降。楊林驅馬殺了過去，兵丁見到楊林衝鋒陷陣、氣勢如虹，紛紛湧上前擊殺秦彝。秦彝雖然勇猛，可是只帶了幾百人，怎麼可能擋得住千軍萬馬，直殺得渾身是血、筋疲力盡，部下全部戰死。楊林又勸秦彝投降，秦彝堅決不從，大喊一聲「無力回天」，手持短刀又殺了幾個敵人，之後自刎身亡。

濟州城失守，秦彝戰死，秦夫人強忍悲傷簡單收拾東西帶著兒子逃了出來。到了一處荒僻的小巷，秦夫人見四周寂靜無聲，家家大門緊閉，正不知如何是好，此時就聽到一戶人家有小孩的哭聲傳出來，秦夫人忙過去敲門。開門的是一位婦人，在她身後還有個兩三歲的孩子。那婦人見秦夫人雖然十分狼狽但相貌不凡，便知不是等閒之輩，忙招呼秦夫人進屋。秦夫人見這個婦人爽朗大方，心想應該不是壞人，就告之以實情。婦人聽了她的遭遇十分同情，就讓秦夫人母子在自己家中暫避。這婦人姓莫，丈夫早年死在了戰場上，她一個人辛辛苦苦地帶著兒子程咬金生活。

楊林得勝而回，北周國主十分高興。楊忠有個兒子，名叫楊堅。他出生的時候，母親呂氏恍惚看見一條龍從肚子裡飛出直上雲霄。楊堅生下來後，目如朗星熠熠生輝，手上紋路奇異，隱隱是個「王」字。楊忠夫婦十分高興，心知這個孩子將來一定大有作為。

一天，一個老尼姑對呂氏說：「這個孩子至尊至貴，但想要長成必須和父母分開，不知道您願不願意將他交給我撫養。」呂氏聽了，心裡非常不捨，但為了孩子的前程還是忍痛答應了，於是老尼姑就將楊堅帶去了尼姑庵。尼姑庵裡只有老尼姑一個人，所以她每次有事出去，都將楊堅託付給鄰居照看。那天老尼姑外出，鄰居抱著楊堅逗弄。忽然，楊堅頭上竟冒出了兩隻犄角，全身長滿了鱗片。鄰居嚇得渾身發抖，大叫一聲「怪物」，便把楊堅扔到了地上。這個時候，老尼姑恰巧趕了回來，抱起楊堅遺憾地

秦彝堅決不從，大喊一聲「無力回天」，手持短刀又殺了幾個敵人，之後自刎身亡。

說：「被你這一嚇，他的皇帝都要晚做幾年了。」

過了幾年，楊堅長大成人，老尼姑將他送回了楊家。後來楊忠生病過世，隋公的爵位就歸了楊堅。

周武帝生性多疑。他見楊家勢大，很多人追隨楊堅，再加上楊堅相貌奇異不像凡人，就派了很多人去給楊堅算命。那些術士看了楊堅的面相，知道他以後貴不可言，紛紛為楊堅說好話。楊堅知道周武帝懷疑自己，為了安他的心，也為了防止自己失寵，就將自己的一個女兒嫁給了當時的太子。周武帝果然放下心來，他忘了當初的王莽❶用的也是這個招數。周武帝死後，太子登基做了皇帝，就是宣帝，而楊堅以國丈的身分輔政獨攬大權。宣帝和他父親不同，他性格懦弱根本無法駕馭楊堅，楊堅的權勢也就越來越大。後來宣帝病死，八歲的周靜帝繼位。

西元五八一年，楊堅自覺羽翼已豐，便廢掉周靜帝，改國號為隋，自己當上了皇帝。妻子獨孤氏立為皇后，長子楊勇為太子，次子楊廣封為晉王，叔叔楊林為靠山王。

楊堅的兒子楊廣出生時，其生母獨孤皇后也做了一個夢：恍惚之間，屋子內閃爍著紅色，鮮豔奪目，她的肚子裡轟隆隆傳出一聲雷鳴般的巨響，一條金龍忽然從腹中飛了出來。龍越變越大、越飛越高，盤旋飛舞、英姿勃發。正在這時，天空中忽然吹來一股狂風，那條金龍抵擋不住，竟然從天上掉了下來，抖了幾下尾巴又變小了。再仔細一看，這哪是龍，分明是隻老鼠，只是個頭十分大，幾乎和黃牛不相上下。獨孤皇后被這隻巨鼠一嚇，猛然醒了過來，楊廣就出生了。

獨孤皇后將這個夢講給隋文帝聽，不過並沒有全說，只說夢見金龍飛天。隋文帝非常高興，給兒子起了個小名，叫做阿摩❷。獨孤皇后也很高興，又讓取個大名，隋文帝說：「帝王必須要英明才行，不如叫楊英。」一想想覺得不好，又說：「英明不可或缺，但胸襟也一定要寬廣，還是叫楊廣吧。」

楊廣自小知道這個吉兆，覺得自己既是條龍，怎麼也不該屈居人下，一輩子只當個平庸的王爺。雖然太子之位已經是兄長楊勇的了，不過他仍覺得自己最後一定能當上皇帝。為了這一目標，楊廣謹言慎行，一直表現得非常優秀。他知道獨孤皇后善妒，最見不得男人三妻四妾，十分反感太子貪戀女色、寵愛姬妾的行為，所以時時裝出一副君子模樣，把自己的野心藏在了仁厚孝順的表象之下。除此之外，他還廣交大臣，並且親自上陣殺敵。而這次他的目標是南方的陳朝。

---

❶【王莽】（西元前四十五年—西元二十三年），西漢末年，他在輔政期間，爲了鞏固權力將女兒嫁給平帝做皇后。後來毒死平帝自己做了皇帝。在西元八年，取代漢朝建立新朝。

❷【阿摩】取義摩天，緊臨著天，極高的意思。

第二回　楊廣伐陳

當時隋朝已經佔領了北方的大部分地區，不久就開始覬覦江南的陳朝。陳朝皇帝陳叔寶雖然自幼聰慧，可是南方奢靡之風盛行，陳後主生活安逸、耽於享樂。他熱衷於詩詞歌賦，完全不把朝政放在心上。陳後主封那些「文人雅士」為高官，每日跟他們飲酒、作詩。為了增添樂趣，陳後主還選了很多年輕漂亮、懂得詩文的宮女做「女學士」，和他們一起玩樂。陳後主有兩位寵妃，一位是孔貴妃，一位是張麗華，據說兩人容貌姝麗、傾國傾城。陳後主因為喜歡張麗華，連國家大事都願意讓她處理。陳後主嫌皇宮陳列簡樸，便讓人在宮中大興土木，在臨光殿前建了三座富麗堂皇的樓閣，分別命名為望仙、結綺、臨春。閣樓設計得精美絕倫、巧奪天工。三座閣樓外邊鑲嵌著珍珠玉石，在陽光下熠熠生輝如同仙境。閣樓建好後，陳後主安排妃子入住，並時常邀請宰相江總、尚書孔范等十多人在裡面飲宴。嬪妃和朝臣一起喝酒，一起寫詩作賦彼此應和。陳後主將那些淫詞豔曲配上曲調，由一千多個貌美的宮女演唱，如此遊樂經常夜以繼日。

隋文帝一直野心勃勃地想要統一南北，他聽說陳後主每日花天酒地、醉生夢死、不理朝政，便決定出兵攻打陳朝。晉王楊廣知道後主動請纓伐陳，隋文帝封他為兵馬大元帥、陳素為副元帥、高熲為長史❶、李淵為司馬❷。據說李淵天生異相，胸有三乳，能征善戰，使得一手好弓箭，曾在戰場上連發七十二箭箭無虛發。

隋朝大軍直撲江南，邊關的緊急文書雪片般送到宮裡，可陳後主不知醒悟仍舊每天享樂，還下令修建大皇寺。那座七層高的佛塔還沒完工就被隋朝燒毀了，陳後主知道後並不覺得害怕，只是可惜大皇寺還沒建成，一味繼續飲酒作詩。隋軍步步緊逼，打到長江邊的時候，陳後主正忙著籌備一年一度節日慶典，他對臣下說：「不用擔心，王氣在我這兒。」尚書孔范附和說：「就是，我們有長江天險作屏障，隋朝的人除非會飛，要不然絕不可能過來。」

隋軍雖不會飛，但仍渡過了長江。陳後主聽說後，不慌不忙地派蕭摩訶、魯廣達率兵迎敵。結果蕭摩訶戰死，陳軍大敗，隋軍一路攻到了建康❸城下。陳後主這才知道害怕，可是除了哭，他已什麼也做不了了。他匆匆忙忙跑到後宮，拉著張麗華和孔貴妃躲進了景陽樓下的

❶【長史】負責帥府內政的屬官。
❷【司馬】南北朝時期的司馬，地位僅次於將軍，職能相當於現在的參謀長。
❸【建康】位於現在的南京境內。

一口枯井裡。當時為了找他，隋軍幾乎把皇宮翻了過來，最後就剩下那口枯井了。隋兵在井口問下面有沒有人，陳後主當然不敢出聲。隋兵就說不如找些石頭把井填了，這樣就不用麻煩了。陳後主一聽，連忙出聲討饒。於是隋軍往井裡送了一個籮筐要把陳後主拉出來，沒想到要好幾個人一起拉才拉得動。隋兵議論紛紛，有人說：「這個陳後主每天好吃好喝，必定吃成了個大胖子。」還有人說：「皇帝嘛，當然與眾不同，骨頭也比別人重。」最後拉上來一看，原來有三個人。

晉王楊廣以前為了得到皇位，每天裝模作樣地扮君子，既不貪錢也不貪戀女色。而現在天高皇帝遠，又聽說張、孔二妃是人間絕色，他就對長史高熲的兒子高

隋軍一路攻到了建康城下。

德弘說：「等抓到張麗華和孔貴妃，務必帶過來給本王見識一下。」

高熲從兒子那裡聽說這件事，十分惱火。他對李淵說：「晉王是元帥，怎麼可以貪戀女色？」李淵回答說：「這兩個女人確實是禍水，陳國之所以會亡國都是因為她們。現在連晉王也要被她們迷惑了，不如斬斷禍根斷了晉王的念頭。」高熲覺得很對，就將張麗華和孔貴妃殺了。

高德弘沒能把兩位美人帶給楊廣擔心受到責罰，他當然不會說父親的不是，只好把事情全都推到了李淵頭上，說：「李淵不顧我和父親的阻攔堅決要殺兩位貴妃，還說我和父親要用美人迷惑殿下，說我們包藏禍心。」楊廣一聽火冒三丈，把李淵大罵了一頓。李淵是隋文帝楊堅派來的人，此次伐陳又立了戰功，不能隨便就殺了他。可兩位美人的死仍讓楊廣心裡非常難過。

晉王楊廣此次大勝而回，完成了隋文帝的夙願，隋文帝喜不自勝，封楊廣為太尉、楊素為越公，其他有功的人也都各有封賞。可是楊廣因為怨恨李淵，所以多次在隋文帝面前說李淵的不是，結果李淵得到的封賞只是衛尉少卿一職，是所有人中賞賜最小的。不過李淵自認問心無愧，並不放在心上。楊廣這次立了大功，無論是權力還是聲名都得到了進一步提升。他手下有不少能人，其中最得楊廣看重的就是宇文述和張衡。這些人為了獲得擁立之功，一方面極盡所能放大楊廣的野心，一方面絞盡腦汁為他出主意。

宇文述給楊廣獻了三條妙計，用以剷除楊勇幫助楊廣得到太子之位。分別是苦肉計、揭發檢舉和賄賂大臣。先是苦肉計，楊廣一直盡心竭力地侍奉獨孤皇后，獨孤皇后因此非常疼愛他。楊廣的封地在揚州，他在回封地之前去拜別皇后的時候趴在地上大哭。獨孤皇后忙問：「出了什麼事，為什麼哭？」楊廣哽咽著說：「兒子是個蠢人，只知道孝順父皇母后，所以時常派人向您和父皇問安[4]，一點忌諱都不知道。結果兄長說我居心叵測想要取而代之，三番兩次地想要陷害我。我這次去了揚州，不知道還能不能回來，也許這是我們母子最後一次見了，想到這就忍不住哭了，母后用不著為我憂心。」獨孤皇后一聽，心裡又氣又急，說道：「你不要哭，我知道你是真心孝順我，太子這個人，自己不顧父母，還不准別人陪我。我現在還在呢，他就全無顧忌地欺辱你，等我死了更不知道如何。那個身分卑微的雲氏是個什麼東西，他當寶貝似的寵著，如若讓他做了皇帝，你豈不是還要給雲氏的兒子低頭？」楊廣聽了獨孤皇后的話，更是哀哀大哭。皇后勸慰了他一番讓他回去，還跟他說：「你放心，母后絕不會讓你被人欺負。」

再是賄賂大臣和揭發檢舉。宇文述先是買通了太子楊勇身邊的親近侍從姬威，讓他緊盯楊勇的一舉一動並隨時報告。另外，宇文述還在楊約身上砸了重金，讓他遊說兄長楊素支持晉王楊廣。當時在滿朝文武中楊素的威信最重，他的一句話抵得上別人十句。因為楊廣在朝臣心目中的形象一直很好，不好酒色、謙恭有禮、勤勤懇懇，唯一的缺陷就是不是長子。可是作為長子的楊勇，他的表現卻實在讓人看不下去，不但軟弱無能，而且不理政事，每天只知道在家中和小妾飲酒作樂。隋文帝和獨孤皇后為此訓斥了他很多次，可楊勇完全不放在心上，依舊每天醉生夢死。楊素轉投楊廣麾下之後，逮到機會就會在隋文帝面前稱讚楊廣，說他如何賢德、如何孝順。獨孤皇后早就對大兒子失望了，得知楊素的立場後，暗中送去重金作為酬謝，並讓楊素在隋文帝面前數落楊勇的錯處，楊素一一照辦。此外，楊廣還賄賂了不少宮人、大臣，讓他們時不時地說些楊勇的不是。

隋文帝原本就擔心楊勇資質不足難以掌控天下，又總有人在他面前說楊勇不合適。最終在開皇二十年十月下令，廢除楊勇的太子之位，貶為庶民，十一月改立晉王楊廣為太子。

❹【問安】對長輩的起居、身體的詢問。

第三回　隋文帝做夢

楊廣得了太子之位之後志得意滿，心想李淵還有幾分本事，與其讓他成了自己的敵人，不如把他拉攏過來也是一大助力。更何況想要除掉這個人不必急於一時，等自己做了皇帝，想怎麼樣還不是一句話的事。於是他派人給李淵送了不少金銀珠寶，可是李淵卻說自己無功不受祿，把東西退了回來。楊廣因此火冒三丈，可一時也抓不著李淵的把柄。

隋文帝的第四個兒子，蜀王楊秀，因為不滿楊廣得了太子之位，三番兩次給楊廣製造麻煩。楊廣擔心楊秀威脅到自己的地位，派楊素在隋文帝面前污衊楊秀，於是隋文帝將楊秀貶為庶民。對於楊廣的兩個敵人，李淵上書說：「楊勇和楊秀就算有錯，到底是皇帝的兒子，降低品級封號也就是了，貶為庶民有些重。」隋文帝雖然沒有採納，但也沒有責罰李淵。楊廣因此愈發記恨李淵，不知道找什麼辦法才能除掉這眼中釘。

有一天晚上，隋文帝做了一個夢，他夢見自己站在長安城上，身邊還有三棵大樹。他正在向外張望，忽然洪水鋪天蓋地地湧來，幾乎要將長安城淹沒了。他嚇得六神無主，猛然間

醒了過來。

隋文帝疑心特別重，自從做了這個夢之後，時常揣測那是不是危及江山的凶兆。他原本想的是，名字中有水的人會危害國家社稷❶。當時的郕國公李渾，不但名字中有水，而且郕國公的「郕」，有「城」的意思，合起來就是大水淹城。隋文帝想到這兒，尋了個錯處將李渾一家五十多口全都殺了。

楊廣他們想到這件事，就定出一條毒計來。

沒過多久，流言蜚語傳遍了街頭巷尾，說「楊氏滅，李氏興」「桃李子，有天下」。流言傳到宮裡，隋文帝想到夢中那三棵樹都是結了果子的，樹就是木，樹上的果子就是木的孩子，木子合到一起可不就是個李字，看來單單殺掉李渾一家還遠遠不夠。術士安伽陀收了楊廣的賄賂，勸隋文帝殺了天下所有姓李的人。當時丞相高熲有個叫李密的好友，他不忍朋友無辜受害，就勸隋文帝說：「天下姓李的人多如牛毛，豈能全都殺了？不如把朝中姓李的官員全都外放，他們掌不了權也就無法做出危及江山的事了。」於是朝中的李姓官員，紛紛辭官，李淵也因此逃過一劫。他辭去當時的官職，去太原做了郡守。

楊廣見李淵只是被貶去了太原，很不甘心又把宇文述等人找來商議。宇文述說：「殿

❶【社稷】古代帝王、諸侯所祭的土神和穀神，後來成了國家的代稱。

下，臣倒是有個辦法，保管能將李淵斬草除根。」楊廣聽了，馬上追問是什麼辦法。宇文述說：「屬下的兒子宇文化及武藝出眾，不如讓他扮成山賊，在李淵去太原的路上找個機會將他全家殺乾淨了，殿下覺得怎麼樣？」楊廣一聽哈哈大笑，說：「確實是個妙計，就按你說的做。若真能殺了李淵，我一定不會虧待你。」於是，宇文述讓兒子立即動身到潼山埋伏等李淵一家到來。

李淵得了太原郡守的差事，根本不敢在京城停留，簡單收拾了一下行李就帶著家眷、家丁上路了。當時正是中秋，因為李夫人竇氏身懷六甲，所以一路上走得並不快。李淵讓長子李建成和族弟李道宗在前面開路，夫人的馬車走在中間。那天走到植樹崗，那裡地勢險峻，方圓數里都沒有人煙。忽然前方竄出幾十個大漢，各個黑巾遮面一身強盜打扮，嘴裡嚷道：「哥兒幾個最近手頭緊，想跟官爺們借些銀子用用。」李建成一聽，立即撥馬往回跑，嘴裡高喊：「不好了，父親，有強盜！」李淵大吃一驚，留李建成保護家眷，自己提著方天畫戟帶了二十個家丁趕過去。只見強盜們個個膀大腰圓且服飾統一，顯然不是普通的強盜。

李淵本想破財免災，可是那夥人其中一個見到李淵騎馬過來，忽然大聲喊道：「白馬上坐著的就是李淵，兄弟們，上。」說完當先催馬殺了上來。李淵雖然勇猛，但架不住盜匪人多，他帶著家丁砍殺了兩個時辰，家丁幾乎死傷殆盡，自己也漸漸力不從心，結果一招不慎被人從馬上打下來。李淵眼看就要沒命，偏偏李道宗和家丁被人圍著趕不過來。正在危急關頭，斜坡上猛然衝出一匹黃驃馬，馬上一個頭戴氈帽、手提金鐧的大漢，高聲喊道：「大膽盜匪！」話音未落，人已經衝到了，那人金鐧一揮就將一個賊人從馬上打了下來。這幫盜匪已經和李淵的人廝殺了兩個小時，眼看好事就要成了，偏偏橫生枝節。他們原本還慶幸只來了一個人，卻沒想到這人竟是員虎將，只一個照面就將自己的人斬於馬下。於是他們扔下李淵，開始圍攻這名壯漢，不料竟沒一個能在這人手上走過一招。領頭的一見這人太厲害，率先調轉馬頭跑了，手下見了也跟著逃了。

李淵在家丁的攙扶下從地上爬起來，讓人將那位被壯漢打倒的盜匪綁了。他心裡懷疑這幫盜匪有蹊蹺，盜匪圖的不過就是錢財，可這批人顯然是衝著自己這條命來的。果然，那賊人不住磕頭求饒，招認說：「此次要殺大人的是太子，剛剛的領頭人是宇文述的兒子宇文化及。」李淵一聽，嚇出一身冷汗。想起救了自己全家的恩人，忙走過去道謝，沒想到那個漢子已經調轉馬頭打算走了。李淵趕忙催馬趕上去，口中喊道：「英雄留步，英雄救我全家性命，對我李淵一家有天大的恩德，請留下姓名好讓我們有機會報答恩公的救命之恩。」那人回過頭，笑著說：「你不必謝我，我只不過趕上了。」說完騎馬走了。李淵受了別人大恩，無論如何不能連恩人的名字也不知道，一路騎馬追了下去，一直追了十幾里。那人實在熬不住，只得停下馬說：「唐公不要再追了，我姓秦，單名一個瓊字。」說完揮了揮手，一夾馬腹跑遠了。李淵只聽到一個瓊字，秦瓊揮手時伸出了五個指頭，李淵以為秦瓊排行老五，於是把瓊五這兩個字牢牢地記住了。

李淵見天色晚了也不敢再耽擱，掉轉馬頭準備回去和家人會合，沒想到前方忽然傳來馬蹄聲，一個人騎馬飛奔過來。李淵心裡一驚，直覺是宇文化及的人去而復返，從後背抽出一支箭射過去，那人應聲落馬。李淵和家人會合後，正說起這件事就來了一群農夫，圍著他哭嚷：「你是什麼人，我家大人和你有什麼仇怨，你為什麼要殺他？」李淵仔細一問，才知道自己射死的是個剛從京城做生意回來的生意人，名叫單雄忠，一時追悔莫及。解釋自己剛剛遇到劫匪，單雄忠騎馬飛奔過來，以為是劫匪的同夥，實在不是故意的，自己願意出些銀子安葬他，以後也會多做善事以彌補今天的過失。那些人見他一身武將的裝扮，知道自己惹不起，沒敢拿李淵的錢，抬起單雄忠的屍身就走了。

第四回　一文錢難倒英雄漢

救了李淵一家的秦瓊，字叔寶，小名太平郎，正是當年的北齊大將秦彝的兒子。秦彝死後，秦夫人帶著他逃了出去，被城裡一位姓莫的婦人收留，在那兒定居下來。叔寶和莫大娘的兒子程咬金從小玩在一起。叔寶長大後，身高一丈❶、寬肩窄臀、劍眉星目。他喜歡讀書、喜歡兵器，一對祖傳的金鐧足有一百三十斤使得虎虎生風。他性情豪爽，喜歡打抱不平，山東地界的許多好漢都將他視為朋友，大家經常行俠仗義，一起談論國家大事。

那年山東旱災，不少人都做了盜賊，秦母不想兒子也走這條路，於是託人給叔寶在歷城找了個捕頭的工作，朋友聽說叔寶做了捕頭，便合夥給他買了一匹黃驃馬。秦叔寶膽大心細、功夫又好，很快打響了名號，人送綽號「小孟嘗❷」。

---

❶【丈】一丈是三．三公尺。古人形容人身高是時候，常說「八尺」，「一丈」「丈二」之類的話。不過，那樣的身高是很少見的，僅僅是形容之辭。

那天替李淵解圍的時候，叔寶正和樊虎一起押解犯人去山西。看到盜匪傷人，叔寶讓樊虎先帶犯人下山，自己衝下去救人。兩人會合後，叔寶把事情跟樊虎一說，說到幕後主使是太子的時候，樊虎嚇出一身汗，忙說：「我們最好不要插手這樣的事，雖然是救人，但還是太莽撞了。我們還是趕緊動身，把這批犯人交接完馬上回濟州吧。」因為押解的犯人地點不同，叔寶是潞州，樊虎是澤州，所以兩天之後，兩人將行李一分就各自上路了。

叔寶將犯人帶到潞州衙門，沒想到負責和他交接的蔡刺史出去了，要過幾天才能回來。沒辦法，叔寶只得先找家旅館住下來。開始的時候，店老闆王小二還對叔寶非常熱情，好酒好菜地招待。可是一連幾天，那位蔡刺史都沒回來。叔寶高頭大馬，飯也吃的多些，沒幾天剛開始交的銀錢就不夠了。王小二於是找到叔寶讓他加錢，叔寶笑了笑，說：「抱歉，我這就拿給你。」誰知翻遍了行李也沒找出錢來，才知道分行李的時候錢都放在了樊虎那裡，這可怎麼辦？正著急呢，忽然在懷裡摸出了一包銀子，原來是秦母讓他買潞州絲綢做壽的錢，叔寶這才付了帳。

又過了幾天，蔡刺史終於回來了。叔寶滿心歡喜地趕去領取回批，沒想到他下跪的時候太急，扯動了蔡刺史的轎子，把坐在轎子裡的蔡刺史嚇了一跳，讓人狠狠地打了十大板。

第二天，秦叔寶帶傷去見蔡刺史，說自己是劉刺史的屬下來取回批的。劉刺史和蔡刺史是同年進士而且交情不錯，聽說叔寶是劉刺史的人，吩咐差役給叔寶三兩銀子做補償。交接完公文，叔寶回到店裡。王小二見到叔寶馬上衝過來要錢，算盤珠子一撥弄，就要十七兩。叔寶沒辦法，只得把那三兩給了他。王小二氣哼哼地說：「三兩，零頭都不到，你既然是官差，總不會賴我的錢吧。要不這樣，你的文書先放在我這裡，你什麼時候把帳清了，我什麼時候把文書還你。」

叔寶受了傷，本來應該好好休息，可是王小二擔心叔寶給不了錢，就吩咐夥計只給叔寶吃些殘羹冷炙，叔寶身上沒錢只能忍了。他和樊虎約好在潞州會合，於是每天去城外等他，但左等右等都等不到樊虎，叔寶只能歎口氣回了旅店，卻發現幾個人正在他的房間裡喝酒玩笑。原來是幾個珠寶商，給王小二添了些錢，王小二就把叔寶的房間給了他們。王小二見到叔寶，假惺惺地說：「秦兄弟，你住了這麼久，說起來和我的家人也差不多了，既然是家人可不能生氣啊。」

叔寶氣得火冒三丈，可實在沒有辦法，只得說：「小二哥說得是，我這個人皮糙肉厚，給個遮風擋雨的地方就行了。」王小二將叔寶帶去了一間四面漏風的柴房，地上鋪了些柴草就算是床了。叔寶長歎一聲坐在草鋪上。

---

❷【小孟嘗】孟嘗指的是孟嘗君，他是中國戰國四公子之一，齊國宗室大臣，門下有數千門客，以交友廣闊聞名。

那天晚上，叔寶還沒睡，忽然聽到門外有腳步聲，接著咔嚓一聲。叔寶以為是王小二讓人鎖了房門，忍無可忍，怒喝道：「你們覺得我會跑嗎？」沒想到外邊卻傳來一位婦人的聲音，「秦大爺小聲點。」竟然是店主王小二的妻子柳氏。叔寶說：「天這麼晚了，夫人來做什麼？我曾聽人說夫人十分仁善。」柳氏說：「秦大爺，我丈夫只是個俗人，不像大爺是個真英雄。我常跟他說不要斤斤計較，可他不但不聽還總是罵我。我沒什麼惡意，趁他睡了偷偷給你做了些吃的。」

秦叔寶這次落難，只有這位婦人施以援手，於是感動得落下淚來，說：「當年韓信落魄，淮陰漂母[3]常常拿些食物接濟他。今天你接濟我，我都不知將來能不能

地上鋪了些柴草就算是床了。叔寶長歎一聲坐在草鋪上。

拿千金來回報你。」柳氏說：「我只是個卑微的婦人，從沒想過要得到你的回報。現在已經到了秋末，你還穿著夏天的衣服又破了洞。盤子裡有些針線，你自己補補，另外我還放了些零錢，你自己買些點心。」叔寶接過盤子，裡面除了針線，果然還有三百文錢和一碗熱騰騰的肉湯。叔寶好長時間沒見到肉食、沒吃上飽飯了，便狼吞虎嚥地吃了。當天晚上，叔寶飽飽地睡了一覺。醒了之後，又借著月光補好了衣裳，然後帶著那三百文錢在路邊買了幾個冷饅頭和燒餅，繼續去城外等樊虎。到了晚上，一隊人馬呼嘯而過，叔寶閃身躲避，沒想到一腳跨進了一戶人家的門裡。那家人在門口放了個火盆，叔寶那一腳差點將火盆踢翻，屋裡只有一個五十多歲的婦人正借著火盆取暖。她抬頭看了看叔寶，說：「年輕人很冷吧？不如坐下來烤烤火，暖和一下。」叔寶道了聲謝，在火盆邊坐了下來。

那婦人看叔寶形容狼狽，便問怎麼回事，叔寶說：「我和朋友約好在這見面，可他一直沒來，我身上的盤纏❹都花完了。」婦人說：「老身略通些卜術，不如幫你算算，看你的

---

❸【淮陰漂母】韓信年輕時非常窮，時常去別人家裡蹭飯吃。一天，他去城下釣魚，有位在水邊洗棉衣的老太太拿自己的飯給他吃。一連十幾天，天天如此。韓信說會報答她，老太太生氣地說：「男子漢大丈夫不能養活自己！我不過是可憐你才給你飯吃，誰要你報答了？」

❹【盤纏】路費。

朋友什麼時候會來。」老婦人算完，搖了搖頭，對叔寶說：「他來是會來，不過你有得等了。」老婦人告訴叔寶，自己姓高，丈夫去世後，就和兒子搬來這裡投靠親戚，兒子高開倒也是個喜歡刀槍棍棒的，一年到頭不著家。兩人聊了一會兒，婦人又說：「你能陪陪我老婆子也是咱們的緣分，餓了吧，我的麵做的還不錯，你嘗嘗。」叔寶也沒客氣，吃了滿滿一大碗，感激地說：「真不知道能為你做點什麼好報答你。」那婦人呵呵笑了起來，說：「一點小事，說什麼報答。」叔寶再三謝過，出門回去了。他在路上想，「我這次出來，一個朋友也沒遇上，只有這兩個婦人稱得上英雄。」

王小二見叔寶回來又上來要錢，叔寶沒辦法，決定將金鐧賣了。王小二想：「他那雙金鐧看上去值不少錢，與其讓他拿去賣了，不如我幫他當了，到時候贖回來再高價賣出去，應該能得不少錢。」於是勸叔寶當了，以後還能再贖，叔寶一聽也是，就和王小二去了當鋪。沒想到店鋪的掌櫃竟然不識貨，將一雙金鐧說成是破銅爛鐵只肯出五兩，叔寶哪裡肯當。

第五回　秦叔寶賣馬

王小二的如意算盤落空，陰陽怪氣地說：「爺既然想當，還是拿些值錢的東西吧。」叔寶回答說：「我身上除了這件兵器，哪裡還有值錢的東西。」王小二說：「不是還有匹馬嗎，若是不賣也得餓死，不如趁著還有口氣，拉到馬市換些銀子。」叔寶這才想起自己的馬，連忙趕到馬廄去看，才發現他的那匹黃驃馬因為沒有草料，已經瘦得不成樣子了。叔寶想起黃驃馬剛被朋友們送給自己時威風凜凜的樣子，不由得一陣心酸。可惜現在自己都吃不飽，這匹馬再跟著自己恐怕真要餓死了。

於是第二天一早，叔寶將黃驃馬從馬廄牽出來，打算拉到馬市賣了。可是黃驃馬像是知道叔寶的打算一樣，無論如何也不肯出門。叔寶強忍心酸，用門閂拍打黃驃的後腿，黃驃才勉強從門裡走出來。王小二站在門後，惡狠狠地說：「這匹馬要是賣不出去，你也不必回來了，不過記得你的文書還在我這兒。」說完「砰」的一聲把門關死了。

叔寶帶著黃驃馬在馬市逛了好幾圈，一個問價的人都沒有。叔寶歎了口氣說：「馬啊，

想想當初你在山東緝捕盜賊時有多威風，現在竟落得如此田地，唉，我又有什麼不同呢？」

當時已到了秋末，路邊的野草全都又枯又黃，一點水分都沒有。黃驃馬忽然發現眼前出現一點青色的柴草，它實在餓得不行，於是伸長了脖子去吃。背著柴草的老農一個沒注意，直接被拉倒在地。叔寶見了，趕忙過去扶。老漢從地上爬了起來，用手拍拍衣裳，笑著說：「沒事，沒事，這匹馬是您的嗎？」叔寶點頭稱是，老漢說：「雖說掉了驃，但轡口還好。」叔寶忙問：「老丈想買嗎？」那老漢搖搖頭說：「我買不了，不過可以給你指個地方，從這裡出西門再走十五里，有個二賢莊，莊主名叫單雄信，聽說是位豪傑，常買些好馬送人，你不妨去那兒問問。」

叔寶聽了，一拍腦門，暗罵自己糊塗。他

叔寶帶著黃驃馬在馬市逛了好幾圈，一個問價的人都沒有。

在山東的時候就聽人說過，潞州二賢莊的單雄信是位出了名的英雄。自己剛到潞州的時候就應該去拜見，現在落魄成這個樣子哪裡有臉去見，可是如果不去找他，還有誰能買下自己的黃驃馬呢？

於是叔寶請那位老漢帶路，又說若是馬賣了給他一兩。兩人走了十幾里，前面果然出現了一處莊園，富麗堂皇、層巒疊翠，鳥鳴聲此起彼伏入耳清脆。老漢讓叔寶在外邊稍等，自己先進去問問情況。叔寶輕輕地摸著黃驃馬的脖子，想：「瘦成這個樣子，我都看不過眼，別人不買也是正常的。」

沒一會兒，老丈就帶了一個人出來，那人身高一丈、遍身羅衣❶、面龐發青、髯鬚赤紅，正是二賢莊的莊主單雄信。叔寶見自己破衣爛衫，忍不住朝身邊的樹叢裡側了側身。

單雄信識馬，見到黃驃馬，挽起衣袖用左手在馬腰上用力一按。他力氣雖然大，可是黃驃馬紋絲不動。他又伸長手臂從馬頭至馬尾，馬鬃至馬頭量了量。長一丈多，高有八尺。伸手摸了摸馬的鬃毛，遍體又細又軟的金黃鬃毛，全身上下沒有一根雜毛。

他回身問叔寶：「這匹馬你打算賣多少錢。」叔寶回答說：「人窮東西也便宜，不敢多說，給我五十兩做盤纏就好。」單雄信說：「以這匹馬來說五十兩確實不多，可它的膘掉得

❶【羅衣】用絲織品做成的衣服。

太狠，現在若是能用上好的草料精心餵養還養得回來，否則這匹馬就廢了。你雖然說得可憐，但我只出三十兩，你若不答應就算了。」說完轉身就走。叔寶趕緊追上去，說：「就依你，你給多少我就拿多少。」

單雄信將馬牽到莊子裡交給僕從，囑咐要用上好的馬料餵養，然後帶著叔寶一路到了大廳的滴水簷下。沒一會兒，下人過來回話，在單雄信耳邊低聲說：「這匹馬非常凶，連老爺的胭脂馬都打不過它，耳朵都被咬壞了，胃口也好，一斗❷蒸豆下去都沒餵飽。」單雄信聽了心裡非常高興，不過面上卻絲毫不露。歎口氣對叔寶說：「下人剛剛回稟，那匹馬已經吃不進好料了。不過，我先前既然已經答應了給你三十兩，現在也不會反悔，仍舊給你三十兩。」叔寶點頭稱謝。

單雄信看叔寶身材高大、儀表堂堂，問叔寶是哪裡人。叔寶答說是濟州人。單雄信馬上來了興致，說：「聽說濟州有位英雄，名叫秦叔寶，你可認識？」叔寶臉上發熱，不好意思承認，回答說：「我們是一個衙門的朋友。」單雄信拍著手說：「那太好了，早聽說秦叔寶是位英雄，你既然是他的朋友，如果你能見到幫我問候一聲。」叔寶回答說：「沒問題。」

單雄信笑著說：「說了半天，還不知道兄弟姓什麼呢？」叔寶說：「姓王。」單雄信掏出銀子說：「這三十兩是買馬的錢，另外這兩匹潞州絲綢、三兩紋銀，是送給王兄的見面禮。」叔寶忙說不敢要，不過單雄信堅持，叔寶只得收了銀子趕緊告辭離開。出門之後，叔寶從中拿出一兩給了那個老漢作為酬謝。

叔寶賣了馬，時間已經很晚了，他肚子很餓，於是進了一家小店吃東西。這時店小二又帶了兩個人進來，走在前面的一身紅，跟在後邊的一身紫。叔寶仔細一看，後邊那個竟然是自己的好朋友王伯當。王伯當這個人文武雙全，既當過武狀元，又當過文榜眼，一手神箭功夫百發百中，人稱「神箭將軍」。店主熱情地跟在兩人身後，吩咐夥計趕緊端些熱茶來。叔寶怕被認出來想要悄悄離開，可他坐的地方有圍欄圍著，沒辦法悄無聲息地走掉。王伯當一抬頭恰巧看見叔寶，叔寶嚇得趕緊低頭裝模作樣地吃東西。

王伯當心中一動，對旁邊的人說：「怎麼看著像是叔寶？」想想又說：「不對，叔寶人中龍鳳，怎麼會變得這般狼狽。」叔寶聽他這麼說十分心酸，為了避免先被認出的尷尬，叔寶走過去與王伯當相認。王伯當聽了叔寶的遭遇，忍不住落下淚來。王伯當擦擦眼淚，把旁邊的朋友介紹給叔寶認識。那個人叫李密，字玄邃，世襲蒲山郡公，曾和王伯當同殿稱臣，兩人一直關係不錯。不過李密因為姓李犯了皇帝的忌諱，所以辭官了。王伯當說自己也是因為厭惡楊素霸道辭了官。王伯當一邊說，一邊將自己的戰袍脫下來給叔寶披上。

幾個人分開後，王伯當和李密去了二賢莊，叔寶回了客棧。王小二見叔寶這麼晚都不回

---

❷【斗】是量糧食的器具，容量是一斗，一斗等於十升。

來，以為叔寶沒賣掉馬就把門鎖了，聽到叔寶叫門，便喊道：「大爺總不是想著白住我的店吧，既然沒錢柴房也別睡了，直接睡在外面好了。」叔寶氣得青筋直冒，咬著牙關、握緊拳頭就想動手，但最後還是忍住了。叔寶告訴王小二馬已經賣了，自己是回來結帳的。王小二一聽叔寶有錢，連忙跑出來開門，滿臉堆笑地說：「爺這一天累壞了吧，晚飯吃了嗎？要是沒吃，我現在讓人給你準備。」叔寶啞然失笑，暗想這種人果然不值得和他計較。叔寶沒算蔡刺史的三兩，又取出十七兩銀子付了房錢並向老闆娘致謝，表示自己這次太匆忙，以後一定會報答她。柳氏回答說：「大爺不怪我們招待不周已是大人大量，還說什麼謝。不知道大爺準備去哪兒？」叔寶說：「這裡的事已經辦完了，我急著回家，趁現在城門還沒關，馬上就走。」

第六回　單雄信送銀鋪蓋

叔寶一路急行，這段時間他又是氣又是餓，深秋時節總是冷水冷飯，身體已經到了極限，走到半路身上的力氣竟一下子空了，連腿都抬不起來。叔寶堅持著到了一座名叫東嶽廟的道觀門口再也堅持不住了，撲通一聲摔在地上。門口的小道士見有人昏倒了，忙去通報觀主。

觀主名叫魏徵❶，自幼喜歡讀書，上知天文，下知地理，諸子百家無所不通。他原本是地方知府，因為看不慣朝中奸人橫行而辭官歸隱。他心懷天下，喜歡結交豪傑。原本在華山的道觀修行，聽道友徐洪客說真龍天子已經出世，而能夠輔佐天子的重臣還流落四方，於是兩人分頭尋訪。魏徵聽說二賢莊莊主英雄了得，認為這人必定可做開國名臣，於是來到太原希望能和他相交。

魏徵看叔寶病得不輕，忙叫人將他抬到觀內。仔細把脈之後，親自煎了一服藥餵叔寶喝

❶【魏徵】（西元五八〇年—西元六四三年），字玄成，唐朝鉅鹿人，是中國歷史上赫赫有名的諫臣。

下。叔寶醒後，魏徵問他怎麼會到這裡，叔寶把前因後果說了一遍。魏徵說：「秦兄弟既然病了，不如放寬心在這多留幾天，等病好了再走。」叔寶再三稱謝，留了下來。

王伯當和李密到了二賢莊，將叔寶的事和單雄信一說。單雄信才知道，幾天前那個「姓王」的賣馬人就是秦叔寶，忙叫人備馬和王伯當一起趕去王小二的店裡，沒想到叔寶已經走了。兩人正打算追，忽然見到家僕騎馬飛奔過來。單雄信見家僕滿臉是淚，急忙問出了什麼事。家僕哭著說：「二老爺，大爺在植樹崗被人射死了。」單雄信聽了心如刀絞，身形晃了幾晃，咬牙問：「怎麼回事？」家僕將事情一說，拿出李淵射殺單雄忠的那支箭。單雄信摸著箭尾的「李淵」兩個字，猛然間握緊雙拳，長吸一口氣對王伯當說：「伯當，我現在要趕回家去，你若是見到叔寶兄弟，千萬替我說聲抱歉。」聲音還沒落，人已經撥轉馬頭快馬加鞭地走了。單雄信回到家見了兄長的屍身，再也忍不住而放聲大哭。

十月十五，東嶽廟舉辦法會，單雄信帶著家僕去給兄長做法事超度亡靈。單雄信走到大殿，忽然發現鐘架後邊放了一對金鐧，忙問魏徵這對金鐧的主人。魏徵回答說：「前幾天，有個山東來的官差病了，這對金鐧是他的。」單雄信一聽山東，忙問姓什麼？魏徵回答說：「姓秦，叫秦叔寶，單莊主這麼緊張，難道認識？」單雄信忙說：「何止認識，他現在在哪？觀主快點帶我去見他。」魏徵說：「他病得不輕，正在旁邊的屋子裡睡著呢。」

兩人到了後殿推門進去，叔寶躺在床上睡得不熟，聽到聲音回頭一看竟然是單雄信。叔寶一時情急連忙轉回身，單雄信幾步上前，拉住叔寶的手說：「叔寶兄弟，讓你受苦了。你到了潞州，我竟然茫然無知，害兄弟白受了這麼多苦，要是傳出去我單雄信都沒臉見人了。」叔寶非常尷尬，趕緊起身，說：「單莊主太客氣了，我秦叔寶何德何能，得莊主如此厚待。」單雄信說：「秦兄弟快別這麼說，我一直仰慕你的威名，這次無論如何秦兄弟也要跟我去二賢莊。」接著，他讓人燒好熱水為叔寶沐浴更衣，然後一頂轎子將叔寶抬去了二賢莊。路上，單雄信讓人快馬趕回二賢莊為叔寶安排床褥、延請大夫。叔寶到了之後，大夫診了脈、開好藥，單雄信親自照顧叔寶睡下。從此兩人形影不離，不是談論國家大事，就是切磋武藝，感情越來越好。魏徵也時常來看叔寶，三人漸漸成了兄弟。

說起來叔寶等了樊虎這麼久，樊虎為什麼沒來呢？原來樊虎到澤州的時候，正趕上澤州的馬刺史為新任太原郡守李淵慶賀去了。樊虎找了家客棧留宿，收拾行囊的時候才發現所有的銀子都在自己這兒，不過一想叔寶這時應該已經到了潞州也沒辦法了。樊虎帶著兩個犯人花銷很大，等拿到公文的時候盤纏都用完了。他想著叔寶是個急脾氣，這麼長時間，而且身上又沒錢，一定先回濟州了，於是打馬回了濟州，沒想到叔寶根本沒回來。

叔寶的母親思子心切大病了一場。叔寶的朋友賈潤甫、唐萬仞、連明、樊虎時常來探望秦母。秦母見到樊虎就想起兒子，哭著說：「你跟叔寶走的時候才六月，你九月回來，現在冬天都到了，叔寶卻一點消息都沒有，也不知道是不是還活著。」說到這兒忍不住哭了起來。

大家見秦母傷心都埋怨樊虎，說他辦事不地道。樊虎也十分後悔。大家又說：「人是你弄丟的，當然得你找回來，你去潞州找找吧。」樊虎點點頭，對秦母說：「伯母不用擔心，秦大哥那麼有本事的人，一定是公事沒辦完才耽擱了。我這就去潞州找他，您寫封信我帶著一塊兒去。」秦母於是寫了封信交給樊虎，又拿了十兩銀子給他做盤纏，樊虎堅決不要。他收好信，去衙門請了假，帶上些行李直奔潞州去找叔寶。

這天，樊虎到了潞州。偏巧也住到了王小二的店裡，老闆娘告訴他秦叔寶已經回家去了。樊虎一聽只好往回走，沒想到半路下起大雪，只得到前方不遠的東嶽廟去避雪。他和觀主魏徵聊天的時候，說自己姓樊。那位觀主馬上問他認不認識一個叫秦叔寶的

單雄信偷偷為叔寶做了一副金馬鞍，一條銀鋪蓋。

人。樊虎連忙說認識，還說自己這次就是來找他的。魏徵把叔寶生病，現在在二賢莊養病的事一說，樊虎連忙辭別魏徵去了二賢莊。

樊虎到了二賢莊，託家丁進去通報。沒一會兒，單雄信和秦叔寶就一起走了出來。叔寶見到樊虎，叫道：「你怎麼現在才到？」樊虎知道叔寶生病心裡萬分後悔，把事情一一說了。叔寶問：「我母親現在怎麼樣了？」樊虎說：「已經沒什麼事了，就是想你。我這兒還有封信，是伯母讓我帶給你的。」叔寶看完信，就立即向單雄信辭行。

單雄信笑著說：「叔寶，我知道你很想念伯母，伯母也十分想念你，可是你這個時候回去不是孝順，反而是大大的不孝。」叔寶問：「單二哥為什麼這麼說？」單雄信說：「你身體還沒痊癒，外邊天寒地凍，你一路奔波，萬一病情有個反覆，伯母不是更加憂心？」叔寶想想覺得有道理，於是寫了封信讓樊虎帶回去安母親的心，並把公文交給樊虎一併帶回。單雄信又從庫房取了四匹潞綢、三十兩紋銀讓樊虎一併帶回去交給秦母。樊虎和單雄信、叔寶三人吃了頓飯，上馬趕回山東。到了之後將信和東西交給秦母，又去衙門交接了公文。叔寶則繼續留在二賢莊養病。這期間單夫人生下一女，取名單愛蓮。

一晃過了新年，到了正月十五。叔寶覺得身體痊癒了，而且實在思念母親就跟單雄信辭別。單雄信偷偷為叔寶做了一副金馬鞍、一條銀鋪蓋。他知道若是明說叔寶一定不收，於是將東西用棉布裹了，只當是普通的鋪蓋綁在馬鞍後邊。第二天單雄信將魏徵請來，置辦了一桌酒席為叔寶餞行，並另外為叔寶準備了一些禮物：十四五種顏色的潞綢、四套冬季的衣裳以及十五兩紋銀。

單雄信給叔寶倒了一杯酒，指指桌上的東西對叔寶說：「叔寶，這些東西都是為你準備的，你不要嫌棄。我們是兄弟，我曾經跟你說過，不是非要在朱門❷才能飛黃騰達，你記著這句話，有朝一日我們可能有機會一起做番大事業。」魏徵接著說：「叔寶，我曾遇到一位高人，他跟我說真龍天子已經臨世，隋朝早晚要亡。你英雄蓋世一定做得了開國功臣，千萬不要浪費了自己的才華，磨盡了自己的稜角淪為俗人。」

叔寶聽了兩人的話，心裡想：「魏徵說得很對，不過單二哥到底小瞧人，不過送我幾十兩金銀就讓我不要做官，看來我在他眼裡不過就是個靠賣馬混飯吃的卑賤之人。」他心裡雖然這樣想，可是臉上一絲不露，舉起酒杯對兩人說：「二位兄長的話，叔寶一定銘記於心，今天小弟回家心切也不多喝了，敬兄長們三杯。」然後他一仰脖將杯子裡的酒乾了。三杯過後，叔寶跟兩個人告別，把東西都綁到馬鞍上拉著黃驃馬走了。

叔寶出了二賢莊，飛身上馬。黃驃馬在二賢莊養得膘肥體壯，見到叔寶十分高興，竟然撒起歡來。叔寶坐在馬背上也覺得非常暢快，一夾馬腹黃驃馬風一般地衝了出去，帶著叔寶狂奔三十多里才慢下來。綁在後邊的鋪蓋被顛簸得有些散了拖出一截，黃驃馬每往前邁一步都要踢一下鋪蓋。叔寶回頭看了看，自言自語地說：「哎，行李沒綁好，幸好沒掉，這些東西都是單二哥送的，若是丟了豈不是浪費他一番好意。」他抬頭張望一下，心想：「天色也晚了，前面正好有個鎮子，休息一晚養足了精神明天再走吧。」於是驅馬進了鎮子。

❷【朱門】古代的王公貴族爲了顯示尊貴，會把自己家的大門塗成紅色，所以常用來指豪貴人家。

第七回　銀鋪蓋惹禍

叔寶進鎮後，找了家客棧投宿。店主張奇是當地的保正❶。那天張奇店裡的客人在皂角林遇到盜匪包袱被搶了，客人揪著張奇去了衙門報官。蔡刺史聽了，讓人打了張奇一頓板子，又命他協助衙役緝捕盜賊。

張奇帶著官差垂頭喪氣地回到店裡，他的妻子走上來說：「剛剛來了一個投宿的客人，不知是不是你們要找的人。」那些人聽了，問她怎麼這麼說，她解釋說：「那個人衣服、鋪蓋都是新的，騎的馬又高又壯。這樣的人如果是做官的手下一定帶著隨從儀仗，若是經商的身邊也要跟著夥計，可他卻一個人來投店，這不很怪嗎？」大家都覺得婦人說的話很有道理，於是讓婦人帶路去叔寶房外看看情況。

叔寶正要睡覺，誰知道鋪蓋又硬又沉，怎麼睡都不舒坦。就把鋪蓋的線頭拆開想看看裡面有什麼，沒想到都是被砸扁的馬蹄銀❷，方方正正地像磚頭一樣。叔寶將所有的銀子都拿出來堆了滿滿一桌子，叔寶心想：「一定是單二哥怕我不收才故意藏起來的，也不知道這些有多少。」

那些捕快在外面看見叔寶從鋪蓋裡翻出銀子，認定這錢不是他的，肯定是賊。於是這些差役把黃驃馬藏起來又召集了十幾個人，將腰間的鎖鏈布在門外做絆腳索，準備絆住叔寶。所有的事都安排好了，只是還缺一個膽大的人去把叔寶引出來。店主張奇見到那一桌子馬蹄銀早就紅了眼，心想大家都不知道數目，自己趁機摸出一些，豈不是天外橫財，於是自告奮勇要引叔寶出來。捕快們點頭說好，張奇卯足勁一腳將叔寶的房門踹開，二話不說直奔桌上的銀子。

叔寶見張奇破門而入以為是歹人搶錢，一掌打過去，「啪」的一聲將張奇拍到牆上。張奇不會功夫，腦袋在牆上一磕當場就死了。官差見張奇死了，便大喊：「盜匪拒捕傷人啦！」張奇的妻子見丈夫死了，在外面號啕痛哭，叔寶才知道自己誤會了。可是這時已經出了人命，說什麼都晚了。叔寶暗自慶幸沒報姓名，衝出房門就想逃走。誰知道外邊早就為他準備了一條絆腳索，叔寶一下摔在地上，官差們撲上來用撓鉤❸鉤住他，五六根水火棍❹此

---

❶【保正】封建社會以户爲單位設保甲制度，一般規定若干户人家爲一保，一保之長官則爲保長，又稱「保正」。

❷【馬蹄銀】是銀錠的一種，也叫「元寶」，因爲形狀像馬蹄，所以叫馬蹄銀。

起彼伏打在身上，叔寶被打得渾身是傷。他雖一再高喊自己不是盜賊，是官差，可那些人根本不信。於是叔寶被他們捆著去了潞州城的衙門。這已經是叔寶第二次進潞州了，可惜際遇都很糟。

到了衙門，參軍斛（ㄏㄨˊ）斯寬主審，他昨晚喝了一宿，剛躺下就被叫醒心裡十分惱火。叔寶辯解說：「大人，小的真的不是盜賊，是濟州的捕快秦瓊。去年八月我曾經因為劉刺史的差遣押送囚犯到潞州。」

斛參軍問：「你說你是捕快，又怎麼會有這麼多錢？」叔寶說：「是朋友送的。」斛參軍譏笑說：「胡說八道，什麼朋友能送你四百多兩，而且你既然不是盜匪，說清楚就行了，為什麼拒捕傷人？」叔寶回答說：「小的昨天在張奇家投宿，張奇忽然衝進來搶錢，小的以

叔寶見張奇破門而入，以為是歹人搶錢，一掌打過去，「啪」的一聲將張奇拍到牆上。

為是強盜，想不到隨手一推他就死了。」斛參軍說：「那官府給你的回批在哪兒？」叔寶說：「已經託朋友帶回去了。」斛參軍又問他當初留宿在那兒，病時又住在哪兒，叔寶一一說了。

第二天，斛參軍派人傳喚單雄信、魏徵、王小二等人前來對質。單雄信知道叔寶出了事，趕緊找了潞州的捕快童環、金甲，他和這兩人早有交情，給兩人一大筆錢讓他們幫忙疏通，力圖為叔寶脫罪。最後，叔寶被判充軍幽州。單雄信擔心叔寶路上受苦又上下打點，託童環、金甲負責押送。等叔寶出了潞州官衙，單雄信來看叔寶，叔寶「撲通」一聲跪在地上拜謝單雄信的大恩。

單雄信連忙上去扶叔寶起來，說：「要不是我，你哪有這場禍事，還謝什麼？」叔寶說：「是我自己運氣不好，該著有這場牢獄之災，要不是二哥幫忙疏通，我恐怕現在已經去跟閻王報到了。」單雄信拍了拍他的肩膀，從懷裡掏出一封信交給叔寶，告訴他自己有個八拜之交在涿郡順義村，名叫張公瑾，讓叔寶拿著信去，以後若有什麼事可以找張公瑾幫忙。

---

❸【撓鉤】一種頂端裝著鐵鉤的長棍。
❹【水火棍】古時候給差役使用的短棍。一半紅，一半黑。紅代表火，黑代表水，取意不容私情。

第八回 秦叔寶裝病

三人拜別單雄信，沒幾天就到了涿郡順義村。叔寶說：「現在正是飯點，我們這個時候去見張公瑾不好，不如先填飽肚子再去。」童、金兩人覺得有理，於是找了家店面吃飯。店主見三人威武不凡，明顯是外地來的，就問他們是不是來打擂臺的。三人忙問是怎麼回事。店主興高采烈地說：「村上正在擺擂臺，是幽州老爺設的，說是三個月內若是沒人能打得過史大奈，便讓史大奈做旗牌官。」三人問：「那位史大奈是誰，很厲害嗎？」店主說：「當然厲害。聽說他原本是個賣馬的，失手打死了人，按理是要償命的，羅老爺惜才就在這兒擺了擂臺，說好三個月沒有敵手就授旗牌官。眼看三個月的期限馬上就到了，可無論是附近的英雄，還是遠方的豪傑，沒有一個是史爺的對手。」叔寶問：「今天還打嗎？」店主說：「今天正巧是最後一天，爺幾個若是明天來，可就看不到熱鬧了。」叔寶笑笑，轉頭跟兩個人說：「兩位哥哥想不想去看看？」童環、金甲早就躍躍欲試，聽了叔寶的話連忙說好，於是三人把行李放到店裡去看打擂臺。

三人出了客棧，也不用特意問路，隨著人流很快就到了擂臺底下。那裡密密麻麻已經圍了上千人。史大奈站在擂臺上，一時無人應戰。叔寶發現擂臺邊上圍著一道圍欄，裡面還有一桿秤和幾個掌櫃，就問：「這裡不是打擂臺嗎，你們這是做什麼？」那人說：「大爺有所不知道，我們史爺是博打，誰要是能打他一拳可贏五十兩銀子，一腳可贏一百兩銀子，若能將他打翻在地，能贏一百五十兩銀子，但若是打不過，自己受了傷也怨不得人。」叔寶笑著說：「原來如此。」

童、金兩人說：「叔寶，你本事好，現在到了幽州，不如先賺上一筆開個好頭。」叔寶連忙擺手說：「我運氣不好，注定不能享受金銀。單二哥送我銀子，結果我傷了人命，現在哪還敢贏別人的銀子。我不上去，只看熱鬧就好了。」

叔寶不上，童環卻想試試身手，叔寶見他有興致就幫他交了錢。沒想到那史大奈果然厲害，童環根本不是對手，一個照面都沒過就被史大奈從擂臺上扔了下來，摔了個灰頭土臉。

叔寶見他被摔得面紅耳赤，在下面看得心急，大喊一聲：「我來。」掌櫃的忙撲上前去抓住叔寶，讓他先交了銀子。叔寶取出一錠銀子扔給他，飛身上了擂臺。

一時間，四拳相交打成一團。史大奈在這兒擺擂臺三個月，今天才遇到對手，不敢有絲毫大意。兩人你來我往，像是兩隻猛獸在爭鬥。一轉眼，過了幾十個回合，史大奈汗流浹背漸漸有些撐不住了。

這時，叔寶想要拜會的張公謹正在臺下，他本來在擂臺後邊的靈宮廟和本村的好漢白顯道喝酒，忽然有差役過來，說是史大奈剛扔了一個下去，忽然又上去一個和史爺打了三四十回合還沒分勝負，「不過小的看得出來，史爺的手腳已經亂了，肯定不是那個人的對手。」張公瑾一聽連忙和白顯道趕過去。張公瑾問身邊的人，打擂臺的人是誰？差役指指童環、金甲，說：「他們是一起的，問問他們就知道了。」張公瑾走到兩人跟前拱了拱手，說：「二位好漢，請問臺上的英雄是誰？」童環緩了一緩，說：「那人是來自山東的秦叔寶。我們此次到這兒，帶了二賢莊單莊主的書信要拜會他的朋友張公瑾。」張公謹聽了哈哈大笑，白顯道朝張公謹一指說：「不就是他了。」童環、金甲互相看了一眼，忙上前見禮。

張公謹站在臺下衝史大奈招手，大聲喊：「史賢弟快點停手吧，那是你仰慕已久的秦叔寶。」史大奈和叔寶一聽，馬上收了拳。六人歡天喜地地聚在一起，又相互賠了不是。叔寶將單雄信的信交給張公瑾，張公瑾細細看了，說：「我早就聽說過秦兄弟的威名，此次又有單二哥的囑託，自然要盡心竭力。」說完，將叔寶和童環、金甲請到府中喝酒。第二天他帶著叔寶等人一起去了幽州。順義村到幽州只有三十里路，五更出發，天大亮的時候就到了。

一行人到了帥府，張公瑾讓人進去通報，請兩位尉遲老爺出來。這兩個人是北周相州總管尉遲迥的侄子，兄長叫尉遲南，弟弟叫尉遲北，和張公瑾交情很好，目前是羅公手下的旗牌官。

張公瑾見到兩人，拿出單雄信的信給他們看。尉遲南見叔寶一身鐐銬，氣呼呼地說：「張大哥，秦兄既然是單二哥的兄弟也就是我們的兄弟，你怎麼這樣對他？」

張公瑾賠笑說：「不瞞你說，這刑具都是活扣，怕給你惹麻煩才這樣裝扮的，既然都是兄弟那就取下來吧。」尉遲南親自上前解了叔寶身上的鐐銬，拱手說：「我早就聽說過叔寶兄弟的大名了，只是一直沒有見面的緣分。今日一見，真是三生有幸。」等大家各自坐好，尉遲南問叔寶怎麼回事，叔寶把事情細細講了一遍。尉遲南說：「你不知道，我們幽州的本官非常厲害，他原是北齊麾下的王爵，名叫羅藝。北齊敗了之後不肯降隋，聯合突厥可汗一路廝殺，皇帝沒辦法只好招安，把幽州這塊地方給了他。幽州所有的賦稅全都由他掌管，手下還有十萬兵馬。他仗著武藝高強、勢力雄厚，在這裡說一不二。羅公擔心押到這裡的犯人頑劣不馴，所以無論誰被押到這兒，都要先打一百殺威棒。一頓棍棒打下來，十人裡只能活一個。」叔寶聽了，不由臉色發白。尉遲南繼續說：「現在我們得想個辦法讓叔寶兄弟把這一百殺威棒避過去。」

眾人聽了尉遲南的話都為叔寶擔心。尉遲南說：「羅公雖然凶，羅夫人卻非常仁善，每逢初一、十五都要吃齋念佛，常勸羅公不要打人，今天正好是三月十五。不過進去的人要是多了，把羅公的火氣引出來就不好了。我看叔寶你臉色發黃，正好弄得狼狽些假裝病重，應該可以避過去。現在時辰不早了，你們快點收拾一下，我先去把文書送上去。」叔寶很快收拾好，被人押到月臺[1]下跪著。

按照羅公的脾氣，通常是不看那些押解文書的，直接按流程打一頓板子。可這回的文書是潞州來的，潞州刺史蔡建德正是他的學生。羅公想看看蔡建德斷案的能力，於是打開文書，沒想到映入眼簾的竟然是「軍犯叔寶，歷城人。」幾個字，不由得心頭一驚，輕輕合上文書。他讓人將文書拿下去謄（ㄊㄥˊ）寫入冊備查，傳令說：「將人犯暫時押回，午後再審。」

張公謹、史大奈、白顯道這時都在外邊等著，見尉遲南回來迎上去問情況。尉遲南困惑地說：「讓午後聽審。」

羅公辦完公事，回到內堂叫人把夫人找來。沒多久，秦夫人就帶著十一歲兒子羅成趕了過來，問：「老爺叫我來，有什麼事嗎？」羅公說：「夫人，當年國難當頭，你的兄長武衛將軍戰死，他還有後人活著嗎？」羅夫人聽了，哭著說：「哥哥戰死之後，嫂嫂不知所終，當時太平郎才三歲，也不知去了哪裡，是生是死，現在都過去二十多年了，老爺怎麼想起來問這個？」

羅公回答說：「我剛剛升堂，有個犯人也是山東歷城來的而且和夫人同姓，我想會不會是夫人侄兒。」羅夫人一聽，忙說：「我雖不知他的樣貌，但家世是大家都知道的。你問問他，一驗便知。」於是羅公讓夫人躲到內室，吩咐旗牌官將叔寶帶進來。

叔寶到了後堂，見羅公坐在堂上，趕緊跪下見禮。羅公讓人將叔寶的刑具撤了，讓叔寶往前來，問道：「山東歷城姓秦的多嗎？」叔寶回答說：「養馬當差的有很多，不過當兵的就我一個。」羅公又問了叔寶這次犯案的事，最後羅公又問：「當年北齊有個武衛將軍秦彝為國盡忠，聽說他的家眷流落山東，你聽說過嗎？」叔寶聽了父親的名字，眼淚滾落下來，說道：「武衛將軍正是家父。」羅公站起來又問：「你就是武衛將軍的兒子？」

叔寶還沒來得及回答，羅夫人在簾後已經等不及了，問：「姓秦的，你母親姓什麼？」叔寶說：「家母姓甯。」羅夫人又問：「太平郎是誰？」叔寶說：「是我的小名。」羅夫人一把將珠簾掀開，走出來抱住叔寶痛哭。叔寶茫然無措，羅公拍拍他的肩膀說：「賢侄不必驚慌，這是你的姑姑，老夫正是你的姑父。」叔寶猛然醒悟過來，連忙拜見姑姑、姑父。羅公將兒子羅成叫來，一家人無不歡喜。

叔寶在這邊認親，張公瑾等人卻等得心急火燎。沒多久，張公瑾見尉遲兄弟喜笑顏開地走出來，趕緊上前去問才知道叔寶竟然是羅公的內侄，眾人放下心來都替叔寶高興，於是擺酒慶祝了一番。

---

❶【月臺】古代正房、正殿之間突出來連著前階的平臺，因為寬敞，前邊沒有遮擋，很適合賞月，所以叫月臺。

第九回 羅成「幫」叔寶射鷹

羅公認下了叔寶，自然想要提拔他。可是幽州十多萬雄兵，軍法嚴明，講究論功行賞，叔寶若是沒有過人的本事，就算給了官職也難以服眾。於是羅公問叔寶有沒有學習武藝、用什麼兵器。叔寶說有些功夫，常用雙鐧。羅公決定讓叔寶第二天在演武場演示武藝。

第二天五更，叔寶和羅公起身出發，小公子羅成帶著四位家將跟在後邊也想出去，沒想到卻被旗牌官攔住了，說是羅公下令他不許去。羅成雖然只有十一歲，但臂力過人、武藝出眾，羅公擔心兒子出去闖禍，所以不准他出府。羅成氣呼呼地回到內宅，在母親跟前哭鬧著要去看表哥比武。若是平時羅夫人或許不會答應，可是她心裡記掛著叔寶，不知道叔寶武藝怎麼樣，心想讓羅成去看看也好就答應了，又吩咐四個家將好好看著羅成，別叫羅公發現。

羅公有心扶持叔寶，於是在演武廳集結三軍。三聲炮響之後，大小軍官全都披掛上陣。兵將們拿著刀槍劍戟分列左右，羅公下令把叔寶帶上來，當眾宣布今日將選一位將領，不管出身只論武藝。

羅公又令手下將銀鐧拿給叔寶。叔寶握住銀鐧，輕輕一掂大約六十餘斤，瞬時揮動起來，銀光湛湛。叔寶舞罷，三軍齊聲叫好。羅公點點頭，心裡覺得十分寬慰。羅成藏在轅門外，趴在家將背上看表兄舞鐧，只覺得叔寶身形俐落，將雙鐧舞得銀光萬道猶如一條銀龍。羅成雖然不敢歡呼，但心裡十分高興。

叔寶將銀鐧交給兵將，羅公又問：「除了鐧，你還會什麼？」叔寶說：「槍也會一些。」羅公又叫人拿槍上來。手下取了一杆一二十斤的槍給叔寶，叔寶拿過槍，一挫、一抖，槍桿上的牛筋根根迸斷，一連換了兩把。叔寶跪下說：「小的用的是渾鐵槍。」羅公點點頭，讓人將自己的纏杆矛從架子上抬下來給叔寶用。那柄纏杆矛重達一百二十斤，長一丈八，要兩個家將才抬得動。叔寶拿在手裡，身形一轉舞動起來，耍得呼呼直響，不過收槍的時候稍有滯澀。眾將領看他連這把兵器也舞得動紛紛叫好，羅公又在點頭，但心裡想的卻是：「雖有不足，但還能教。」羅公自己武藝出眾，一看叔寶的手法就知道叔寶的槍使得並不很好，都是江湖上的野路子。

叔寶舞完槍，羅公又問他會不會射箭。這時，叔寶早被四周的叫好聲沖昏了頭，張口就說：「會。」哪知道羅公的軍隊中一千個人裡至少有三百人會弓箭，還能從中挑出六十個百發百中的。羅公先讓將士射，叔寶看完之後汗都要下來了，心裡後悔自己不該誇下海口。羅公閱人無數，一看叔寶神思不定就知道叔寶的箭法恐怕稍遜一籌。讓叔寶過去，大聲說：

「你看見了，我手下這些兒郎都是用箭的行家。」羅公這麼說，意思是讓叔寶謙讓幾句免了射箭。誰知道叔寶不但沒能領會，反而大言不慚地說：「靶子都是死物，射起來不難。」羅公心中奇怪，問他：「你難道還有什麼別的射法？」叔寶說：「小的能射天空中的飛鳥。」羅公斷定叔寶連靶子都射不了，不喜歡叔寶狂妄自大，於是下令讓叔寶射飛鳥，命人取些生肉掛在旗杆上引鷹。

羅成在轅門外，將事情看得一清二楚，心想：「我這個表兄，今兒個弄不好怕要出醜，其他的鳥也就算了，鷹最難射，俗話說『水不迷魚眼，草不迷鷹眼』。這一箭要是不能把鷹射下來，父親都不好用他，不如我來幫他射這一箭。」於是羅成躲在暗處拿出一支軟翎竹箭裝在弩上。軍士們都在看叔寶射鷹，誰也沒注意到躲在暗處的羅成。

一會兒，終於有一隻鷹飛下來叼肉，叔寶剛想射，那隻鷹就飛了。軍士們一直催叔寶快些，叔寶沒辦法只好將弓拉滿一箭射了出去，那隻鷹轉眼就帶著箭掉了下來。三軍雷動，齊聲叫好。叔寶暈頭轉向，也不知道怎麼就射中了那隻鷹。羅成怕被人發現，藏好弓弩立即帶著家將回了帥府，只說表兄舞鐧、舞槍、射箭都令三軍嘆服。

羅公大大表揚了叔寶一番，為他簪花掛紅，一路吹吹打打回了帥府。回到府上，羅公稱讚叔寶說：「叔寶的雙鐧使得十分精妙，弓箭射得最好，就是槍法差些，不過我會好好教他。」從此，叔寶、羅成每天在府中練武，羅公若是得閒就會親自教他們獨門槍法。

轉眼叔寶在姑母家一住半年，心中很是思念母親。他本想讓表弟幫自己跟姑母辭行，但表弟常年沒個玩伴又和他親近便一拖再拖。

那天羅公在書房看兩人的功課，忽然發現牆上題了四句詩，是叔寶的筆跡：

一日離家一日深，獨如孤鳥宿寒林。

縱然此地風光好，還有思鄉一片心。

羅公看了這四句詩怒上心頭，轉身回了後堂。羅夫人見丈夫來了起身相迎，問道：「不是說要看看成兒和叔寶的功課，怎麼這麼快就回來了？」羅公歎了口氣，說：「我剛才在書房看見是叔寶寫的四句詩，說是思鄉情切。自他來到幽州，老夫待他和成兒一般無二，想著等他立了戰功封個一官半職，以後衣錦還鄉也好有個前程。可他半點不念老夫的恩情，還怪老夫關著他。」

羅夫人倒了一杯茶放到丈夫手邊，用帕子拭了拭眼角的淚，說：「老爺不要生氣，我哥哥早逝，嫂嫂一人拉扯叔寶長大，不知吃了多少苦，現在叔寶離家這麼長時間，嫂嫂一定非常想他。叔寶孝順，想念母親也沒什麼。老爺現在扶持叔寶想讓他衣錦還鄉，但不如讓他回去，也不用母子兩個彼此惦記。」

羅公歎口氣說：「既然夫人也是這個意思，我也不多說什麼了。」於是讓人準備酒菜為叔寶餞行。羅公還給了叔寶兩封信，一封給潞州的蔡建德，讓他歸還叔寶的鞍馬行李；一封給山東大行台兼青州總管來護兒。這人是羅公的晚輩，羅公讓他安排叔寶在手下做一名旗牌官。叔寶拜別了姑父、姑母又和張公謹、尉遲兄弟等人辭行。他思家心切一路快馬加鞭，不過兩三天的工夫就到了潞州。

王小二遠遠地看見叔寶打馬過來，飛跑回家裡，氣喘吁吁地喊：「娘子，糟了，糟了。」柳氏忙問：「怎麼了？出什麼事了？」王小二說：「還記得當初在我們家投宿，沒錢付帳的那位姓秦的官差嗎？他出了人命官司被發配幽州，沒想到不過兩年光景就又當了官。我剛看見他騎馬過來了。一定是回來找我報仇的，怎麼辦？」

柳氏說：「俗話說：『做事留一線，日後好想見。』我當初勸你都不聽，現在還能怎麼樣，躲一躲吧。」王小二急得跳腳，說：「不

於是羅成拿出一支軟翎竹箭裝在弩上，躲在暗處。

行，我的店在這兒，我能躲到什麼時候？這樣好了，你就告訴他我死了，這樣他就不會計較了。等他走了，我再出來。」柳氏沒辦法，只得裝模作樣地哭了起來。叔寶在店外下馬，見到柳氏說：「恩人怎麼出來了，應該我進去拜見你才對。」之後將行李放下，讓手下人看好，自己帶著羅公的信去了衙門。

蔡刺史聽人說羅公差人給自己送信，連忙讓人請進來。叔寶不敢大意，帶著信從進東角門進去。蔡刺史坐在堂上一眼認出叔寶，忙走上前來迎接叔寶。蔡刺史細細地看了羅公的信，又問了羅公的身體、起居。叔寶一一回答了。蔡刺史告訴叔寶，當初沒收的東西，只有五十兩碎銀沒動，那匹黃驃馬賣了三十兩放在庫房，十四五色潞綢做了四件冬衣、一副緞子面的鋪蓋、枕頭。金馬鞍熔了，不過金鐧沒動。叔寶一一點過。蔡刺史又命庫吏取出一百兩給叔寶做盤纏。叔寶接受了一百兩並謝過蔡刺史。

童環、金甲幫他把東西搬到王小二的店裡。三個人正在說話，柳氏忽然跪下來，哭著說：「我那笨丈夫當年狗眼看人低得罪了秦爺。現在他已經病死了。」叔寶急忙上前扶起柳氏，說：「當年是我自己沒帶夠錢才被你丈夫看不起，可是世態炎涼自古如此，我沒放在心上，唯一記得的就是你那一針一線的大恩。現在你的丈夫死了，一個人孤苦伶仃，我曾說過你對我的恩情猶如淮陰漂母。今天就暫時拿這一百兩銀子來回報你。」

之後，叔寶又去南門外看望高開道的母親，鄰居說高母半年前就搬走了。叔寶只得垂頭喪氣地回了王小二的店。童環、金甲本想幫叔寶把行李放到馬上，結果東西剛放上去馬就被壓得連站都站不穩。童環說：「叔寶兄弟，我陪你去趟二賢莊，找單二哥借匹馬吧。」於是三人辭別柳氏，一起去了二賢莊。

第十回　秦叔寶回家

當初單雄信因為擔心叔寶的身體，沒讓叔寶和樊虎回鄉，沒想到自己一片好心卻惹出大禍，害得叔寶誤傷人命發配幽州，母子倆到現在也沒見上面。單雄信每次想到這裡都覺得十分不安。這天聽人說叔寶回潞州取行李十分高興，心想叔寶一定會來看望自己，於是命人準備好酒菜，親自站在門前等叔寶來。

單雄信一直等到月亮東升，才聽到樹林中有馬鳴傳出來，他高聲問：「是叔寶嗎？」童環回答說：「是。」單雄信一聽，忍不住大笑起來。眾人喜笑顏開地攜手進了莊子。席間兩人大致說了離別後的情形，單雄信說：「叔寶，這次宴飲你不要多喝，稍微喝上幾杯就送你離開。」叔寶覺得奇怪，問：「為什麼？我還要和單二哥促膝長談呢？」單雄信說：「自從你去了幽州，伯母一共來了十三封信，前十二封書是伯母自己寫的，我都有回信安慰。但上一封卻是弟妹寫的，信中說伯母病了不能執筆，所以我們吃過這頓飯，你馬上啟程回去看伯母。」叔寶聽了心亂如麻，抹一把臉上的淚，說：「單二哥，既然這樣，我一刻也不能耽擱

了，你借我一匹馬這就動身。」單雄信說：「好，當時官府發賣你的黃驃馬，我買了回來，原本是想睹物思人，現在正好物歸原主。」叔寶再三道謝，辭別眾人騎馬離開二賢莊。一路風馳電掣，第二天中午就到了歷城。

叔寶因為急著見母親，怕遇到熟人說話耽擱，就將頭上的帽子往下按了按遮住臉，低著頭往家飛奔。他離家三年，家裡斷壁殘垣，看了不由得心酸。叔寶到家後，一家三口終於團聚了。老夫人因為思念兒子才生了重病，如今見到兒子，病也好了一半。三人敘了離情，叔寶將在幽州遇到姑姑的事告訴母親。老夫人非常高興，堅持要焚香祈禱叩拜單雄信大恩，叔寶見老母身體虛弱

叔寶因為急著見母親，怕遇到熟人說話耽擱，就將頭上的帽子往下按了按遮住臉，低著頭往家飛奔。

連忙勸阻，自己和夫人拜了一次。

第二天，叔寶拿著羅公的信去來總管的帥府拜見來護兒。來護兒見叔寶儀表堂堂、威猛雄壯，心想是條好漢，十分欣賞他。他告訴叔寶先做旗牌官，等以後立下功勞再行封賞。叔寶謝恩。三個月後的某一天，來公將叔寶叫到跟前，對他說：「明年正月十五，是越國公楊素的六十大壽，我已經準備好了賀禮，現在盜賊頻生，我見你勇武有力，這趟差就交給你好了。」叔寶領命，回家辭別母親和妻子，收拾好行李，帶了兩名負責搬運的隨從，騎上黃驃馬動身出發。

這天，一行人走到華陰縣少華山下。叔寶見地勢險峻，囑咐那兩名差役放緩速度，自己騎馬走到前面開路。那兩人說：「秦爺一路都走得很急，怎麼現在慢下來了？」叔寶回答說：「這裡山勢險惡，我擔心有強人❶剪徑❷。」話音剛落，前面就閃出一隊人馬，走在最前面的那個長得英武不凡，手拿一把大刀，喊道：「想要過此路，留下些買路錢❸才好。」叔寶一笑：「我這才離開家多遠就遇上了搶匪。我當初做捕頭的時候，綠林❹中的匪類聽了我的名字沒有

---

❶【強人】強盜。
❷【剪徑】攔路搶劫的意思。
❸【買路錢】強盜要求路過者交出的財物。

不跑的。今兒個我也不說名姓，免得把你嚇跑了。」說完，提起雙鐧衝了上去，直擊那人腦門，那人舉刀招架，刀鐧相撞，磕得金星直冒。兩人動作迅捷，一會兒工夫已打了三十多個回合還沒分出勝負，就聽有人高喊：「叔寶、國遠，還不停手。」原來劫匪中竟有一個是叔寶的朋友王伯當。當初王伯當和李密分開，從這裡經過被齊國遠拉進山寨當了寨主。叔寶和齊國遠在山下爭鬥的時候，王伯當正在山寨和李如珪飲酒，忽然嘍囉來報，說：「齊爺巡山遇到官差，本想劫些銀子，沒想到碰上了硬茬，雖然現在還沒敗，但看得出來刀法已經散了，當家的快點下山幫忙吧。」王伯當一聽急忙趕下山來，沒想到竟然是熟人。兩人見到王伯當急忙停手，王伯當給兩人互相介紹了一下，邀請叔寶上山喝酒。

王伯當聽說叔寶要去長安，自己也來了興致，決定和叔寶一起去長安走走，順道拜訪一下李密，再看看花燈。叔寶覺得王伯當雖然做了劫匪，但舉止斯文、為人謹慎，應該惹不了什麼麻煩，歡歡喜喜地答應了。齊國遠和李如珪一聽也要跟著去。叔寶心想：「這兩個人看起來都是魯莽的性子，若是他們惹出禍事來我也要擔干係。」連忙勸兩人不要去，說要是當家的都走了山寨豈不是散了。齊國遠性子實在，以為叔寶真的擔心他們而猶豫起來。李如珪卻是一針見血，大笑著說：「難道我們苦練武藝就是為了做賊？你直說怕我們山賊做久了養出野性，去了長安萬一不受約束，闖禍連累你就是了。說什麼怕山寨散了我們沒地方去，豈不是小看我們，認定我們一輩子做劫匪？」一句話將叔寶說得面紅耳赤，趕緊說李如珪多心了，既然這樣一起去好了，於是大家一路同行。

離長安還有六十里的時候，王伯當看著遠處一座簇新的寺廟，說：「當初我離京的時候，那處寺廟破舊得不成樣子，現在這麼新也不知道是哪戶人家修的。」李如珪說：「天也晚了，我們正好可以去那裡投宿，到時問問就知道了。」叔寶自從帶上齊國遠和李如珪一起走，就擔心他們看到來往客商會不管不顧地幹上一票。心想：「這兩個人到了長安要是只住兩三天還好，可現在不過十二月十五，還有整整一個月才到正月十五。他們要是在京城闖了禍，自己恐怕也會麻煩上身，不如想法讓他們在這寺裡住下，等過完年再去城裡看燈。這樣一來，在長安也就待個三五天，應該出不了什麼事。」想到這，他跟齊、李兩個人說：「今年來給楊素賀壽的官不知道多少，那些人又都帶著朋友隨從。如此一來，長安城的客棧貴不說，還會非常擠，不如在寺裡借住，一來寬敞，二來也自在。等過了春節，正好我去送禮，大家去看燈，怎麼樣？」齊、李兩人覺得有理，王伯當知道叔寶的顧慮也極力贊成。

四人進了寺廟，見月臺上搭個架子，工匠正在修葺屋簷。一個紫衣少年坐在黃羅傘下監工，後邊還跟著五六個隨從規規矩矩地分列兩側。此外，還有兩面虎頭硬牌，以及一些刑

---

❹【綠林】西漢末年，王匡、王鳳等人在綠林山招兵買馬，並於王莽天鳳四年起義。後來就用綠林泛指聚集在山林間，以反抗政府或搶劫財物為目的的有組織集團。

具。叔寶一看儀仗就知是個當官的。擔心齊、李兩個人唐突冒犯，勸大家走南邊的小路。到了大雄寶殿，叔寶見有不少工匠，一問才知道當年李淵的夫人竇氏在這兒生了一個兒子，所以李淵派人來修葺寺廟。

眾人又往前走了一會兒，看見一座新蓋的門樓，上面用金漆寫著「報德祠」三個大字。王伯當說：「走，進去看看報的什麼德。」四人一起走進去，只見祠中豎著一座立身人像，頭戴一頂范陽氈笠、身穿一件皂布衫、外披金甲上面掛著牙牌❺解刀、腳踏黃鹿皮戰靴。邊上的紅牌寫著六個大金字：「恩公瓊五生位。」邊上還有幾個小字，寫的是「信官李淵沐手奉祀。」

叔寶看了這尊塑像，心想：「我說當年在潞州怎麼折騰得那麼慘，原來是被李老爺折的。我一個布衣❻，哪裡受得起別人塑像立身、焚香祭拜。」齊國遠沒讀過什麼書，上面那六個金字一個都不認識，問這個塑像是不是韋馱天尊，王伯當笑著解釋說：「不是，這是個生位，唐公因為曾經受過這個人的恩惠，所以建了這個報德祠，他那位恩人還活著呢。」說完，又側頭低聲對叔寶說：「仔細看這個人像，騎著一匹黃驃馬，旁邊兩個人，一人手裡一根金裝鐧。你說他會不會是我的熟人呢？」叔寶暗暗擺了擺手，輕聲說：「不就是我了？」王伯當一挑眉，「哦？」叔寶解釋說：「那年我奉劉刺史的命令押解犯人到潞州，八月十五，唐公路過臨潼山遇到盜匪，我正好趕上。之後他一直問我姓名，我沒辦法，就跟他說我叫秦瓊，不知道中間出了什麼岔子，他怎麼記成了瓊五。」

兩人在這邊說笑，卻不知道柴紹見四人氣宇軒昂，心裡好奇就特地派家將過去探聽。結果聽到了兩人的對話。柴紹聽說竟然是岳父的大恩人，趕緊讓手下準備拜氈，親自過去叩頭致謝。柴紹問完幾個人的姓名，一邊將四人留在廟裡好酒好菜地招待，一邊給岳父寫了信，連夜派人去太原告訴唐公李淵。

幾天時間，一晃而過，轉眼到了正月十四，叔寶打算啟程進京獻禮，王伯當等人也打算去看花燈，可是柴紹給李淵送去的書信卻一直沒有回音。柴紹擔心叔寶走了不會回來，萬一岳父信裡有什麼囑託，自己不好交代，不如就跟叔寶說自己也打算去長安看燈。叔寶正擔心齊、李兩個人闖禍，心想柴紹的身分高些，萬一出了狀況也容易擺平，高高興興地答應了。

那座寺廟雖然離長安只有六十里，不過眾人動身晚又走得慢，所以到長安的時候天已經黑了。叔寶不想住到長安城裡，一直留心著城外的住處，果然在城門口找到一家。晚上叔寶和店老闆借了兩個熟悉長安道路和獻禮流程的夥計，第二天，早早起來也沒告訴眾人，自己帶人去明德門送壽禮。

---

❺【牙牌】古代官員拿的牌子，上面寫著官員的官銜、履歷，因為大多是用象牙做的，所以叫牙牌。

❻【布衣】平民百姓穿的衣服，借指平民。

第十一回　紅拂女求婚

楊素六十大壽，天下官員無論大小全都有禮送到。李靖剛好也在偏房等待召見，因此和叔寶攀談起來。兩人正聊得興起，就有官吏召李靖進去。李靖連忙起身，匆忙對叔寶說：「我現在急著進府去見楊大人，不能和賢弟詳聊，但有句要緊話一定要告訴賢弟，我住在西明巷第三家，賢弟辦完事記得來找我。」叔寶點頭說好，李靖就和那名差役進去了。

楊素大壽，來賀壽的各級官員數不勝數，自然不會一一召見，之所以會見李靖是因為他和李靖的父親是老朋友。李靖走到院內，看見楊素坐在胡床上拿著如意把玩。床後站著十二個穿金戴銀的道姑，再後邊是楊素的一群被屏風擋著的姬妾。李靖知識淵博、視野開闊，兩人說起國家大事，一問一答相談甚歡。楊素非常欣賞李靖，希望能將他留在身邊。當時楊素身邊的一位執拂的張美人幾次偷看李靖，可惜落花有意、流水無情，李靖並沒放在心上。到了中午，李靖告辭離開，楊素讓執拂美人送客。等李靖走了，張美人對差役說：「老爺想要知道剛剛出去的那位李生住在哪？」那差役下去問明，回來告訴了她。

這個執拂美人名叫張出塵，是楊素眾多姬妾中的一個。當初楊素因院中丹桂齊開，邀請府中食客飲宴，李密說：「大人樣樣不缺，現在唯一缺的就是一枚老君丹。」楊素知道李密的意思是自己妻妾眾多，恐怕會虧了身子。第二天，楊素將姬妾們召到跟前，說願意給她們一筆錢，放她們出府自行婚配。那些妻妾早就羨慕一夫一妻的生活，聽了楊素的話個個歡欣鼓舞，唯有陳後主的妹妹樂昌公主和執拂美人張出塵不肯走。楊素問她們為什麼不走，張出塵說：「老爺願意放我們出去自行婚配，確實是隆恩浩蕩，可我住在這裡一直錦衣玉食，怎麼會願意嫁給販夫走卒當一個平常的婦人。古人說受恩深處便為家。我沒有家，天下人在我眼中也如無物。」楊素聽了，覺得張出塵目光深遠、很有抱負，十分欣賞她。從此以後愈發寵愛她了。今天張出塵見到李靖，心裡卻忍不住敬仰起來，想著：「我這些年在越公府中見了多少人，像他這樣人品出眾的一個都沒有。他以後的前程恐怕比今日的越公還要遠大。聽他說話應該是還沒有家室。我不能在這待一輩子，錯過了他，世間男人再不能入我的眼。他錯過了我，也必定遇不上更好的女子。今天晚上正好不當值，等府中開宴的時候偷偷去見他一面問問他的意思。」一想到這兒，張出塵將房中的箱籠鎖了，列了一張明細又寫了一封信押在桌上。因為擔心遇到阻攔，她拿了兵符並換了一身官員的衣裳，大搖大擺地走出了越公府。

叔寶去交接壽禮的時候才發現負責接收山東壽禮的管事是李密，兩人見到對方十分高興，可惜李密事務繁多只匆匆聊了幾句。叔寶離開楊素的宅邸後就去了西明巷。李靖見到叔寶非常開心，問他這次來長安是不是帶著朋友一起來的，叔寶說只帶來了兩個搬東西的隨從，沒說王伯當他們。李靖跟他說：「我看你印堂發黑恐怕會有大禍，兄長若是和朋友一起來的，正月十五三更的時候一定不能出去賞燈。既然已經拿了回批，還是盡快回山東吧。」幾句話將叔寶嚇得汗毛直豎，他跟李靖道過謝急匆匆地趕回了住處。

當天晚上，李靖正在看書聽見有人敲門。他打開門一看，原來是個俊秀的少年，這正是張出塵。李靖沒發現張氏女扮男裝，問張出塵是什麼人，找他什麼事。張氏說：「小人是越國公府上的內官，奉了越公的命令前來為先生說媒，越公有個養女今年剛剛及笄❶，模樣才智都是一流的，越公非常寵愛她，一直視如己出。越公見到先生人品出眾，覺得天下間的男人只有先生能配得上他的女兒，所以派我過來做媒。」李靖說：「這是哪兒的話，我孑然一身、四海為家，我的抱負還沒達成沒想過要談婚論嫁。承蒙越公看得起，不過到底門不當戶不對，此事絕無可能，先生替我婉拒了吧。」

張氏一聽，沉聲說：「先生這麼說未免過於迂腐，我家主人乃是國之重臣，一句話就能定人榮辱。先生若是娶了我家小姐，榮華富貴手到擒來，您何苦如此固執一口回絕，不如再好好考慮考慮。」李靖說：「個人自有個人的富貴，豈能拿婚姻做籌碼。你要是再苦苦相逼，我只有辭官去周遊四方。」張氏神情一斂，厲聲說：「先生不要小瞧了這件事，小人若是回到府中將這事一說，主上發起火來，先生就算肋生雙翅怕也飛不出長安，到時能不能保住性命還在兩可之間。」李靖聽她這麼說，當場變了臉色，站起身說：「可恨！你當我是什麼人？我李靖還怕了不成。就算你權高勢大，在我看來不過是個提線木偶，這件事我就算賠上性命也絕不答應。」

兩人在房裡正吵得不可開交，住在隔壁的人忽然推門走了進來，那人一身武士裝扮，進來問：「你們誰是李靖？」李靖隨口回答：「是我。」張氏打量那人一番，拱了拱手說：「敢問兄長貴姓？」那人說：「姓張。」張氏說：「妾……小弟也是，我們既然有同姓的緣分，您若是不嫌棄，我們結為兄弟怎麼樣？」那人聽她這麼說，仔細打量一番之後哈哈大笑，高聲說：「結為兄弟，好！」李靖問：「張兄的字是什麼？」那人說：「仲堅。」李靖一聽，忙上前見禮，問道：「難道您就是虯髯公？」那人回答說：

當天晚上，李靖正在看書，就聽見有人敲門。他打開門一看，原來是個俊秀的少年。

❶【及笄】古代女子十五歲的時候會用笄把頭髮束起來，以示成年。笄，簪子的一種，用來挽住頭髮的。

「不錯。你們剛剛說的話我都聽到了，知道是李靖兄弟，所以過來看看。」轉身對張氏說：「現在我既然做了你的兄長，自然要為你作主，你的心事兄長幫你說出來，怎麼樣？」張氏回答說：「兄長既然看破了我的裝扮，也沒什麼好遮掩的了。」說著將房門閂上，除去頭上的烏紗和身上的官服，說：「小女子原本是越府中的人，因為覺得李爺是個大丈夫，所以想要託付終身，我不覺得為此自薦有什麼可羞愧的，所以藉著月色前來投奔。」

張仲堅哈哈大笑，「妹妹果然女中豪傑。」李靖說：「姑娘難不成就是白天執拂的那位？您既然有這份心思怎麼不直接說明白，害我胡思亂想了這麼些。」張氏說：「只怪你眼神不好，要是我兄長早就看出來了，哪還用我說這麼多。」張仲堅笑著說：「你們兩人都不是俗人，繁文縟節也就免了吧，不如現在就拜了天地，等我拿些酒菜過來當作花燭，咱們暢飲一番，如何？」兩人相視一笑，歡歡喜喜地拜了天地。

拜完天地，張氏又恢復了來時的裝扮，李靖問：「這是做什麼？」張氏說：「我進店的時候是官差，若現在成了婦人恐怕店家要猜疑，反倒多生事端。」李靖點頭，心想：「果真是心細如塵。」張仲堅讓手下將酒菜拿進來。三杯過後，張氏問張仲堅：「大哥什麼時候走？」張仲堅說：「我的心事已了，明天就走。」張氏聽他這麼說，馬上站起來說：「李郎，你陪大哥好好喝幾杯，我現在去個地方馬上就回來。」李靖問：「你要去哪兒？」張氏說：「郎君不用猜，馬上就知道了。」說完提起燈籠就出門了。

李靖心裡十分好奇。張仲堅倒是神情自若，說：「這個女子行為舉止自有章法，顯然是個人中龍鳳。不用擔心，一會兒一定回來。」兩人又說了些各自的情況。沒多長時間就聽到門外有馬叫聲，張氏開門走了進來。張仲堅問：「妹妹去哪兒了？」張氏說：「我將終身託付給李郎，原本就不是為了女兒家的心思。今天晚上趁著手裡有兵符，去軍中要了三匹好馬。我們喝完酒，大家收拾一下即刻出發。我想有兵符在這兒，不會有人妨礙我們出城，咱們借此腳力去太原看看，怎麼樣？」兩人聽了連連稱好。於是三人喝完酒，簡單地收拾一番，辭別主人揚長而去。

到了第二天，楊素沒看見張美人於是派人去找，下人回覆說：「姑娘的房門鎖著，人不知道哪去了。」越公猛一拍大腿，說：「是我疏忽了，她一定是跟李靖走了。」說完，他讓人將房門打開，裡面金銀細軟一樣不缺，桌上擺著物件明細和一封信，信上寫著：

「越國府紅拂侍婢張出塵，叩首上稟：小人出身微賤、孑然一身，能服侍老爺實是三生有幸，老爺待我雖不比金屋藏嬌❷也可比玉盤小秀，我還能求什麼呢？可我今天仍要離開，因為我認識一位蓋世豪傑。所謂弱草附蘭、嫩蘿依竹，如是而已。小女子自認光明正大，不

❷【金屋藏嬌】原意是漢武帝劉徹小的時候喜歡表妹陳阿嬌，說將來要爲她建一座金屋子給她住。後來指讓喜歡的妻妾住在華麗的房子裡，也指取妾。

願學小女兒私奔之態，因此留書告知。謹上。」

楊素看完信，心中了然。他知道李靖確實是個人物，告誡下人不許傳揚出去，然後把這件事丟到了一邊。

第十二回　宇文惠及斃命

叔寶從李靖那裡回來，一幫朋友都埋怨他說：「怎麼自己去逍遙，把我們扔在店裡？」叔寶說：「我五更就進城了，大家還睡著呢，而且我哪裡是玩，是去送壽禮的。」那些人這才消火。柴紹說：「現在時間正好，我們進城看花燈去吧。」叔寶想起李靖的話，原本想勸大家不要去，但想到這些人本來就是來看花燈的不可能不去，好在李靖說是三更，早點回來就是了。於是大家收拾一下，辭別掌櫃進了長安城。

長安城裡無論高官府邸還是百姓屋舍，奉了隋煬帝的命令一律張燈結綵，大街小巷熱鬧非凡。眾人一路走到宇文述的兵部尚書衙門——司馬門，這裡在燈匠的裝扮下成了一處燈樓。在燈光映襯下可以看到牆後的射圃，那是天下武官筆試弓馬的地方，按理一般人根本進不去，可是宇文述的四兒子宇文惠及是個典型的紈褲子弟，他每天呼朋喚友飲酒作樂，竟把這裡當了球場。

十五燈節，宇文惠及讓匠人在月臺上用五色綢緞搭起帳篷遮擋陽光，自己坐在臺上，一手各抱著一個美人看下面的人踢球，這兩個美人是從長安城平康坊❶找來的，一個叫金鳳舞，一個叫彩霞飛，都是平康巷裡的頭牌。月臺兩邊各設一個球門，門上有個斗大的彩門。宇文惠及說了誰能將球踢進彩門裡，就能從他那兒得到一匹彩緞、一封銀花以及一面銀牌。齊國遠自幼落草為寇，沒見過踢球，問身邊的李如珪那個圓圓的東西叫什麼，李如珪告訴他那叫皮包鉛，有六十四斤重。齊國遠來了興致想要試試，他怕自己踢不動惹人笑話，結果全力一踢把那顆球踢飛了，不但沒得到賞銀，還賠了五兩銀子。齊國遠不擅長踢球，柴紹卻是個中能手，一場下來贏了不少彩緞銀花。齊國遠見了高興得手舞足蹈，大喊：「郡馬不要停，我們踢到晚上。」

踢完球，眾人又去看燈。只見司馬門正中有一盞麒麟燈，上面寫著四個字：「萬獸齊朝。」左右兩邊各貼一聯，左邊是：周作呈祥，賢聖降凡邦有道。右邊是：隋朝獻瑞，仁君治世壽無疆。麒麟燈下圍繞著各種獸燈：青熊燈、猛虎燈、錦豹燈、老鼠燈、山猴燈、駱駝燈、麋鹿燈、狡兔燈……各色獸燈樣樣俱全，數不勝數。

眾人看完燈，已經敲過了初鼓，可眾人還沒逛到東長安門。齊國遠第一次到帝都，今天又是上元節，燈光璀璨、鑼鼓喧天，四周都是新奇玩意，他高興得話都來不及說，扭著粗笨的身子在人群中擠來擠去，興奮得不得了，搖頭晃腦、哇哇亂叫，誰也按捺不住他。

叔寶說：「我們再往裡走走。」眾人於是穿街過巷到了五鳳樓前，那裡人山人海擠成一團。五鳳樓前建了一座御燈樓。兩個大太監坐在銀花交椅上，左右兩邊站的分別是司禮監裴寂，內檢點宗慶，後邊跟著身穿團花錦襖的禁軍五百人，每人手裡一把齊眉紅棍守著御燈樓。這座燈樓不像別的燈樓是用紙絹顏料紮出來的，它用的是海外的異香、皇宮的珍玩。燈樓上掛著一面牌匾，用珍珠穿成四個字：「光照天下」。兩邊的對聯都是金鑲玉砌的，寫著：三千世界笙歌裡，十二都城錦繡中。眾人感歎：御燈樓的景致果然格外不同。眾人看完了御燈樓，一路東奔西走，有的時候擠在一起，有的時候則被人群擠散了。有的時候在茶坊、有的時候在酒樓，誰也不想回去。叔寶記著李靖的話，想著以防萬一，一再催促要大家回去可沒一個聽的。

長安城中有位姓王的寡婦，獨自一人將女兒拉扯長大，又給女兒許了人家。今天上元佳節，她想著帶女兒出來看花燈。女兒小名婉兒，十八歲，長得眉目如畫、楊柳細腰，非常漂亮。兩人剛出門，就有一群浪蕩子跟在後邊動手動腳，母女倆又慌又亂，後悔不該出來看燈。宇文惠及的隨從也出來看燈，他們看婉兒漂亮急忙跑去跟主子報告。宇文惠及見婉兒身邊只跟了一個老娘，斷定她們是小戶人家，擋在前面百般調戲。王寡婦不認得宇文惠及，又氣又急的罵了幾句，沒想到宇文惠及竟然拿王寡婦無禮當藉口，將母女兩個綁了回去。街上雖然有不少人，可誰不知道宇文公子惹不得，一個敢吱聲的也沒有。

---

❶【平康坊】唐朝長安城丹鳳街有一處妓女的聚居地，叫平康坊，也有叫平康里、平康巷的。當時的不少文人雅士，都喜歡去那裡飲酒作樂。後來「平康」兩字成了妓女住所的泛稱。

宇文惠及回到府裡，把王寡婦扔在府外，將婉兒拉到書房行凶。婉兒又抓又撓百般抵抗，宇文惠及火了，叫來丫鬟將婉兒打了一頓鎖在房裡。下人稟報說：「那老婦人在門外大喊大叫。」宇文惠及說：「沒用的東西，這是什麼地方能由著她撒潑嗎？算了，我去看看。」

宇文惠及走出府門，問王寡婦想做什麼？王寡婦見到宇文惠及連忙跪下，求他放了婉兒。宇文惠及譏笑說：「你的女兒本公子已經享用了，你乖乖地離開別找打。」王寡婦說：「別說打，你就是殺了我也要把女兒還給我。我就這一個女兒已經許了人家，你放了她吧。你要不放，我今晚就死在這兒。」宇文惠及聽了，哈哈大笑：「老太婆，也不問問在我跟前死的人有多少。來人，打出去。」於是家丁們一擁而上將王寡婦又捶又打地扔了出去。宇文惠及被這王寡婦一折騰敗了興致，又帶了一百多個打手上街閒逛。當時已經敲過了二更鼓。

叔寶他們一路遊玩，走到百官下馬牌附近，忽然發現前方圍了幾百人在那兒吵嚷。他們擠進去一看，只見一個白髮蒼蒼的老婦人趴在地上號啕痛哭。他們忙問怎麼回事。一人歎了口氣說：「這個老婦人的女兒都許了人了，只差沒出嫁，到街上看燈就被宇文惠及搶走了。別說沒出嫁，就是出嫁了，宇文惠及看上了還不是一樣，唉，不該說，不該說的。」叔寶問：「剛剛球場上的那個人？」柴紹他們說：「就是他。」幾個人各個義憤填膺，火冒三丈。叔寶這個人十分重情義，最見不得不平事，聽了這事一下子就將李靖跟他說過的話扔到了腦後。齊國遠說：「老太太，你先回去，我們剛在射圃贏了宇文公子不少彩緞銀花，等我們找到宇文惠及把你女兒贖回來。」王寡婦一聽連連磕頭，大哭著走了。

叔寶又問邊上的人，「那個宇文惠及真的搶了她的女兒嗎？」眾人說：「當然，宇文惠及也不是今天才搶，十二那天就開始搶了。元宵節賞燈是長安的習俗，百姓家的婦人都出來看燈，宇文惠及看到長得好的就搶回去。那些柔順聽話的，第二天父母還能領回來，那些性子倔強的直接打死扔出去，誰敢找他償命。十三、十四那兩天才搶了幾個，今晚就輪到這位老太太的女兒了。」幾個人開始的時候，還想著拿綢緞銀花將姑娘贖出來，聽了這話火冒三丈，心想宇文惠及真是找打。他們聽說宇文惠及今晚會去西長安門外御道上看社火❷，連忙趕了過去。

到了三更，月亮高高掛在天上，眾人正四處尋找宇文惠及，剛好看見他帶著幾百個如狼似虎的護衛招搖過市。眾人藏在人群後邊正想動手，就聽到一人高喊：「夏國公竇爺府中家將，請公子看社火。」宇文惠及問：「講什麼的？」那人回答：「虎牢關三戰呂布。」宇文惠及說：「好。」那些人馬上舞了起來。等那些人舞完，宇文惠及讓人賞了些銀子。叔寶看宇文惠及想走，連忙喊了一聲：「還有。」他話音剛落，五個人就從人群中竄了出來，齊聲

---

❷【社火】中國民間一種慶祝春節的傳統慶典狂歡活動。也是高臺、高蹺、旱船、舞獅、舞龍，秧歌等的通稱。

喊道：「我們是五馬破曹。」

只見秦叔寶手握雙鐧，王伯當手拿雙劍，柴紹一口寶劍，齊國遠兩柄金錘，李如珪一條磨光了的竹節鋼鞭舞動起來，鞭鐧相撞，火星四濺。御道雖然寬闊但耐不住人多，眾人施展不開。兵器沉重，舞動起來帶動風聲呼呼直響。圍觀的百姓怕誤傷到自己，不住地往後退。齊國遠心想：「打死他不難，難的是這麼多人跑起來不方便，要是在燈棚上放一把火，到時百姓忙著救火，自然沒工夫抓我們。」於是他腳下一使勁躥到了屋頂上。叔寶見棚上的火著了起來，便猛地往前一翻跳到了宇文惠及的馬前，舉起金鐧直劈宇文惠及面門。宇文惠及坐在馬上仰著脖子毫無防備，叔寶單枝金鐧的重量也在六十斤以上，攜著風打下來砸在宇文惠及腦袋上，宇文惠及被打得腦漿迸裂直接翻倒在地。家將們大驚，紛紛高喊：「不好了，公子被人殺死了！」說著舉起兵器朝叔寶打過來，叔寶掄起金鐧招架。齊國遠從燈棚上跳下來，掄著金錘加入戰局。一眾豪傑心頭火起高喊著衝上去，左衝右突將那些家將打得東倒西歪、四散奔逃。幾個人在人群中殺出一條血路直奔明德門，這時三更已經過了。

五人進城的時候，將二十二個家丁嘍囉留在了城外。那些人黃昏的時候吃了晚飯，又餵了馬，備好馬鞍在路口等主人回來。他們分成兩批，一批看馬，一批到城門口賞燈，等賞燈的回來，換看馬的人去賞燈。到了三更時候，兩批人已經換過了一回，又輪到看馬的人進去看燈。這時忽然見大批百姓蓬頭垢面、袒胸露背地從城裡湧出來，一個個滿身是汗，還有些人受了傷，嘴裡高喊著：「快跑，快跑。」沒一會兒，去看燈的幾個嘍囉也慌慌張張地跑了出來，說：「壞了，怕是老爺們在城裡闖了禍，聽說什麼宇文公子被人打死了。這種情況一定會關城門，咱們得想辦法攔著，要不然城門一關主人就出不來了。臂力大的跟我們走。」於是十幾個大漢到了城門口，故意因為你想進、我想出的問題撕扯起來。看守城門的人趕緊過去拉架，沒想到這些人各個力大如牛，還沒到近前就被推倒了一片。這時巡街的金吾將軍與京兆尹聽說宇文惠及被人打死了，擔心凶手逃跑，急忙傳令關閉城門。可一時間哪裡關得住？這時五個人剛好跑到城門口，見城門沒關立即奪門而出。嘍囉們見主人回來了，急忙跟在後邊跑走了，眾人飛身上馬直奔潼關道。

家將們大驚，紛紛高喊：「不好了，公子被人殺死了！」

到了永福寺前，柴紹勸叔寶留下來。叔寶說：「不了，我這次在長安城闖了大禍，宇文述為了給兒子報仇一定會嚴加搜索。賢弟記得安排人將寺裡的報德祠拆了，別讓人看到那兩根泥鐧。」說完，叔寶辭別柴紹和眾人飛馬走了。

到了少華山，叔寶對王伯當說：「九月二十三是家母的六十整壽，賢弟要是有空可以來看看。」王伯當、李如珪、齊國遠紛紛表示一定會去。眾人請叔寶進山，叔寶沒答應，道了聲「再會」就快馬加鞭地朝家中趕去。

叔寶等人這一鬧，長安城不知道添了多少屍骨，連百姓的房屋也被燒了不少。那天隋煬帝為宇文述家賜了燈還賞了御宴，眾人在府中飲酒作樂共用天子盛恩。正熱鬧著，家將忽然從門外湧進來，嘴裡喊著：「老爺，不好了。」宇文述趕緊離席，走到滴水簷下，罵道：「慌慌張張吵什麼？」幾個家丁走上來，跪在地上說：「小少爺在西長安門外看燈，遇到一夥說是要表演社火的人，誰知道竟然把小少爺打死了。」在所有兒子中，宇文述最喜歡的就是這個小兒子，聽說他慘遭橫禍一時五內俱焚，喊道：「我兒子和那些人有什麼仇怨，那些人為什麼要打死他？」這些家丁不敢說自己幫著宇文惠及作惡，卻說：「小少爺喝醉酒，逗弄了一下王氏的女兒，沒想到那個老太太竟然跟盜匪有牽扯，結果那些人就把小少爺殺了。」宇文述問：「那個老婦和丫頭在哪兒？」家丁回答說：「老婦人不知道去了哪兒，但那個丫頭還在府裡。」宇文述怒喊：「把那個女人給我拖出去打死。找人查查那個老婦家在哪兒，把所有跟她沾親的人都殺了，房子也放火燒了。」眾人聽命將婉兒拖出來打死了，老婦人一家也全都被殺。

宇文述一口氣殺了這麼些人還不解恨。他又找了府中擅長作畫的畫工，將凶手的長相、衣著以及用什麼兵器，打算畫影圖形全國通緝。眾人說：「其中一個身高一丈，二十多歲，一身青衣，用的是雙鐧。」「雙鐧！」聽到這個詞，一個家丁連忙跪下回報：「老爺，這人若是使雙鐧就好查了。記得當初小人奉命去植樹崗劫殺李淵，曾經遇到過這個人，就是他救了李淵。」宇文述說：「我明白了，一定是李淵知道當初是我要害他，所以讓這個人殺了惠及報仇。」宇文述的大兒子，宇文化及忙說：「不用說了，明天只管稟告皇上讓李淵償命。」宇文智及也跟著大罵李淵，說要為弟弟報仇。只有宇文士及表示不妥，他說：「也未必就是這樣，天下長得相似的不知道有多少，何況是用鐧的。李淵想要報仇哪會等到今天。別說我們沒抓到凶手沒有證據，就算真的是植樹崗的那個人，我們能說出去嗎？現在也只能慢慢細查。」宇文述一聽確實如此。第二天發布公文，說讓各州急速追捕打死宇文惠及的人。

第十三回　隋煬帝登基

楊廣做了太子之後，唯一害怕的人就是獨孤皇后，沒想到他剛登上太子之位，獨孤皇后就死了。楊廣一時之間沒了約束，貪奢好色的本性漸漸顯露出來。隋文帝自從獨孤皇后死後也放縱起來，身邊一個宣華夫人、一個容華夫人，每天只顧逍遙快活，朝政漸漸交到了太子手中。到了仁壽四年，隋文帝已經年過六十，生活仍然不知節制。到了四月，隋文帝就病倒了，等到七月病勢愈發嚴重。隋文帝在仁壽宮養病，重臣尚書左僕射楊素、駙馬禮部尚書柳述、近侍黃門侍郎元岩，三人留在宮裡侍奉，太子楊廣住在大寶寢宮，時常進宮問安。

一天清晨，楊廣進宮請安的時候，宣華夫人正在餵文帝吃藥。楊廣雖是太子，但到底內外有別，這還是他第一次見到宣華夫人，只覺得舉止風流、儀態萬方，連魂兒都要被勾走了。要不是隋文帝還在跟前，楊廣不知道會做出什麼事來。之後沒幾天楊廣再去宮中問安，沒想到又遇上了宣華夫人。宣華夫人遠遠地走過來，楊廣覺得她有說不出的婀娜多姿。當時宣華夫人因為想要換衣服出宮，所以身邊沒帶人。楊廣認為這是個好機會，吩咐眾人不要跟

著，自己尾隨宣華夫人去了換衣服的地方。宣華夫人看見楊廣大吃一驚，問道：「太子，你怎麼在這兒？」楊廣笑著說：「也來換衣裳。」宣華夫人臉漲得通紅，一轉身就想走。楊廣猛地撲上去抱住，「夫人別走啊，我自見了夫人魂兒都被夫人吸走了，今天是上天給的機會，夫人就賞我一回吧，這樣我就再也沒什麼憾事了。」宣華夫人說：「太子放手，我已經是聖上的人了，名分攸關，怎麼能這樣？」楊廣說：「夫人這麼認真做什麼？人生在世要懂得及時行樂，名分算什麼。這一時一刻才是千金難求。」又說：「所謂識時務者為俊傑。夫人也不看看父皇是什麼光景，再執迷不悟，以後你想跟我我都未必要你了。」宣華夫人極力推拒，可她一個養尊處優的弱女子，如何比得過身強力壯的楊廣，又不敢高聲呼救。正在這時忽然聽到宮中一片呼喊聲：「聖上宣陳夫人！」楊廣聽到聲音，知道今天是成不了事了只得鬆手。宣華夫人慌慌張張地跑出來，衣裳都被扯破了。

隋文帝見宣華夫人衣衫不整、神色惶恐，逼問她是怎麼回事。宣華夫人支吾半天終於忍不住，哭訴說：「太子無禮。」隋文帝一聽，血氣上湧、面紅耳赤，用拳頭在御榻上狠狠地敲了兩下，罵道：「這樣的畜生，我怎麼能把江山交給他，來人，宣柳述和元岩前來見我。」

楊廣此時並沒有走遠，他擔心事情會有變化，所以一直在宮門處探聽情況。他聽說皇帝只召見柳述、元岩，而沒召見楊素就知道不好，急忙將張衡、宇文述等人找來商議。幾個人正說著，楊素慌慌張張地趕來了，問楊廣闖了什麼禍，為什麼皇上召柳述、元岩進宮？太子說：「現在無論什麼原因都晚了，張衡已經定了一個計策。」張衡低聲跟楊素說了幾句。楊素歎道：「只能這樣了。」沒多久，柳述、元岩就被宇文述帶人綁了，張衡帶了二十多個內監闖進隋文帝寢宮，將伺候隋文帝的宮人都趕了出去。

不到一個時辰，張衡就得意洋洋地走了出來，說：「皇上已經賓天了，你們還傻站著幹什麼，還不去稟告太子？」又吩咐宮內妃嬪都不准哭，要等太子舉哀發喪。那些嬪妃都滿心懷疑，宣華夫人卻心知肚明，心想：「太子一定是擔心皇帝對他下手，所以先害死了皇帝。這事因我而起，他連父親都能下手，我自然也難逃一死。與其死在他手裡，不如我自行了斷。聖上是為我而死，我自然也該為聖上死。」想是這樣想，但總是下不了手。

楊廣和楊素正心急火燎地等消息，張衡走上來，一拱手說：「恭喜太子爺，不，恭喜皇上，大事成了。」楊廣一聽喜出望外。張衡又說：「不過太子的心上人，恐怕有自盡的心思。」楊廣一聽著急起來，讓人取了一個黃金盒子把一樣東西放到了裡面，外面用紙條封緊，派人給宣華夫人送去，讓她親手打開。

宣華夫人正在痛哭，忽然一個內侍說新帝賞了個盒子給她，讓她親手打開。宣華夫人心想裡面一定是毒藥，哀哭道：「自從國破被俘，我已經想好要老死掖庭了。承蒙先帝不棄，還以為這是福氣，誰知到底是紅顏薄命。」一邊說一邊哭，宮人也認定是毒藥跟著一起哭起來。內侍見眾人哭成一片，忙催促宣華夫人快點把盒子打開，宣華夫人沒辦法只得擦擦眼淚，輕輕地把金盒打開。沒想到不是毒藥，而是一個同心結。

眾人一看紛紛前來賀喜，宣華夫人見不用死也安下心來，可她心裡並不覺得高興。她既不拿同心結也不謝恩，內侍催她趕快收了東西謝恩：「娘娘別這樣，你原本因為任性得罪了新皇才惶恐不安，現在難得皇帝不怪罪，還給娘娘同心結。娘娘要是再任性到時又要哭了，快點謝恩吧。」宣華夫人長歎一口氣，拿出同心結放到桌上，對著盒子拜了幾拜，轉身又回到床上發起呆來。內侍見她拿了同心結，捧起空盒回去覆旨。當晚，楊廣就留宿在宣華夫人宮裡。

楊廣為隋文帝舉行過喪禮之後，換上吉服，舉行登基大典。拜告天地祖宗，加

楊廣為隋文帝舉行過喪禮之後，換上吉服，舉行登基大典。

冕登基。群臣也除去喪服換上了朝服。楊廣走向龍椅的時候，也不知道是太高興了還是太慌張，或者是心中有愧，總之是精神恍惚、手忙腳亂，一腳踏空幾乎摔倒。宮人們連忙趕過去扶住。楊廣定了定神又往御座前走，可是腳才上去不知不覺又撤了下來。楊素和百官面面相覷，不知道怎麼回事？楊素心想這可不好，於是走上前去，雙手一拖、一壓將楊廣放到了龍椅上。他雖然年紀大了，但到底是武將出身有把子力氣。楊素將楊廣放到龍椅上後，走到殿下帶著文武百官山呼萬歲。

隋煬帝下旨將第二年改為大業元年，文武百官、邊關將士各有封賞，楊素、宇文述、張衡等一眾黨羽也都得了封賞，廢太子楊勇被追封為房陵王。楊廣雖然做了皇帝，但因為楊素、楊約等一干重臣的約束，暫時還不能完全隨心所欲。

第十四回　皇后扮宮娥

隋煬帝登基之後，每天退朝便去找宣華夫人尋歡作樂足有半個多月。蕭皇后在隋煬帝登基之前，原本和隋煬帝形影不離非常恩愛。她開始還想著隋煬帝不來找自己是因為有孝在身，後來才聽說宣華宮裡竟是日日笙歌，非常生氣。一天，蕭皇后在隋煬帝下朝的時候逮住他狠狠地鬧了一場，讓隋煬帝將宣華夫人打入冷宮。

宮人聽到皇后吵嚷，就將這件事悄悄地告訴了宣華夫人。隋煬帝到宣華夫人宮裡，見她低著頭滿臉淚痕，就說：「朕剛剛和皇后吵了一架，想必你也知道了。不過你不要擔心，朕和夫人在一起的時間雖然不長但情同海深，我絕不會扔下你不管的。」宣華夫人抱著隋文帝大哭，說：「陛下對臣妾的心，臣妾當然明白。但皇后到底是一宮之主，萬一發起火來臣妾就活不成了。而且臣妾也不能只顧自己快活，不管陛下的名聲。陛下現在不為臣妾打算，以後恐怕要後悔的。」話說到這個地步，隋煬帝歎口氣，命人將外邊仙都宮打掃清淨讓宣華夫人搬過去。並吩咐宣華夫人的吃穿用度還是和從前一樣。

自從宣華夫人離開，隋煬帝沒一天高興的，整天長吁短歎。蕭皇后見了，知道隋煬帝是不會斷念的，就跟隋煬帝說：「臣妾之所以讓宣華夫人離開是想和陛下更親近，沒想到反而和陛下疏遠了。既然這樣，陛下下旨將宣華夫人召回來吧，臣妾只希望陛下開心。」隋煬帝聽了大喜過望，馬上下旨召宣華夫人回宮。

沒想到宣華夫人聽到旨意，卻一點也不想回去。她寫了一首《長相思》讓人帶給隋煬帝。隋煬帝看了之後，笑著說：「她這是怕朕又丟下她，現在皇后都已經答應了，朕怎麼會離開她呢？」拿了紙筆和了一首詞。宣華夫人見了這首詞，知道自己無論如何都再不能推辭，只得梳洗裝扮一番和侍從回了皇宮。隋煬帝見到她自是喜不自勝。

從此以後，隋煬帝對宣華夫人比以前更加寵愛了。可惜自古紅顏薄命，還不到半年宣華夫人就死了。隋煬帝哭了幾場，每天悶悶不樂，蕭皇后說：「俗話說人死不能復生，陛下就不要傷心了，不如在宮裡再選些美人陪伴陛下，怎麼樣？」隋煬帝一想，宣華夫人也是在宮裡選出來的就答應了，可是選來選去也找不著更好的。隋煬帝大怒，喊道：「全都是庸脂俗粉，沒一個比得上宣華，不選了。」蕭皇后笑著說：「陛下不要急，臣妾幫您選，保證能選出一個好的。要是選不出來，願意罰酒三杯。」說完起身上輦出宮去了。蕭皇后到了長樂宮，脫下宮袍重新打扮一番，沒一會兒就變成了一個嬌俏豔麗的宮娥。

隋煬帝正喝得半醉，一個內侍進來稟報說：「娘娘已經為陛下選了一個姑娘，讓奴婢帶過來見駕，自己去了別的宮裡。」隋煬帝笑著說：「皇后果然賢慧，宣美人進來。」很快，殿外就走進來一個婀娜多姿的美人，那個美人渾身上下都透著嫵媚，盈盈拜倒在地。隋煬帝喜不自勝，心想宮裡竟然還有這樣的美人。忙說：「快快平身。」可那個美人就像沒聽見一樣一動也不動。隋煬帝又喊了兩次，最後按捺不住親自走下去將那個女人攙起來。那個美人微紅著臉低頭不語。隋煬帝忽然覺得有點眼熟，仔細一看，原來是皇后，便哈哈大笑道：「真聰明，我還說怎麼會有滄海遺珠。」然後，他拉著蕭皇后的手一起回了御座，說：「這三大杯，皇后可免不了啦！」蕭皇后說：「臣妾在宮裡找了一圈也沒找到好的，所以自己裝扮一番想博皇帝一笑。」隋煬帝果然哈哈大笑。蕭皇后又說：「陛下不用灰心，宮裡雖然沒有好的，但天下間的美人多的是，不如讓人去各地挑選，陛下覺得怎麼樣？」隋煬帝說：「好是好，可我擔心朝中大臣不答應，到時候紛紛上書勸阻，煩都煩死了。」蕭皇后說：「朝中敢直諫的不多，唯一值得擔心的是那個楊素。不如藉著盆蘭盛開，陛下將他找來探探口風。」

第二天，隋煬帝派人將楊素找來，楊素乘著涼轎直接進了皇宮內院。到了太液池邊，君臣兩個坐在池邊賞魚，隋煬帝邀楊素一起釣魚，說好先釣上來算贏，輸的要罰酒一杯。沒一會兒工夫隋煬帝就釣了兩條，可楊素只扯了兩次空鉤。宮人們見了掩嘴偷笑，楊素沉著臉說：「燕雀安知鴻鵠之志。等老臣釣一尾金色鯉魚。」隋煬帝見楊素說話全無顧忌，心裡很惱火，一點做臣子的本分都不顧。他放下魚竿說想去方便一下，起身去了蕭皇后那裡。

蕭皇后問：「陛下不是和楊素釣魚嗎，怎麼生起氣來了？」隋煬帝說：「楊素這個老匹夫，竟敢當著朕的面如此放肆，朕要殺了他以出心中這口惡氣。」蕭皇后一聽，連忙勸道：「這可不行，楊素是兩朝老臣，又為陛下做了不少事。今天陛下將他找來，平白無故就把他殺了，朝中大臣一定不服。更何況楊素武將出身還手握重兵，萬一制不住他，陛下就危險了。」隋煬帝覺得有理，只得把心裡的火壓了下去。他換了衣服回到太液池，沒想到看到楊素坐在垂柳下面，儀表堂堂、英姿勃發，幾縷白鬚被清風吹起竟很有些帝王的威儀，心裡又添了幾分妒忌，強笑著說：「愛卿釣到幾條了？」楊素說：「化龍之魚，自然不多。」話音還沒落，隨手一扯拎起一尾足有三寸的金色鯉魚。楊素放下魚竿，笑著說：「有志者事竟成，陛下覺得老臣怎麼樣？」隋煬帝笑著說：「能有一個賢卿這樣的臣子，朕再無所求。」說完，叫人準備宴席，君臣二人同桌喝酒。

兩人喝了一陣，楊素已經有七八分醉意了，內侍又來倒酒。楊素一揚手將人推開，沒想到那人沒防備，一下將酒杯掉在桌上弄了楊素一身。楊素猛地站起來，大罵：「你這個蠢材，竟然敢在陛下面前戲弄大臣！眼裡還有朝廷法度嗎？來人，拉下去打。」隋煬帝見侍從把酒灑了正想教訓一下，沒想到楊素的手腳比他還快，只得一言不發地在那喝酒。宮人們見隋煬帝不發話，只能將那位宮人拉下去打板子。打了二十大板，楊素才回身對隋煬帝說：「世上最可惡的就是這些宮女內監，自古以來帝王若是對他們稍微仁善一些，這些人就要作惡。今天老臣教訓他們一番，好叫他們日後知道分寸。」隋煬帝覺得自己都要被氣死了，也沒了選美的心思，強笑著說：「賢卿在外幫朕治理國家，在內幫朕肅清內宮，可謂勞苦功高，朕再敬賢卿一杯。」楊素又喝了幾杯已經完全醉了，隋煬帝於是命兩個太監將他扶下去。

楊素剛要走出苑門，忽然吹過來一陣陰風直打面門，一時間寒毛直豎。他抬起頭恍惚間看到宣華夫人走了過來，對著他說：「楊素，當初晉王奪嫡，不是你死就是我亡。」楊素醉得七葷八素，忘了宣華夫人已經死了，回答說：「這些事都過去了，夫人還提它做什麼？」恍惚間又看見隋文帝頭帶龍冠、身披喪服、手拿金鉞斧，出現在面前：「你這弒殺君主的老匹夫，還多說什麼。」一斧兜頭砍下來，楊素醉了酒只覺得身子不聽使喚完全躲不開，一跤摔在地上，鮮血從嘴裡、鼻子裡中湧了出來。

近侍見了，趕緊報告隋煬帝。隋煬帝一聽大喜過望，讓侍衛將楊素扶了回去。還沒到半夜，楊素就死了。隋煬帝聽到消息一陣狂喜，歡呼道：「老匹夫死了，以後朕什麼也不用怕了。」立即命令許延輔等十個太監出宮，到各地去尋訪十五到二十歲的美女。

一天晚上，隋煬帝和蕭皇后商量說：「從古至今的帝王都有離宮別院作為玩樂的地方，朕現在年富力強，要是不能及時行樂就太遺憾了。天下既然以洛陽為中心，不如將洛陽改為東京，在那建一座顯仁宮，這樣才快活？」之後，他又召來兩個最會逢迎的大臣，一個宇文愷，一個封德彝，讓兩人負責這件事。宇文愷說：「陛下此舉真是太聖明了，連堯舜都比不過您，這是名垂千古的一大盛事，臣等必當盡心竭力。」封德彝說：「天子建造的宮殿必須十分廣闊才能顯示宮殿的恢宏，必須足夠富麗堂皇才能顯示陛下的仁德。一定要南臨皀洞，北跨洛濱，從天下選最好的木材奇石、最珍貴的花草珍禽，這樣才能讓各國崇敬仰慕。」隋煬帝滿意地點點頭，說：「兩位愛卿只要盡心竭力，朕自然重重有賞。」於是傳旨宇文愷、封德彝去洛陽督建顯仁宮。大江以南、五嶺以北，所有用料都要聽他們調配。建築的費用，除了江都東都及所有出勞役的地方，其餘的每個省府、每個州縣都要拿三千兩銀子。兩人領命告退，立即動身前往洛陽。一時間，隋朝的土地被弄得天翻地覆，百姓叫苦連天。

第十五回　程咬金劫官銀

兗州東阿縣武南莊有一個走江湖的漢子，名叫尤通，字俊達。這個人在綠林中奔波多年，家大業大，在整個山東極有名望，人稱尤員外。他聽說青州衙門將送一批三千兩的銀子上京，正好要從兗州路過就想發這筆橫財。可是一想到這批銀子是官銀，必定會有大批官兵護送而想放棄。可是到底貪心，始終捨不得放手，於是便吩咐手下再找些功夫好的人。有人對尤俊達說：「離這兒五六里的地方有個名叫程咬金的人，當初因為販賣私鹽被官府抓了，新帝登基大赦天下才被放出來。這人挺有本事的，可惜只聞其名，未見其人。」

尤員外點點頭，把這個名字記在心裡了。也是事有湊巧，之後沒幾天尤員外偶然經過郊外，天忽然冷下來，一陣西風狂捲著樹葉劈頭蓋臉地打下來。尤員外想喝杯酒暖暖身子就進了邊上的酒肆，他才喝了一杯熱茶，就見一個壯漢走了進來。那人雙眉倒豎，一雙精光四射的大環眼，滿臉橫肉、蓬頭垢面、滿嘴獠牙，腮邊淡紅色的鬍鬚糾成一團，耳後的頭髮長短不齊，整個人像是用生鐵團成的，看上去剽悍勇武不同於常人。那人一身破爛的衣衫，背上

背了好幾個柴扒❶，往地上一放就喊夥計上熱酒，看起來像是和店家認識。尤員外叫過一個小二，輕聲問：「這個漢子是什麼人啊？」小二說：「這人常來喝酒，叫程咬金。」

尤員外一聽喜出望外，忙走過去和程咬金攀談。兩人閒聊了一會兒，尤員外說：「程兄弟，我實話跟你說了吧，我早就聽說過兄弟的大名，現在有件事想找程兄弟幫忙，是一樁大買賣。店裡不好說，能不能請兄弟去我家仔細商量商量。」程咬金說：「我跟你一見如故當你是知己，你有什麼事吩咐一聲就行，我一定幫忙。不過現在酒都在嘴邊上了，就不去你家喝了，就這兒喝吧。」尤通說：「好。」於是兩人一起喝了頓酒。尤通出去結了酒錢，程咬金喊道：「店家，這些柴扒我就不拿走了，抵之前的酒錢吧。」

尤通和程咬金一道回府，跟程咬金說自己出門經商，路上盜匪特別多生意艱難，希望程咬金能幫著看貨，賺了錢兩人平分。程咬金說：「那是夥計嘍？」尤通說：「不是夥計，是兄弟。小弟早就仰慕你英勇剽悍，可惜一直無緣相見，你要是不嫌棄咱們今天就結為兄弟。」

於是兩人互說了年紀結義金蘭，發誓願意同生共死、患難扶持。程咬金說：「我們現在都商量好了，只是我家裡還有個老娘沒人照看，怎麼辦呢？」尤通說：「你我兄弟，你的母親就是我的母親，當然是接過來一起奉養。」然後，他給了程咬金一錠銀子作為搬家費用。

尤員外見一切順利，命人上酒上菜，程咬金酒到杯乾連喝幾十碗，又吃了三四碗飯才酒足飯飽告辭離開。程咬金雖然喝醉了，可始終記得袖子裡的銀子，攥緊了袖口生怕丟了。卻沒想到他的衣裳漏了個洞，剛出門銀子就掉出去了。下人看見拾起來問尤通要不要追出去給他。尤通說：「不用了，我正擔心他回去和母親一商量又不來了。現在銀子沒了，一定放不下我，今天晚上肯定來。」

程咬金一路回了家，本想和母親獻寶，誰知銀子竟然丟了。程咬金就跟母親說：「我們也別等明天了，今兒個就去。娘，你再忍忍，等到了他家保證讓你吃飽。」於是背著老娘，鎖上門又回了尤家。

尤通還沒睡，聽到程咬金回來欣喜不已，忙將程母請進中堂。程咬金急吼吼地喊著：「我娘還沒吃飯，哥哥先弄些東西來。」尤通又命人準備些吃食。他跟程母說他想和程咬金一道做生意，賺了銀子均分。程咬金是個粗人，程母卻十分細緻，忙說：「員外是個富翁，咬金卻是個粗人，要說讓他做個夥計，每月拿些銀子還說得過去，怎麼敢和員外結拜兄弟？況且還一分本錢不出？」尤通說：「這是因為我久仰咬金兄弟的大名，想跟他一起做事。」程母暗想：「我家什麼也沒有，他還能圖什麼，可能真是義氣。」正說著，飯菜已經準備好了，於是尤通安排程母到裡面用飯，又吩咐下人再擺一桌和咬金喝酒。

兩人喝得興起，尤通就把劫皇銀的事跟程咬金說了。程咬金為了生活，原來還販賣過私

---

❶【柴扒】竹子做的扒柴草的工具。

鹽，當然不是什麼安分的人。這次能從牢裡出來挺感謝皇帝的，想著若不是他大赦天下自己也出不來。但是一想到皇帝雖然把自己放出來了，可是這個年月連老娘都養不起，尤通又對自己不錯，有什麼不能幹的，笑著說：「哥哥放心，他的銀子要是不從這兒過也就算了，只要從這兒過，用不著哥哥勞心，小弟一馬當先，這筆銀子一定手到擒來。」尤通問：「賢弟用什麼兵器？」程咬金說：「斧子。雖然沒人教，不過我沒事的時候把砍柴的斧子安了長柄，舞得也很溜。」尤通說：「我這倒有一柄六十斤重的板斧，賢弟耍得動嗎？」程咬金說：「五六十斤，那不算重。」

於是兩人去後院的兵器庫把斧子取出來。那柄板斧由渾鐵打成，兩邊刻有八卦，名叫八卦宣化斧。尤通又給了程咬金一副青銅盔甲、綠羅袍，還有槽頭的一匹青色的劣馬。尤通披掛齊整和程咬金上馬比試，幾個回合下來眾人齊聲叫好。

二十三日晚上，尤通讓人準備好酒菜將程咬金灌個半醉。二十四日五更，尤通帶人到了長葉林，鼓動程咬金說：「賢弟，我們以後的日子如何就在此一舉了。」程咬金點點頭。

這次負責押送銀子的官差名叫盧方，是青州折衝校尉。為了防範劫匪，盧方特意帶了一隊人在前面開路。他剛到長葉林，忽然見到一個人騎著馬從坡上衝下來，嘴裡還高喊：「留下買路錢！」盧方也是個戰將，見有人來劫銀子立即舉槍招架，邊打邊罵：「大膽盜賊！你在深山裡剪徑，不過是為了混口飯吃，可你看清楚了，這可是三京六府送京的銀子，你不要命了？」程咬金說：「別的銀錢我還不劫呢。」兩人打了幾十個回合還沒分勝負，此時，後面煙塵四起，押銀子的官差到了。程咬金見又有人來，擔心對方的幫手越來越多，揚起斧子猛砍。盧方招架不住被砍了下來，官差們見盧方落馬，紛紛圍了上來。可是程咬金力大無窮，一口氣砍翻了三四個，官差們知道打不過他嚇得四散奔逃。解官薛亮見情況不好調轉馬頭就跑，程咬金緊追不放。長葉林埋伏的人見程咬金贏了，全都跑出來將銀子搬回了尤家，殺豬宰羊等程咬金回來慶祝。

程咬金這時還追著薛亮跑不是想要趕盡殺絕，而是因為他不知道官差已經把銀子扔在長葉林了，以為薛亮騎馬帶

他剛到長葉林，忽然見到一個人騎著馬從坡上衝下來，嘴裡還高喊：「留下買路錢！」

回去了。薛亮見程咬金緊追不放又驚又怒，大罵：「我和你無冤無仇，你不過是為了銀子，現在銀子都扔在長葉林了，你為什麼還追我？」程咬金一聽，果然不追了，掉頭就走。薛亮見程咬金不追了膽子馬上大起來，罵罵咧咧地喊了幾句，又說：「你把銀子看好了，等我稟告刺史找人來抓你，有膽子就別走。」程咬金果然是個有膽子的，氣沖沖地喊道：「我等你來抓，我也不是沒名沒姓的，告訴你，我叫程咬金，我的朋友叫尤俊達。這三千兩銀子是我們兩個人拿的。」說完就走了。可是沒走多遠，程咬金又後悔起來，心想「剛剛不該把姓名說出來，尤員外知道了肯定要埋怨我。算了，還是別跟他說了。」

薛亮一路跑回青州，跪在刺史斛斯平面前哭喊：「大人，要送去京城的銀子，二十四那天走到齊州長葉林的時候被人劫了。將官盧方和四名長箭手都死在賊人手裡，下官拼死抵擋留著性命回來稟大人。屬下探聽到那夥搶匪的頭頭，一個叫陳達，一叫牛金。」斛刺史聽了又驚又怒，一面上書奏報宇文愷，一邊讓齊州立即交出陳達、牛金以及三千兩銀子。齊州的劉刺史看到公文，馬山安排人去搜捕這兩個人。

沒過幾天，宇文愷的公文到了，說一個月內抓不著賊人，齊州就先自己把銀子補上；要是兩個月還沒抓到賊人，劉刺史停俸，巡捕的衙役從重處罰。薛亮罷官，厚葬盧方並撫恤他的家人。

青州斛刺史見了公文安下心來，齊州劉刺史卻急得滿嘴起泡。他將巡捕樊虎和唐萬仞叫來，責問怎麼還沒抓到賊人，一人賞了十五大板，說限期三個月必須抓到賊人，否則以後每三個月，打三十大板。

轉眼三個月限期就要到了，樊虎和唐萬仞想起還要挨三十大板就覺得肉痛。樊虎想到叔寶在齊州做捕頭的時候認識不少綠林好漢，或許會有些線索。於是第二天兩人和劉刺史說想請叔寶幫忙。劉刺史聽了，就找來護兒把叔寶借了過去，叔寶和樊虎、唐萬仞一干捕頭用盡了辦法也沒找出什麼線索。限期一到，樊虎等人又挨了三十大板。

第十六回　叔寶挨打

九月的一天，單雄信正在和下人商量秋收的事。忽然有人通報說王伯當和李密來了。單雄信急忙出去相迎。幾人一聊，單雄信才知道叔寶打死宇文惠及的事，嚇得目瞪口呆，連說：「叔寶太莽撞了。」又問他們叔寶現在怎麼樣了。王伯當說：「沒什麼事，當天晚上就走了。」單雄信說：「我幾次想去看他都沒機會，你這一說我更想去看看他了。」王伯當說：「我們這趟來，一來是想看看二哥，二來就是邀二哥一道去山東。今年九月二十三，是秦伯母六十整壽。叔寶是個孝子，在長安城惹了那麼大的亂子，走的時候還要我們去為伯母賀壽。我去長安邀請李兄和柴紹。柴紹說他岳丈為叔寶準備了一千兩壽銀讓他過去取，所以我和李兄又來找你。」單雄信說：「不如多找些人熱鬧一下。」於是，他讓人拿著自己的兩枝令箭去邀請朋友。結果來了張公瑾、史大奈、王顯道，單雄信又找來童環和金甲。幾個人帶著幾十個部下和眾多禮物一路朝山東進發。

這些人正在趕路，忽然前邊回報說有人劫道。單雄信笑著說：「不知道是哪個兄弟來找

我們借盤纏，誰去看看？」童環和金甲立刻驅馬趕了過去。王伯當想起齊國遠劫叔寶那回，擔心是自己人，傷了誰都不好，趕緊跟了上去。王伯當剛到跟前，童環和金甲就已經敗了下來。柴紹他帶著李淵為秦母準備的壽禮正好也到了那裡。尤通、程咬金看他衣著光鮮、行李沉重，十分眼熱想要幹上一票。柴紹雖然有些本事，但一起對付兩個人卻十分費力。童環、金甲趕來幫忙，沒想到程咬金力大無窮，直接把他們掀翻了。

王伯當趕上來喊道：「朋友，我和你都是道中之人。」程咬金聽不懂，喊道：「我又不吃素，才不是什麼道中。」說完，舞動鐵斧直劈王伯當上三路❶。王伯當知道程咬金力氣大，不和他硬拼。一個閃身，趁程咬金一招用盡變招回斧的時候，右手槍桿往前一送，直奔程咬金喉嚨。程咬金來不及再變招，眼看就要沒命，沒想到王伯當又將槍收了回去。程咬金知道打不過他拍馬就跑，王伯當驅馬去追，程咬金高喊：「尤員外快來救我！」這時尤通正在跟柴紹糾纏自顧不暇，哪裡救得了他。倒是王伯當喊道：「柴郡馬、尤員外，不要打了，都是自己人。」於是三人下馬相見。程咬金騎在馬上氣喘吁吁地看著他們。這時單雄信聽金

❶【上三路】在武學中，分爲上三路和下三路，上三路指鼻、眼、耳，重擊這三個器官，會使人暫時失去抵抗能力。而下三路指的是胸（心臟）、腹（脾、腎）、陰。正道的人，往往不會攻擊下三路，因爲這不但不禮貌，還十分狠毒，甚至會讓人失去生育能力。

甲、童環兩人說劫匪厲害，連忙趕過來幫忙。眾人互相認識一番，一齊趕往齊州。

離齊州還有四十里，太陽已經落山了，這夥人就到義桑村找了家客棧住下。眾人一起喝酒，程咬金喝得最多，他想到自己這幾年在關外生活過得不知道有多苦，沒想到這次回家遇到了尤員外，又遇到了這麼多豪傑，開心得不得了。想到這些，他性子上來把酒杯往桌上狠狠地一放，粗聲粗氣地喊：「真是高興！」他天生力氣大，手一落，杯子砸得粉碎。這還沒什麼，偏他還跺了一下腳，將樓板蹬折了一塊。樓下的兩個客人正在喝酒，沒想到頭上撲簌簌一陣飛灰，將酒菜全都弄髒了。

其中一個跳起來大罵：「上面的畜生，安安靜靜地吃你的草料，亂蹬什麼蹄子。」程咬金脾氣暴躁，聽見別人罵他，縱身一躍跳了下來，和下面那個人滾成一團。兩個人力氣都很大，把身上的衣服扯得粉碎，拳來腳往一通亂砸。要不是這座酒樓蓋得夠結實，眾人都得砸在裡面。另一個漢子見兄弟和人打起來了，自己不好上去幫忙，就喊：「這個地方歸哪個衙門管？」單雄信在樓上一聽就火大了，大喊：「眾位，下邊的這位朋友，荒村野店的酒後相爭，是輸是贏看誰的拳頭硬，關官府什麼事？官府能管什麼，兄弟們，大家下去較量。」眾人正想下去，卻被張公瑾攔住了，他說：「二哥等等，我聽著聲音像是熟人。」單雄信聽了忙說：「那賢弟快下去看看。」

張公瑾連忙下樓，剛下了幾級臺階就回身衝單雄信喊道：「二哥，是尉遲兄弟。」單雄信大喜，忙讓程咬金他們停手。原來尉遲兄弟收到單雄信的令箭，想著叔寶是羅公的侄子就告訴了公子羅成。羅成又跟母親說了，於是羅夫人忙準備禮物讓差官送去，尉遲兄弟就託羅成要了這份差事。之後，這些人又挪到一起喝酒聊天，然後各自睡了。

第二天五更，眾人起身出發，離齊州還有二十里就遇到了前來迎接的賈潤甫等人。單雄信說要去叔寶家裡看他。賈潤甫支支吾吾地應了，卻先將人帶到了自己家裡，準備好酒菜招待，騙他們說已經派人去請了。賈潤甫為什麼說謊呢？原來叔寶的武藝雖然出眾，但破案的本事卻不高，劫官銀的案子直到現在也沒有進展。今天又是三個月的限期，叔寶等人去了衙門，劉刺史問：「有盜賊的線索了嗎？」眾人垂頭喪氣地回答：「沒有。」劉刺史氣得滿臉通紅，罵道：「幾個月的時間都抓不到兩個盜賊，一定是你們得了盜賊的好處在這搪塞我，害我要籌銀子賠。來人，給我打。」捕快們挨完三十大板，太陽都已經落山了。大門一開，一個個齜牙咧嘴地回去了。

叔寶功夫比別人好，也比別人耐打些。一頓板子下來，雖然被打得皮開肉綻，但並沒有沒傷到筋骨。叔寶出了衙門，自己上些藥，又被一個老丈請去喝酒。兩人正喝著，叔寶的眼淚就掉下來了。老丈以為他因為挨打，受了委屈才哭，卻聽叔寶說：「當年我去河東公幹，遇到單二哥送了幾百兩銀子讓我回鄉，跟我說富貴不一定要在朱門求。可惜我太想要功名了，本想在來總管那兒拼殺個一官半職。人說身體髮膚受之父母，沒想到父母給我身體，今天卻要受官刑折辱，想想真是沒臉見朋友。」正難過著，樊虎忽然走進來低聲跟他說：「秦大哥，小弟剛剛得到消息，賈潤甫家來了不少人，個個都是生面孔，而且聽著聲音都是外地的，或許陳達、牛金也在裡面。」叔寶一聽，連忙辭別老丈和樊虎去了賈潤甫家。叔寶讓樊虎留在門外接應，自己進去查探。

當時，賈潤甫他們正在喝酒，前面還有不少鼓手表演，來了不少看熱鬧的街坊鄰里，叔寶矮著身子藏在人群裡觀察。只見一個個都是虎背熊腰的漢子，可惜天色朦朧看不清樣子，而且鼓手吹吹打打敲得震天響，根本聽不清那些人說什麼。叔寶覺得其中一個人有點像單雄信，可是一直看不太清。直到點燈，才發現果然是單雄信，賈潤甫還說

一頓板子下來，他雖然被打得皮開肉綻，但並沒有沒傷到筋骨。

了一句：「單員外請坐吧。」叔寶心想：「不用問，一定是伯當約他來給母親拜壽的。」叔寶本想出去見面，但想到自己身上帶傷，不好意思見單雄信就轉身離開了。他到門外的時候，樊虎已經叫來了不少人，只等叔寶確認就要衝進去。樊虎見叔寶出來，忙問：「怎麼樣？」叔寶氣呼呼地說：「什麼怎麼樣，是潞州的單二哥。你當年去過二賢莊，不是見過他嗎？他是來給我母親賀壽的，身邊的也都是熟人。」

叔寶看到了單雄信，單雄信也看到他了，只是叔寶躲躲藏藏的，單雄信沒認出他來。他這次過來身邊龍蛇混雜，所以格外留心，就把這事跟賈潤甫說了。賈潤甫一聽忙出門去瞧，沒想到竟然是叔寶。賈潤甫問叔寶既然來了，怎麼面都不見就走。叔寶只說：「聽說單二哥來了，我來看看。可是你看我身上的衣服破成這樣，哪好意思見他，所以回去換身衣服再來。」賈潤甫說：「你家那麼遠，還回去換什麼，小弟前兩天才做了兩件新的，想著明天給伯母拜壽的時候穿，我們身材差不多，先給你穿吧。」

叔寶換了衣服，跟賈潤甫一起進去，賈潤甫笑著說：「單二哥，小弟已經將叔寶請來了。」眾人連忙迎上來，大家各自相認了，叔寶端著酒杯一一敬過。到了左手邊第三桌，正是尤通、程咬金，這兩個人夾在眾人中間格外不起眼。想想王伯當、柴紹、李密個個溫文爾雅、舉止有度。單雄信、尉遲兄弟、張公謹、白顯道、史大奈，雖然看著粗魯，但豪氣萬千。童環、金甲都是衙門裡的人，很有些架勢。唯獨程咬金只剩下粗魯莽撞，所以叔寶也沒放在心上，卻不知道程咬金曾經跟尤通提過和叔寶是舊交。程咬金見叔寶態度冷淡，難得地紅了臉。尤通還在一邊火上澆油：「賢弟一直是個實在人，沒想到這回說了假話。」程咬金說：「小弟從不說謊。」尤通說：「哦，當時單二哥說來為秦伯母賀壽，我說咱們也不認識就不來了，你偏說你倆有從小的交情，可他怎麼好像根本就不認識你，剛才來敬酒也沒說讓你多喝一些？」程咬金面紅耳赤地說：「你不信，我叫他過來。」尤通說：「那你叫吧。」程咬金猛地站起來，喊道：「太平郎，你現在怎麼成了這般模樣？」此語一出，滿座皆驚。

第十七回　柴紹「賠錢」

叔寶聽人叫他小名連忙站起來，說：「敢問是哪位仁兄叫叔寶乳名？」王伯當那些喜歡鬧的，拍著手大笑起來，說：「原來叔寶的乳名叫太平郎。」賈潤甫一指程咬金對叔寶說：「就是這位，尤員外的朋友程知節。」叔寶走過來扯住程咬金細看，問：「賢弟家裡是……」程咬金一抹臉上的眼淚，說：「斑鳩店的程一郎。」叔寶一聽也流下淚來，確實是竹馬之交❶的幼時好友。眾人連忙道賀。叔寶換到程咬金邊上喝酒，只是他剛被打了板子，難免左搖右晃地不太敢沾椅子。程咬金是個粗人看不出來，單雄信卻心細如髮，問賈潤甫是怎麼回事。賈潤甫將下人撤了，這才說了官銀被劫，叔寶等差役挨打的事。

尤通一聽，趕緊抓住程咬金的大腿讓他不要衝動。程咬金卻直接站了起來，嚷道：「尤

---

❶【竹馬之交】出自李白的《長干行》：「郎騎竹馬來，遶床弄青梅，同居長干里，兩小無嫌猜。」竹馬是指小孩當馬騎的竹竿，竹馬之交，就是從童年起就要好的朋友。

大哥，你也不用捏我，就是捏，我也得說。」尤員外一身冷汗，動也不敢動。叔寶問：「賢弟想說什麼？」程咬金仰頭灌進去一杯酒，說：「叔寶，明天為伯母拜完壽，你就有陳達、牛金了。」叔寶大喜忙問：「這兩個人在哪？」程咬金說：「那個解官記錯了名字，應該是程咬金、尤俊達。」眾人一聽目瞪口呆，連叔寶的臉色都有點發青。

賈潤甫忙起身將左右的小門都關了，眾人圍著叔寶不知道說什麼好。單雄信問：「叔寶打算怎麼辦？」叔寶說：「二哥不用擔心，根本就沒這個事，程知節和我自幼相識，他有個諢名叫做程搶掙。什麼事都敢往身上攬，他剛才是胡說逗我開心的。所謂流言止於智者，大家都是高人，哪裡會當真。」程咬金急得不行，大喊：「你瞧不起我，這是能拿來攬的事嗎？」說完從懷裡掏出十兩銀子扔到桌上，「這兗州官銀是我帶來做壽禮的。」

叔寶將銀子拿起來裝到袖子裡，豪傑們傻了眼，一句話也不敢說。單雄信卻是個有擔當的，他說：「叔寶，這兩個人是我帶來的，沒想到卻害了他們的性命。」叔寶說：「二哥不用試探我，別說他們是二哥帶來的，我看二哥的面子不會動。就是單論我和咬金從小到大的交情，他是來為我母親賀壽，我也絕不會害他。大家可能會不信我今天說的，我有個不能說話的中人❷拿出來給大家看看。」說完，他將捕批官文掏了出來給眾人看了一下，之後雙手一扯將公文撕得粉碎。當時李密和柴紹還想搶下來，可惜晚了一步，公文被叔寶扔到燈上燒了。

程咬金說：「叔寶，我知道你重情義，可是一人做事一人當，我犯的錯哪有讓兄弟擔著的道理。更何況你還有老母嬌妻，我只一個老娘，你幫我照應著就是了。明天拜完壽，我就去見官。」他們兩人爭著要擔，柴紹卻笑著說：「大家用不著擔心，不如我來擔好了。」要說柴紹怎麼敢說這樣的大話，原來劉刺史正是柴紹父親的學生，他和柴紹的交情很好。原本柴紹這次來齊州也是要見見劉刺史。

劉刺史現在煩的不是劫匪，而是那三千兩銀子要落在自己身上。這次柴紹前來拜壽，李淵拿了三千兩銀子想要酬謝叔寶。柴紹斷定叔寶不會收，心想剛好可以拿來解決這件事。於是，他對眾人說：「實不相瞞，劉刺史是我父親的學生，不如我來解決。」尤通說：「只要能讓劉刺史不為難叔寶，我想辦法把銀子補上。」柴紹說：「不用擔心，銀子的事也包在我身上。」眾人放下心中大石，又歡歡喜喜地喝起酒來。

叔寶回家之後，跟母親說有不少朋友要來賀壽，秦母讓叔寶多找些人張羅，別怠慢了客人。叔寶將樊虎、唐萬仞以及衙門的兄弟找來幫忙。因為有不少官府的人，叔寶囑咐單雄信等人晚些過來，以防程咬金說錯話誤事。

第二天，李密去找總管來護兒，柴紹去找劉刺史。先說李密，他見了來總管，直說自己是來給叔寶的母親賀壽的，又問了叔寶的情況。來總管說：「劉刺史借調叔寶去捉賊的時

---

❷【中人】為兩方做見證、調解的人。

候，我真沒想到叔寶會受這麼多委屈，本來想將叔寶調回來，可惜又沒有名目。」想了想又說：「不如這樣，前幾天，麻總管讓我交五百個河工，不如讓叔寶負責押送。這是緊急公務，劉刺史也沒話說。」柴紹到了劉刺史府上。劉刺史知道柴紹是為叔寶說情來的，抱怨說：「這麼多銀子我怎麼賠得起，只能在本州盤剝，可惜誰也不肯出，沒辦法只能讓差役想辦法抓人。」

柴紹一聽，知道劉刺史是想在叔寶等人身上盤剝銀子，便笑著說：「我看那些人也出不起多少，不如讓他們出一半好了。」劉刺史堅持說：「你知道這可關係到我的政績，所以一分也不能少。叔寶他們要是認了罰銀，讓他出個字據，我就把這事了了。」又說：「別聽他們哭窮，這些人平時在盜賊那裡收了不少好處。你一定要多要些謝禮。」柴紹笑著應了，辭別劉刺史回了賈潤甫家。

這時李密已經從來總管那兒拿到了批文。柴紹將情況一說，單雄信說：「三千兩不是小數，那些差役怎麼拿得出來。」柴紹說：「這些錢包在我身上，其實這原本是叔寶的錢。」單雄信問：「怎麼這麼說？」柴紹說：「叔寶曾經救過我岳丈，我在報德祠見到叔寶的時候就給岳父去了信，岳父準備好銀子想要回報叔寶，可惜叔寶走得快。我知道叔寶是個豪傑不圖報答，必定不會收這筆錢，所以就想拿這筆錢來解決這件事。」程咬金笑著說：「我們倆倒是撿了個便宜。」

叔寶聽了堅決不肯要柴紹的銀子，柴紹說：「叔寶你施恩不忘報，可我岳丈難道不知道報恩嗎？」單雄信勸道：「叔寶，你確實不該讓柴郡馬把這麼多銀子運回去，路上危險是一回事。另一方面，這可關係到五十幾條人命。」眾人也紛紛勸叔寶收下，叔寶只得接受了。

李密拿出來總管的文書給叔寶看，上面寫著調任叔寶為領軍校尉，三天之內到河道總管麻叔謀那兒報導。賈潤甫擺了酒宴，眾人慶賀一番。尤通、程咬金說要走。其實尤通自從知道金甲、童環是官差心裡就有些不安，後來又認了殺官劫銀就更加惶恐，勉強撐到拜完壽就要回去。程咬金擔心害了叔寶，想要等到事情真的了了再走。現在見事情已經塵埃落定，於是

席上，樊虎等人一再謝過柴紹。

兩人決定先回去。賈潤甫也擔心再生枝節連累自己，所以只是稍微地挽留了一下。叔寶對程咬金說：「本來還想和你多待幾天，可是我後天就要動身了，我們以後再見。」

第二天，叔寶去找劉刺史、來總管辭行。之後，他又準備好宴席將朋友們請過去飲酒，賈潤甫、樊虎、唐萬仞等人也都來了。席上，樊虎等人一再謝過柴紹，卻不知道因為叔寶的關係柴紹才會這麼盡心竭力。叔寶又請李密寫了三封信，一封託柴紹交給李淵；一封託尉遲南交給羅公，並給姑姑、姑父準備了禮物也託尉遲兄弟一併帶過去；還有一封是寫給表弟羅成的。眾人推杯換盞、把酒言歡，經過這件事大家比從前更加親近了。這頓酒一直喝到早上還沒散，直聽外邊人馬喧囂，等叔寶一起上路的人來了。

叔寶再次謝過李密、柴紹，辭別了眾人。回家拿上行李，又辭別母親、妻子，出西門去找麻叔謀上任。這時的叔寶已經和當初的青衣小帽❸大不相同了。

叔寶走後，柴紹將齊州的錢賠清後動身去了汾陽。尉遲兄弟、史大奈也沒有多停留，和張公謹、白顯道一起回了幽州。李密、王伯當、單雄信、金甲、童環五人沒什麼要緊事，一路遊山玩水無拘無束地慢慢往前走。

---

❸【青衣小帽】古代平民的服裝。從漢朝以後，青色、黑色的衣服多是地位底下的人穿的。小帽指的是便帽，用來和禮帽、冠帽做區別。

第十八回　桃花山上的劫匪

這天，王伯當一行五人離開臨淄來到了鮑山腳下。因為李密即將和大家分開，所以眾人決定找個地方喝一杯，沒想到剛進店門就看見了李如珪、齊國遠。這兩人看到他們連忙起身相迎，王伯當問：「你們怎麼會在這兒？」李如珪說：「先不說這個，裡面還有一位。」說完他轉頭朝裡面喊了一聲：「竇大哥，潞州的單二哥來了。」很快，裡面走出一個膀大腰圓、一丈來高的漢子。李如珪介紹說：「這位是貝州的竇建德。」單雄信說：「前年劉黑闥兄曾到過二賢莊，還說竇兄是位義薄雲天的豪傑，沒想到今天竟然能遇上，真是幸會。」於是眾人坐下喝酒。

王伯當問李如珪、齊國遠怎麼來到此地。李如珪說：「咱們分開之後，一個叫盧明月的來挑事，我們鬥不過他就搬到桃花山了。」他又問了叔寶的近況，王伯當就把叔寶和程咬金的事說了。齊國遠聽了拍案叫好，李如珪也說：「叔寶和咬金真是一對真豪傑，要是不能和他們相識都算不上英雄好漢。」竇建德聽了恨恨地說：「我們兄弟真應該將朝廷這些贓狗都殺盡了！」眾人互相看了一眼，忙問發生什麼事了。

竇建德說：「小弟家在貝州，祖上留了些家產，日子還算過得去。去年拙荊[1]去世，我去河間探親。沒想到朝廷選秀女，竟然選上了小女線娘，我就這麼一個女兒，一直視如掌珠。線娘今年十三，長得好、學問也好，喜歡兵書還擅長用劍。線娘知道這件事後，託人上下打點送了不少金銀，可恨那些州官和閹狗死活不答應。小女氣不過就變賣家產，糾集了一幫亡命之徒要和朝廷拼命。好在我及時趕回去，要不然還不知道該怎麼收場，最後又花了一千多兩，才算擺平這件事。我擔心官府再來尋釁，只能讓線娘和寡嫂暫時去介休張善士家避避。」

大家聽了唏噓不已，單雄信邀請眾人到二賢莊散心，他們還沒走出幾里地就發現一個老漢躺在在地上。竇建德見了大吃一驚，一勒韁繩跳了下來，嘴裡喊著：「竇成，你怎麼在這兒？」那個老漢睜開眼睛一看，忙爬起來說：「老爺，可找著你了。老爺出門沒多久，就有人說州裡選不出標緻的美人又來抓小姐。雖然現在還沒找到人，但已經開始四處搜查了。姑娘見形勢危急，讓老奴連夜動身找大爺回去。」單雄信說：「既然這樣，竇兄還是快點走吧，只是有一句話兄長一定記得：隋朝雖然天子荒淫、奸佞橫生，但現在還不到硬拼的時候，切記忍一時之憤。如果實在解決不了，不如帶令嬡[2]到二賢莊和小女同住。」說完，又託李密和王伯當一起去看看，並安排一個手下跟李密他們一塊兒去介休，囑咐他說一旦發生什麼變動立刻回來報告。

三人走後，單雄信又邀請齊國遠、李如珪去二賢莊，李如珪說不放心山裡的情況而婉拒了。於是單雄信獨自回了二賢莊。

齊國遠見單雄信走了，對李如珪說：「剛才明明是我們和竇大哥一起的，現在竇大哥家裡出了事，單二哥怎麼只叫伯當去幫忙卻不讓我們兩個去，難道他覺得我們是粗人做不了大事？」李如珪說：「我也想呢。我們兩個雖然是粗人，可有句話叫做粗中有細，怎麼知道我們兩個就不能生出細來？我們先去山寨安排一下再去介休幫忙，得讓二哥知道咱們不是只會殺人放火也做得了大事。」兩人商議好了，連夜回山寨安排一番，帶上幾個嘍囉抄近路趕往介休，卻不知道竇小姐已不在介休了。當初，竇小姐見情況不好，在竇成出發兩天後就換了男裝和伯母兄弟離開了。她們在半路剛巧遇上了竇建德。竇建德見到女兒高興壞了，便和王伯當他們直接去了二賢莊。

李如珪、齊國遠到了介休找地方歇了一宿，第二天進城查探，可惜既沒見到伯當、李密，也不知道那位張善士住哪兒。他們東遊西蕩一通亂撞，滿耳朵都是和避還相關的議論：某家某戶送了幾千兩，某家某戶送了幾百兩；還說河西夏家只有一個女兒，傾家蕩產才湊了

---

❶【拙荊】古代對自己妻子的謙稱。
❷【令嫒】指對方的女兒。

五百兩，可是那些官吏銀子收了，還是不肯放過他家的女兒。兩人沒了耐性，索性找了家酒館喝酒。結果他們又聽到兩個老丈在抱怨，一個老人說：「這個破世道，整出這麼條旨意拆散了多少人家。」另一個說：「可恨我們的外甥女都沒留住，那些貪心的閹狗既沒有妻子也沒有兒女，真不知道貪這麼多錢幹什麼？」李如珪走過去問：「請問兩位老丈，知道欽差在哪兒嗎？」一個老漢說：「剛剛動身朝永寧州去了。」

李如珪想了想，拉起齊國遠就要出城。齊國遠忙問：「竇大哥的事還沒有著落，怎麼要走了？」李如珪說：「竇兄我看是找不著了，不過倒是有樁大生意送上門，我們去做了。」然後貼著齊國遠的耳朵低聲說：「你帶人從小路先到清虛閣埋伏，那些人一定會在那歇息。你要這麼做……我現在快馬回山寨找幾個能幹的來，還有些要緊的東西得拿，我們到時候再會合。」

欽差正使許庭輔帶著大隊人馬離開介休後，讓差役快馬加鞭去了永寧州，帶著十個護衛自己坐著頂暖轎在後面慢慢地跟著。過了兩天，在離永寧還有五十多里的地方遇上了暴風雨。他們見前方有個名叫清虛閣的道觀，急忙跑進去避雨。清虛閣一共兩三進❸，裡外分別三間小閣，有個老和尚在後邊負責看守。

那些人進到道觀裡面脫掉衣服，生火取暖。正在這時，門外來了一隊官差，帶著四五輛車，裡面裝著不少食物，熟豬、肥羊、雞、鵝、火燒、饃饃等有一二十盤，還有十六樣一個的食盒以及四五缸老酒。一個小官拿著帖子走進來說：「永寧州驛丞讓小的前來迎接大老爺，給大老爺送下馬飯❹。」眾人一聽連忙將那個小官帶到許庭輔面前。許庭輔看了禮單，讓小官起來問了些路程的事，然後將食物分下去。等許庭輔吃了點東西，一個壯漢又拿了些熱酒給許庭輔取暖，許庭輔剛喝完一碗就摔倒在地上了。原來那個小官正是李如珪假扮的，齊國遠在外邊招待那些護衛，他在酒裡放了蒙汗藥將眾人全都迷暈了。李如珪讓嘍囉綁了許庭輔和兩個小內監，一路抬回桃花山。

許庭輔一覺醒來，他發現自己被反手綁在轎子中動也動不了，大喊：「這是幹什麼，戲弄我嗎？」可惜荒山野嶺的，他再怎麼喊也沒人理。等到天色大亮，有人挑起轎簾，將許庭輔從裡面拉出來。許庭輔見兩個親隨太監也被綁著就再也不敢多說話。三人被推到堂裡，只見一眾大漢分列兩旁手裡拿著刀槍劍戟，各個凶神惡煞、殺氣騰騰，像是索命的無常。居中兩把虎皮椅，李如珪一身紅錦戰袍坐在上面。許庭輔偷眼一看，正是昨天的那個小官。他嚇得面如土色，跪下來直嚷：「好漢饒命。」

李如珪問：「你這閹狗，朝廷讓你選秀，就算這是皇上的旨意，可皇帝讓你幾千幾百兩

---

❸【進】這裡的進是指房屋的層次，一座平房裡面的房子，前後有幾排，就是幾進。

❹【下馬飯】接風酒。

的詐人銀子了？」許庭輔說：「大王，那不是我要的，是衙門的差役借題發揮訛人銀子，小的一分都沒拿啊。」李如珪罵道：「放屁！我都讓人仔細查過了，你還敢狡辯。孩子們，把他拉下去砍了。那兩個小的留著，咱們好好玩玩。」許庭輔一聽，哭喊著哀求。這時外邊回報說二大王回來了。原來齊國遠擔心那些護衛醒了來劫欽差，所以帶著嘍囉在路上埋伏，直到現在才回來。他對李如珪說：「李大哥，這麼弄不好吧，以後要是有機會招安或許能用到這個人。」李如珪笑著說：「昨天我伺候他喝了一杯，今天逗逗他，扯平。」

兩人走下來為許庭輔鬆綁，客客氣氣地將他攙到堂裡，嘴裡喊著：「得罪了、得罪了。」接著，他們又吩咐嘍囉備置酒菜給許庭輔壓驚。三人各自落坐，喝了幾杯。許庭輔問：「二位好漢抓我來，是有什麼事要我做嗎？」

李如珪說：「公公有所不知，我們兩兄弟，在這山上為王也有些年頭了，附近州縣能打擾的都打擾過了，現在來往客商非常少，山裡的弟兄卻越來越多飯都吃不上了，所以想著跟公公借一萬兩應急，希望公公不要推脫。」

許庭輔說：「好漢有所不知，這次我是奉了皇命而來，不像生意人會把銀子帶在身上，雖然各州縣也會給我一些禮金但數目有限，哪有那麼多錢孝敬兩位？」齊國遠一聽，猛地瞪大雙眼，嚷道：「公公，實話說了吧，一萬銀子你若是拿得出來，我們就放你回去，否則你這顆腦袋恐怕就要換個地方待了。」說完，一把把腰間的寶刀拔出來按到桌上。那把刀白涔涔地閃著亮光。李如珪笑著說：「我這個兄弟是個粗人，公公別被嚇到了，不如去外邊和兩位小公公商量一下。」

許庭輔到了外邊，兩個小太監眼巴巴地看著他。個子小點的那個一句話也說不上來，只知道哭。另一個高個兒在邊上勸道：「現在哭也解決不了問題，強盜會同情你嗎，只等著銀子呢。公公要是肯給，咱們三個就沒事；要是不肯，恐怕連骨頭都留不下。」許庭輔聽了，想想現在的狀況，兩個小的膽子都要嚇破了根本指望不上，就對高個兒那個說：「這樣吧，我求他們把你放回去看看那些官差有什麼想法，他們要是拿不出這麼些錢，你就將我寄存在各個府衙的銀子拿出來。」

李如珪讓嘍囉拿酒菜給那個高個兒的太監吃，問他叫什麼名字，太監回答說：「小人周全。」李如珪給他一錠銀子做盤纏，跟他說：「這錠銀子你拿著路上花，五天之內你若是帶了銀子來，你家主人就活，不然你也不用來給他們兩個收屍了。」然後派人將周全送下山，又給了他一匹從清虛閣弄來的馬。齊國遠將許庭輔和那小太監鎖在一起，好酒好肉地養著。

周全騎著馬一路跑到清虛閣，可惜清虛閣已經封了，一個人都沒有。他又跑去汾州縣衙，府官正在拷問那個老和尚。周全一回來，官差們忙圍上來問怎麼回事。周全把他們被劫去桃花山的事一說，那些官員全都傻了眼。有人說：「這事得向上邊報告啊，得出兵剿匪才行。」有人說：「強盜不過是要銀子，銀子給他，把欽差救回來再說。」有人說：「要是賊人貪得無厭，今天五百不夠，明天又要一千，一千嫌少，後天又要兩千怎麼辦？銀子從哪裡來？不如挨幾天看看，也許匪徒見我們不給銀子就把人放了，畢竟留著人也沒用。」汾州刺史忙說：「不行，許欽差是皇帝眼前的紅人，他在這裡出事，我們大家都脫不了干係，到時革職事小，能不能保住性命都難說。現在不如暫時從庫裡挪出兩千兩，把欽差大人贖回來再說。」眾人一聽，只好如此，於是在庫房裡取了兩千兩，命人送去桃花山。可是齊國遠、李如珪嫌少不肯收，許庭輔只得自己掏了三千兩。他求了又求，兩人才將他放了。

許庭輔因為在這兒丟了銀子，所以從此經過各州各縣愈發加緊盤剝，想盡方法要把自己損失的補回來。

第十九回　美人堆裡的隋煬帝

隋煬帝自從當上皇帝日益貪圖享樂。他先是派許庭輔等十幾個人去各地選秀女，然後又讓宇文愷去洛陽督造顯仁宮。接著又讓麻叔謀、令狐達開通河道，想要巡幸❶洛陽又想遊覽江都，隋朝百姓被搞得居無定所、四處奔波，苦不堪言。不久，顯仁宮落成，虞世基上奏說：「顯仁宮雖然建好了，但一個宮殿還是太小，臣又在宮西選了處豐美的地方為陛下建了一處宮苑，等陛下巡幸。」

隋煬帝看了奏章，不但下旨稱讚虞世基，還表示他可以任意建造無須考慮財源。虞世基接到聖旨果然務求奢華，不知道耗費了多少金銀、葬送了多少人命才開闢出一處人間仙境。西苑竣工後，隋煬帝帶著蕭皇后以及一眾嬪妃立即前往東京遊覽。宇文愷、封德彝帶著隋煬帝一處處參觀，各個宮殿富麗堂皇，種種擺設精雕細琢，園內假山形狀各異，小橋流水、碧

❶【巡幸】古時候帝王到各地巡視。

波蕩漾，雕梁畫棟之間淡淡的香氣縈繞不散，金殿瑤階在陽光下五彩斑斕。樓臺華麗、殿閣崢嶸，隋煬帝大悅，讚道：「兩位賢卿，功不可沒。」

隋煬帝在顯仁宮玩了幾天就膩了，他又帶蕭皇后和眾嬪妃一路去了西苑，只見五湖碧波如洗、北海波瀾壯闊。虞世基還在海中建了三座仙山，起名蓬萊、方丈、瀛洲。三座仙山雲霧繚繞，上面還建了十六座庭院，各個風光旖旎，果真是九洲仙島、人間極樂。

隋煬帝一一看過，龍心大悅，問虞世基：「五湖十六院，起名字沒有？」虞世基說：「微臣哪敢起，等陛下賜名呢。」隋煬帝於是又細細地瀏覽了一遍，然後根據各院的景致分別起了名字。五湖是翠光湖、迎陽湖、金光湖、活水湖、廣明湖。十六院是景明院、迎暉院、秋聲院、晨光院、明霞院、翠華院、文安院、積珍院、影紋院、儀鳳院、仁智院、清修院、寶林院、和明院、綺陰院、降陽院。在五湖十六院之外，還有一道長渠，因為長渠蜿蜒如龍，樓臺亭榭狀似鱗甲，所以起名龍鱗渠。

隋煬帝這次巡幸東京雖然帶了不少妃嬪，但在這麼大的宮苑裡似乎還是少了。正在這時，許庭輔等人帶著新選出的一千個美人到西苑見駕。隋煬帝將美人分級，三等的做宮婢，一二等美中選美，選了十六個秀麗絕倫的封為四品夫人，分別掌管西苑的十六院。接著又在一二等中選出三百二十個嫵媚風流的封為美人，一院分二十個，讓人教她們樂曲歌舞，用來為御宴表演助興。剩下的美人一一分派到後宮各處。

外國各島聽說隋煬帝縱情聲色，紛紛送上奇珍異玩、名花美姬。在諸多貢品中，竟然還有一個小人，名叫王義，長得眉清目秀、嬌小玲瓏。他心思活絡總能洞察先機，而且嘴也特別巧。隋煬帝很喜歡他，除了皇宮走到哪兒都帶著，因為他雖然矮小但畢竟是個男人。

一天隋煬帝要回宮的時候，發現王義愁眉苦臉的就問他怎麼了。王義說：「陛下對臣隆恩浩蕩是臣幾世修來的福氣，臣感念陛下的恩德，總想多為陛下分憂。可惜深宮阻隔，不能一直陪在陛下身邊，不知道少為陛下做了多少事，每次想到這兒都覺得不安。沒想到今天被陛下發現了，望陛下恕罪。」隋煬帝說：「朕也是一時一刻都離不開你，可你到底不屬於宮裡。」說完，就坐著玉輦回宮去了。

王義站在宮門口苦苦思索，太監張成笑著

外國各島聽說隋煬帝縱情聲色，紛紛送上奇珍異玩、名花美姬。

說：「王先生深受聖恩，還有什麼不滿足的嗎？」王義和張成關係很好，就將自己的煩惱跟他說了。張成逗他說：「這有什麼難的，你想要入宮，淨了身子不就行了嗎？」王義想了想說：「我聽人說小孩子才能淨身，我現在還成嗎？」張成說：「只要你挨得住疼。」王義當了真，堅定地說：「我能挨。」張成見他真的下定了決心，就把藥和刀具給了他。王義又求張成幫忙閹割。張成見推不掉，就讓王義多喝點酒，他好動手。

隋煬帝回到宮裡，和蕭皇后一起飲宴的時候見到一位宮女，容貌雖一般但氣質非凡。不過這姑娘講的一口方言，隋煬帝一句都聽不懂，他想到王義精通各地方言，就派了兩個內監宣王義進宮。

沒一會兒王義就到了。不過他滿臉通紅，顯然是喝了酒。隋煬帝問是怎麼回事，一旁的侍從回答說：「要不是陛下及時宣召，王先生那物恐怕已經割下去了。」隋煬帝聽了皺著眉頭對王義說：「胡鬧，你知不知道只有那些命犯孤煞，或者刑克親人的人才能淨身做太監。而且淨身的都是孩子，你都二十多歲了，萬一有什麼差池，豈不是白白丟了性命。」

王義回答說：「陛下隆恩，臣甘願以死相報。」

隋煬帝讓王義去和那位宮女說話，王義和那位宮女一問一答，聲音婉轉動聽就像鸚鵡、畫眉在柳蔭中啼鳴一般。王義問了一會兒，回覆道：「這位姑娘名叫姜亭亭，是徽州歙縣人，今年十八歲。父母雙亡，哥哥貪財想將她賣了。當時陛下派去選秀的人剛好到那兒，她就自願以宮役的身分入宮了。」隋煬帝讚道：「倒有些志氣。」之後，他將姜亭亭許配給了王義。王義、姜亭亭深感隋煬帝大恩日日焚香遙拜，夫婦倆十分恩愛。

隋煬帝的那些嬪妃為了討好他，可以說花樣百出。一年冬天，隋煬帝帶著她們在宮中飲宴，埋怨庭院中百花凋敝看著清冷。清修苑的秦夫人笑著說：「陛下既然想讓花開，我今晚就焚香禱告，明天一定百花齊放。」隋煬帝只當她在說笑根本沒放在心上。沒想到第二天，夫人們一定要他去園子裡看看。隋煬帝剛進院門就被滿眼姹紫嫣紅、百花齊放的景象驚呆了，忙問：「隆冬時節，夫人們是怎麼做到的？」夫人們笑著說：「陛下也不用問，摘一朵下來就知道了。」隋煬帝聽了，走到一株垂絲海棠邊細看，原來那些海棠花不是長出來的，而是用五色彩緞一絲一絲剪出來繫在樹枝上的。隋煬帝讚道：「果真是心靈手巧、鬼斧神工。」然後，他下令內監拿出些金帛珠玉分賞各院。一眾夫人又爭相獻歌。眾人飲酒作樂，非常熱鬧。

隋煬帝宮裡美人無數，其中有一個姓侯的妃子，有沉魚落雁、閉月羞花❷之貌。她還擅長詩文，是位不可多得的才女。她本以為自己這次進宮，就算不能寵冠後宮也會比別人得到

❷【沉魚落雁、閉月羞花】說的是中國古代的四大美女，用來形容女子長得漂亮。沉魚是說魚被西施容貌驚呆，沉到了水裡。落雁是說昭君出塞的時候，大雁見到她就從天上掉了下來。閉月是說貂蟬拜月的時候，月亮躲到了雲彩後面。羞花是說花兒覺得自己的容貌比不過楊玉環羞得低了頭。

更多恩寵。沒想到時運不濟，進宮多年連皇帝的面都沒見過。她本來就是個多愁善感的人，眼見韶華流逝、容顏衰退，每天以淚洗面。有幾個宮人勸她給負責挑選美人的許庭輔送些好處，侯夫人倔強地說：「當年昭君寧願出塞都不肯這麼做，我就算比不上昭君，也絕不會為了邀寵而向那些小人行賄。」一天，她聽人說許庭輔又選了一百多人送去西苑，大哭了一場之後，她抹乾眼淚梳妝打扮一番，又在所有詩稿中選出幾首最好的放到錦囊裡並繫到左臂上，把剩下的詩稿都燒了，然後懸梁自盡。

第二天，蕭皇后正在用膳，宮人進來稟報說侯夫人自殺了，又把從侯夫人左臂上取下的錦囊交給蕭皇后。蕭皇后打開詩稿看了看又放回錦囊裡，讓人給隋煬帝送去。隋煬帝心想：「死了一個妃妾，有什麼關係。」然後，把打開詩稿漫不經心地看起來，他越看越覺得精彩，感歎道：「宮中還有這樣的才女。」他看到最後發現竟然是一首絕命詩。隋煬帝還沒讀完眼淚就流了下來，自責地說：「都是朕的錯，朕這麼愛才，沒想到深宮大內失去了一個才女。」又打開一張，上面寫著：秘洞扃❸仙卉，雕窗鎖玉人。毛君❹真可戮，不及寫昭君。

隋煬帝看了勃然大怒，罵道：「原來是這個傢伙。」夫人們問：「是誰？」隋煬帝說：「前些天朕讓許庭輔到後宮去采選，她為什麼沒被選上？這首詩的意思說得明白，侯夫人是因為怨恨許庭輔不選她，氣不過才自盡的。」降陽院賈夫人勸道：「許庭輔選人只看容貌，她是不是有才，許庭輔怎麼知道。陛下不如先讓人看看這位妹妹長得怎麼樣，要是容貌一般也怪不得許庭輔。」隋煬帝說：「不用別人去，朕親自去看。」他到了侯夫人的住處，只見侯夫人躺在榻上，美得像一朵含露的桃花。隋煬帝見了，抱著侯夫人的屍體大哭。之後，他下令將許庭輔下獄，賜自盡，厚葬侯夫人。

❸【扃（ㄐㄩㄥ）】從外面關門的閂、鉤等。有鎖、關、門戶的意思。

❹【毛君】指毛延壽，漢元帝時的宮廷畫師。他給宮女畫像的時候，會把送禮的人畫得美一些。王昭君不願意送禮，毛延壽就把她畫醜了。

第二十回　隋煬帝開大運河

隋煬帝吸取了侯夫人的教訓，下旨宮中嬪妃凡是自認為有過人之處的都可以毛遂自薦。他親自帶著蕭皇后和十六院的夫人進行面試，又封了一百多個美人、才人。其中有個美人名叫袁紫煙，和別的嬪妃都不一樣。別人不是獻詩獻畫、就是唱歌跳舞，唯獨她動也不動。隋煬帝問她擅長什麼，袁紫煙說：「妾擅長觀星。」隋煬帝大驚，盤問一番之後，封袁紫煙為貴人，主管天象。

到了晚上，隋煬帝讓袁紫煙觀星。袁紫煙告訴隋煬帝哪些星辰代表三垣，哪些又代表二十八星宿❶，又說它們和國運之間的有什麼關係。兩人正說著，袁紫煙忽然發現西北上空出現一道像龍紋一樣的紅光直沖雲霄，大驚失色地喊道：「這不是天子之氣嗎，怎麼會在那裡出現？」隋煬帝順著袁紫煙的手一看，果然有一條五彩斑斕的光柱射向天空。袁紫煙說：「按方位看，應該是太原。我師傅當年曾留下三句偈言：『虎頭牛尾，刀兵起；誰為君王，木之子。』所謂木之子，應該是個『李』字。」

第二天，明霞院楊夫人差內監來找隋煬帝，說是當年酸棗縣進貢的那株從沒開過的玉李樹，昨天晚上忽然開花了，顯然是吉兆，請隋煬帝過去看。袁紫煙剛說未來的皇帝很可能姓「李」，現在玉李樹就開花了，隋煬帝聽著十分彆扭。這時，晨光院的周夫人派人來說，當初從西京移來的楊梅，昨晚上忽然花開滿樹非常漂亮，請隋煬帝過去賞玩。隋煬帝一聽龍心大悅，楊梅盛開正合自己的姓氏。於是帶袁紫煙去晨光院賞楊梅。他們進去一看，果真花團錦簇、十分絢爛。十六院夫人剛在明霞院看完李樹，見隋煬帝高興，紛紛勸隋煬帝再去看看李樹。隋煬帝說：「不用看也知道肯定沒有楊梅這麼絢麗。」夫人們不知道隋煬帝的心事，笑著說：「哪個更好，陛下看了才知道。」隋煬帝沒辦法，只得又去了明霞院。還沒進院就聞到濃郁的花香撲鼻而來，走進去一看，灼灼發光的花開了一樹，就像是珠玉雕成的一樣，映襯得滿園霞光萬道。隋煬帝看得目瞪口呆，在旁邊忍不住讚歎。隋煬帝好半天才反應過來，火冒三丈地大喊：「什麼祥瑞，分明是妖孽作祟，來人，把它給我砍了。」

眾夫人大驚，忙說：「這樹開得這麼茂盛寓意吉祥，怎麼會是妖孽，陛下三思。」這時，蕭皇后到了。她聽大家一說，又看了看李樹果然粉妝玉砌，便說：「若真是天意，陛下

---

❶【三垣、二十八星宿】古代的人為了便於觀測天象，將恆星分組劃分，稱為星官。三垣、二十八宿這三十一個星官在眾星官中佔有很重要的位置，在星象占卜中經常會用到它們。

砍了它又有什麼用？更何況，您又怎麼知道這不是陛下的洪福、天下的祥瑞呢？」隋煬帝歎道：「皇后說得是。」於是又和蕭皇后去看楊梅。蕭皇后看了楊梅，心裡暗想：「雖然也很繁茂，但到底比不上李樹。」不過她是個聰明人，這話只能是心裡想想，只說：「楊梅端莊是天地正氣，李樹繁茂倒顯得過於嫵媚。臣妾看來，還是楊梅更好。」隋煬帝笑著說：「還是皇后有見地。」

花看厭了，隋煬帝又決定去五湖乘龍舟。隋煬帝帶著夫人們坐在船上欣賞湖光山色，一路過北海，到了三神山腳下。回到南岸，眾人剛一上岸就有人稟報說邊關送來了緊急文書。隋煬帝聽了，笑著說：「現在四海承平，能有什麼急事？大驚小怪。」他讓人將奏章呈上來，只見上面寫著：弘化郡至關右一帶連年旱災，盜賊蜂擁而起，地方衙門無力剿滅，望陛下早日派兵鎮壓。

隋煬帝說：「怎麼會有這種事，一定是地方上的官員為了戰功弄虛作假。」蕭皇后說：「這種事，就算不全信，可也不能不信，陛下還是派兵剿匪吧。」隋煬帝沒說話，又拿起一道奏章，上面說衛尉少卿李淵善於用兵，所以兵部舉薦他為弘化郡留守帶兵剿匪。隋煬帝寫了准奏的回批，讓段達下去傳旨。段達剛走，隋煬帝就想起李淵當年伐陳時，不顧自己意願殺了張麗華的事，又想李淵姓李，怎麼能讓他執掌兵權？剛想讓人將段達追回來，忽然發現下一份的奏章上寫著長安令送的美人到了。隋煬帝一高興，就把李淵的事忘了。

長安令這次給隋煬帝獻上的美人，名叫袁寶兒，十五歲，容貌甜美、嬌憨可愛。隋煬帝十分喜歡，常常帶在身邊。

一天隋煬帝帶著五六個人去了木蘭庭。木蘭庭百花齊放，一片欣欣向榮的景象。隋煬帝與蕭皇后等人飲酒賞花，不知不覺有些醉意，他於是起身四處閒逛，偶然間看到殿上一幅巨畫，上面山水人物、亭臺樓閣、村落人家應有盡有，一時看入了迷。

蕭皇后和李夫人一起走了過去，蕭皇后問：「哪位大師的妙筆，能讓陛下如此著迷。」隋煬帝說：「這是廣陵圖，朕看見這幅畫，忽然有些想念廣陵風光❷。」

蕭皇后問：「這幅畫和真實的廣陵很像嗎？」隋煬帝說：「要說風光秀美還差得遠呢，只是宮殿、寺廟畫得明白。你看，這是揚子江，它從西蜀三峽流出。揚子江在這裡分流南北，有一個詞叫做『天塹』，就是從這裡來的。再看這邊，沿著這條江正面是甘泉山，左邊的是浮山，當初大禹治水，曾經從這裡路過，現在山上還有座大禹廟呢。右邊這座是大銅山，漢朝的吳王劉濞曾在這裡鑄錢，所以得名；背後那些小山叫橫山，梁朝的昭明太子曾在這裡讀過書；散在四邊的分別是瓜步山、羅浮山、摩訶山、狼山、孤山，只是廣陵的門戶而已。」

---

❷西元五九〇年，隋煬帝做晉王的時候，曾奉命到江南任揚州總管。

蕭皇后又問：「中間這座城池是哪兒？」隋煬帝說：「這座城池名叫蕪城，它還有個名字，叫古邗溝城，是春秋時期吳王夫差的舊都。邊上那條河是吳王派人開鑿的護城河。」李夫人說：「這麼小的一座城池，怎麼會是天子的國都？」隋煬帝笑著說：「它在畫上小，」伸手在西北的一個角落一指，「只這一處就有兩百多里，整個西苑也就這麼大了。朕要是在這裡建都，也要建十六座宮院，就像西苑這樣。」接著又四下比劃，「這裡可以築臺，這裡可以建造樓閣，這裡可以建一座池子。」越說越興奮，甚至手舞足蹈起來。蕭皇后笑著說：「陛下既然有這個興致就安排人動工好了，到時還可以帶著我們過去看看。」隋煬帝歎口氣說：「朕確

隋煬帝說要開一條直通廣陵的河道，方便自己巡幸遊玩。

實有這個打算，可惜到那裡只有一條陸路。沿途雖然可以去離宮歇息，但每天舟車勞頓，太辛苦了，哪裡還有樂趣。」李夫人說：「那就開一條水路好了，到時多造些龍舟，臣妾們也就都能去了。」隋煬帝笑著說：「要是能有水路也就不用等到今天了。」蕭皇后說：「為什麼不能有水路，剛才不是說有條揚子江嗎？」隋煬帝說：「太遠了，夠不上。」蕭皇后說：「陛下不如明天問問朝臣，或許真的能有水路。」

第二天上朝，隋煬帝說要開一條直通廣陵的河道，方便自己巡幸遊玩。大臣們回答說：「只聽說過陸路，沒聽說過可以直達的水路。」隋煬帝不管群臣有多為難，堅持讓他們想辦法弄出一條水路。一干大臣你看我、我看你，都沒什麼辦法。

下朝後蕭皇后迎上去問水路的事商議得怎樣了。隋煬帝說：「那些傢伙，商量半天也沒有結果。」蕭皇后說：「那就讓他們去查，一定還有別的辦法，等他們回來覆旨就知道了。」她又寬慰隋煬帝說：「陛下可別因為未來的事耽誤了眼前的春光。」隋煬帝大笑著說：「皇后說得對。」於是又找一眾嬪妃喝酒作詩去了。

第二十一回 老鼠皇帝

隋煬帝讓群臣想辦法，沒過幾天又把大臣們叫來問情況。宇文述說：「臣等和工部河道的人仔細商議過了，沒什麼好辦法。不過，今天諫議大夫蕭懷靜❶說有一條河道可以通。」隋煬帝一聽，忙問蕭懷靜：「蕭愛卿，什麼路可以直通廣陵？」蕭懷靜說：「在大梁西北方向曾經有一條舊河道，是秦朝大將王離引孟津河水倒灌大梁時挖的。不過，這條河現在已經堵塞了。陛下要是想要一條水路，可以召集民夫把它挖通，到時從大梁經河陰、陳留、雍邱、寧陵、睢陽等處，一路到達廣陵也就一千里路。另外臣聽人說睢陽有帝王之氣，這條運河要是從睢陽穿過去，就會將那裡的天子之氣洩盡。」

隋煬帝聽了非常高興，拍著手說：「果然是個好主意。」於是任命麻叔謀為開河都護。他想想又說：「此事工程浩大，一個人不妥當，還需要一個副使，諸位愛卿有合適的人選舉薦嗎？」宇文述一直懷疑是李淵派人殺了兒子宇文惠及，所以想要除了李淵的兵權，於是上書舉薦李淵，隋煬帝准奏。為了能讓運河快些完工，隋煬帝下旨徵調役夫，隋朝百姓從十五

到五十歲男丁都要去挖河道。

麻叔謀是個殘暴凶狠、貪功好利的人，一聽說自己做了開河都護就歡歡喜喜地去上任了。當時柴紹夫婦在鄂縣聽說宇文述舉薦李淵做開河副使，馬上想到這是宇文述的奸計，想將李淵調離太原趁機害他。李氏對丈夫說：「宇文述的陷害還只是一方面，父親要是做了開河副使不知道要惹多少民怨。」因此，李氏一邊派人給李淵報信，讓他稱病辭了開河副使的官職，一邊讓丈夫柴紹帶重金去東京打點，盡全力把這個差事換給別人。柴紹到了東京，花重金買通了梁公蕭炬即蕭皇后的嫡親弟弟❶，千牛宇文晶——隋煬帝身邊的一個弄臣。此外，還有內監首領張衡，他當初幫著楊廣陷害李淵，但和李淵卻沒什麼仇怨。這些人滿心歡喜地收了銀子，於是唐公稱病的摺子一到，眾人馬上勸隋煬帝准奏。隋煬帝就把副使的職位給了左屯衛將軍令狐達，讓李淵繼續留在太原養病。李淵和令狐達領旨謝恩。

麻叔謀和令狐達定好：運河深十五丈，寬四十步。需要河工人數三百六十萬，另外每五家出一個老人、孩子或是婦人負責做飯，共七十二萬人。接著又從河南、山東、淮北調集了五萬兵丁負責監督運河工程。大運河開工，河道範圍內的百姓既保不住自己的房子，也保不住先輩的墳塚。那些丁夫不知道受了多少苦，就算農忙也要扔下田地去開河。不管是多大的

---

❶【蕭懷靜】蕭皇后的弟弟。

山，他們也得直接挖過去。

一天，一隊人在地下挖出了一間白玉砌成的石屋，有三五間大小，兩道石門關得非常緊，大家認為裡面藏著金銀寶物，可是想盡各種辦法都打不開。後來小隊長將這件事報告給麻叔謀。麻叔謀和令狐達去看了看，令狐達說：「這座墳墓就算不是帝王的陵寢，也是仙家的府邸，平常的俗物自然打不開，只能焚香禱告把陛下的旨意傳達給他才行。」於是令狐達叫左右備好香案，和麻叔謀一起讀了聖旨。祭拜活動還沒結束，忽然吹來一陣冷風，轟隆一聲巨響，兩扇石門左右打開。麻叔謀帶人進去，發現裡面點著幾百盞燈，照得石屋透亮，石屋中間有一口四五尺長的石棺。麻叔謀不知道是不是怕了，忽然覺得有些腿軟。眾人又拜了拜才將石棺打開，只見裡面躺著的那個人肌膚如玉和活人似的。一頭黑髮一直蓋到腳底，又從腳底折回肩後，手上的指甲有一尺多長。麻叔謀心想：「這一定是仙人的肉身。」忙叫人將石棺合上。他見邊上有個石匣，讓人打開，裡面是一塊三尺來長的石板，上面的字大家都不認識。麻叔謀就找了個山中的隱士翻譯，那個隱士告訴他們說：「我是大金仙，死了一千年。數滿一千年，背下有流泉。得逢麻叔謀，葬我在高原。髮長至泥丸，更候一千年，方登兜率天。」麻叔謀見這人連自己的名字都算到了，心想這人果然是神仙，於是找了個景致優美的高地為他舉行了隆重的遷葬儀式。

又一天，河道開拓到雍邱某處林地的時候，遇到了一座墳墓，上面的祠堂正擋著河道的路。麻叔謀覺得墳墓上面似乎有些靈氣，就找了附近的百姓打探這座墳墓是誰的。村民回覆說：「這是古代一位高人的福地，不知道墓主是誰，大家都叫它隱士墓。」麻叔謀一聽是隱士墓，覺得墓主沒什麼能耐。他讓人把祠堂拆了、墳墓挖了。沒想到墳下竟然是厚厚的青石板，眾人連挖兩層，到第三層的時候，忽然轟隆一聲連石板帶人一下子掉了下去，摔死不少役夫。麻叔謀讓人下去看看情況，役夫們用燈火往下照覺得深不見底，隱約間還有鐘鼓聲從裡面傳過來，誰也不敢下去。麻叔謀就把在後營監管米糧的狄去邪找了過來。狄去邪向來自比荊軻❷、聶政❸，不僅武藝出眾，膽量也大。

狄去邪接到命令後，果然沒有推辭。他在洞口查探一番，換上一身緊身細甲，又在腰上掛把寶劍，吩咐手下準備一條幾十丈長的麻繩、一些大鈴鐺以及一個大竹籃。狄去邪告訴手下將鈴鐺和竹籃繫到麻繩上，等他坐到竹籃裡之後將他放下去。狄去邪到了下面，發現前方有些亮光隱隱透過來，就摸索著往前走。沒想到越走越亮，又走了一會兒，前方忽然開闊起來。狄去邪抬頭一看，一座宏偉的府邸出現在眼前。那座府邸四周圍著白玉石牆，中間一座

---

❷【荊軻】戰國時期著名刺客，受燕國太子丹之託刺殺秦王嬴政，失敗被殺。

❸【聶政】戰國時期的俠客，奉韓國大夫嚴仲子之託殺了相國俠累。他擔心連累和自己容貌相似的姐姐，最後毀容自殺了。可是他的姐姐找到他的屍首後，因為傷心過度死在了弟弟的屍首旁邊。

門樓，有兩隻石獅子守在門外，比人間的王侯府邸一點不遜色。

狄去邪見大門開著直接走了進去，沒想到裡面一個人都沒有。他聽見東邊一間石屋裡有聲音傳來便過去察看，石屋房門緊閉，他便從窗戶向裡探望。只見裡面立著一根根碩大的石柱，其中一根石柱上綁著一隻怪獸。那隻怪獸正用蹄子不停地刨著地。只見那怪獸腦袋尖尖的，眼珠又圓又小，四肢短小、身體壯碩，有牛那麼大，但既不是老虎，也不是豹子，看上去十分眼熟。他猛然反應過來，原來一隻碩大的老鼠。狄去邪心驚膽戰地想：「世間竟有這麼大的老鼠！」他正看著，對面的兩扇門忽然開了，一個眉清目秀的少年走了進來。那少年透過窗紙看著狄去邪，問：「是狄去邪將軍嗎？」狄去邪大吃一驚，忙說：「是我，仙童怎麼知道？」少年回答說：「皇甫君正等著將軍呢，將軍請跟我來吧。」

狄去邪只得跟著那個少年走了，沒一會兒兩人就到了一座金碧輝煌的宮殿前面。只見殿前侍衛拿著兵器站在兩邊，裡面有很多官吏站在兩側，正前方的王座上端坐著一位身穿龍袍、頭戴王冠的帝王。那皇甫君看了狄去邪一眼，輕聲說：「狄去邪，你來了？」狄去邪一見這個陣勢，連忙回答說：「狄去邪奉當今皇帝之命開鑿運河，誤入仙府，還望恕罪。」皇甫君笑了笑，說：「你覺得當今的隋煬帝十分尊貴嗎？不如我給你看樣東西。」說完吩咐左右：「把阿摩牽過來。」狄去邪正疑惑阿摩是什麼，就見一個侍衛用鎖鏈牽了一個怪獸過來。狄去邪仔細一看，正是剛剛石屋見到的那隻巨鼠。巨鼠站在月臺上優哉遊哉地啃著爪子，看上去十分得意。皇甫君怒道：「你這個畜生，我讓你暫時脫去皮毛做一國之主，想不到你荒淫肆虐、殘害百姓，索性今天宰了你。來人，動手。」左右一聽，舉起棍棒就向那隻巨鼠頭上砸。巨鼠痛得哇哇亂叫。正在這時空中忽然出現一位童子，高喊：「住手，天帝有命。阿摩氣數未盡，再等五年可以用白練繫頸賜死。」

皇甫君聽了又讓侍衛將巨鼠牽去鎖了。皇甫君問狄去邪：「剛才的事你看明白了嗎？」狄去邪說：「請上仙言明。」皇甫君說：「你之所以能到這兒，正是因為你還有些仙緣。你是個有前程的人，但有一點要記得，不可自甘墮落、助紂為虐。麻叔謀不過是小人得志，你替我跟他說：『為了感謝他壞我城池，明年我會送

狄去邪仔細一看，正是剛剛石屋見到的那隻巨鼠。

他兩把金刀。』」說完，吩咐人帶狄去邪離開。兩人走了幾步，狄去邪忽然發現帶路的人沒了蹤影，一回身連那座府邸也不見了。等他轉過頭來，原本漆黑的通道竟成了一片樹林。

狄去邪過了林地，又走了一兩里路，前方忽然現出一座村落來。一個老者見到狄去邪問他怎麼會到這兒來，狄去邪施了一禮，將剛剛的經歷說了。老者聽了哈哈大笑：「想不到隋煬帝竟是老鼠變的，怪不得如此荒淫。」狄去邪又問：「請問這是哪裡，到雍邱還有多遠？」老者說：「這是嵩陽少室山，你順著大路往東，不過兩里就是寧陵縣。你也不用去雍邱，我猜麻叔謀很快就會到了。」那位老丈又邀請狄去邪一起吃了頓飯，勸他說：「以將軍的經歷來看，當今的隋煬帝恐怕氣數將盡，就是麻叔謀也要有些麻煩。將軍儀表堂堂、滿身正氣，不該和那些魚肉百姓的惡棍攪在一起。」

狄去邪說：「多謝老丈直言，可惜小人官卑職小，哪有抗命的膽子？」老者笑著說：「你若是做官，自然要聽命行事，但你要是不做官了，還需要聽命嗎？」狄去邪想了想，並沒有說話。兩人吃過飯，狄去邪告辭離開，老者一直把他送上大路，囑咐他說：「過了前邊那個山嘴就能看見縣城了。」狄去邪走了十幾步再回頭看時，別說那位老者連村落都不見了，只剩下一些松柏和大石頭。

麻叔謀站在洞口等了很久，也不見狄去邪回來，心想他一定是死在裡面了，讓役夫繼續開鑿河道。過了七八天，河道開到了寧陵縣。狄去邪見到麻叔謀，將洞裡的事詳細地說了一遍。可惜麻叔謀見開拓河道的事一點阻礙也沒有，根本不信他的話，只當狄去邪是從洞穴的另一端出來還編謊話騙他，將狄去邪大罵了一頓。狄去邪回到營地，心想：「我直言不諱，可他一句都不信還反過來罵我。老丈說得對，我一個頂天立地的漢子，為何要跟一群惡棍幹些禍國殃民的事。算了，我索性辭了官也落個自在。」他拿定主意，就寫了道因病請辭的文書交給麻叔謀。麻叔謀正厭惡他說謊騙人，當即准了。

狄去邪收拾好行李，帶上兩個僕從離開大營。他本想回鄉種地，忽然想起皇甫君管巨鼠叫阿摩，讓人打了它一頓的事，心想：「那位仙長說得要是真的，一頓棍棒下來皇帝怎麼也該有些病痛，不如我去東京打探一下看看有沒有這事。」他於是轉道去了洛陽。

第二十二回　吃小孩的麻叔謀

叔寶離開齊州後一路打探麻叔謀的動向，聽人說麻叔謀已經離開寧陵快到睢陽了，忙吩咐差役加速向睢陽進發。他們走了幾天，恰巧和狄去邪碰上。叔寶和狄去邪曾經在一個私塾讀過書，這次偶遇兩人都非常高興。狄去邪問叔寶去哪兒，叔寶說：「奉命去監督河工。狄兄這是去哪兒？」狄去邪說：「我原本是開河都護下面的一個指揮官，現在辭了官要去洛陽。你既然是去做監工，我有一句話一定要囑咐你，麻叔謀那個人貪婪殘暴、極難服侍，你自己當心些。」然後，他又把雍邱開河時候的事一一說了。可惜叔寶不信鬼神，只把這些話當故事根本沒往心裡去。

叔寶帶著人一路前往睢陽，所過村落到處都是哭聲。叔寶歎口氣說：「想必這裡靠近河道都被徵了徭役，剩下些老弱病殘，缺衣少食的怎麼可能不哭。」他仔細一聽，大家哭喊的都是閨女、兒子。叔寶又想：「一定是生了疫病，小孩子死得多。」他再仔細一聽，發現村人哭喊的是：「狗王八，為什麼偷走我的孩子。」「我的兒子喲，你被那些人偷走，不知道要遭多

少罪。」叔寶聽得暈頭轉向，心想：「難不成有人拐騙孩子，可怎麼這麼大膽拐了這麼多？」一個老漢告訴叔寶說：「官爺有所不知，聽說負責開河的總管喜歡吃小孩，不少畜生為了幾兩賞銀，就偷各家的孩子熟煮了拿去獻禮。」叔寶不信，說：「怎麼會有這樣的事？」老漢說：「你跟我來。」然後將叔寶領進一戶人家，指著地上的木箱子說：「看見了嗎，我們這些做老人的擔心孩子出事，每天都睡在箱子上，讓孩子睡在箱子裡面。」叔寶說：「既然盜賊這麼猖狂，怎麼不想辦法抓了？」

老漢苦笑著說：「有句話叫做只有千日做賊，沒有千日防賊，別說我們不知道他什麼時候來，我們老的老、小的小，就是知道又怎麼抓得住。」叔寶點了點頭，辭別老漢後，找家客棧住了下來，心說：「我一定要把這幫賊人抓住。」

到了晚上，眾人都睡了，叔寶悄悄離開客棧到街上查探。叔寶正朝西走，忽然看見兩條人影鬼鬼祟祟地朝這邊來了。他忙閃進一道門後藏好，等兩人走到前邊就躡手躡腳地跟上去看。只見那兩人偷偷地撬開一戶人家的大門，一個偷溜進去，一個留在門外把風。沒一會兒，兩人就把孩子偷出來了。叔寶等兩人走到跟前，大喊一聲：「哪裡走！」照著那個抱孩子的賊人脊梁就是一拳。那個賊人毫無防備一下摔在地上，孩子也脫了手。那個孩子被人摔在地上，哇一聲哭了起來。另一個賊人見事情敗露，也不管摔在地上的同夥拔腿就跑。叔寶飛起一腳將那人踹到了牆上。屋裡的夫妻聽見動靜驚醒過來，一看孩子不見了，披起衣裳追出來。這時，叔寶已經把那兩個人抓住了。村裡的人聽到動靜都趕過來看，將兩人綁起來一頓拳打腳踢。兩人招供說他們兩個都是寧陵縣上馬村的人，一個叫張耍子，一個叫陶京兒，還有個老大名叫陶柳兒，他們偷孩子確實是殺了蒸熟送給麻都護享用的。眾人一聽氣得渾身發抖，又撲上去廝打。

叔寶這時倒發起愁來，這兩個人當然不能放，可要是任由百姓把他們打死了，自己也要受牽連。於是叔寶對那些村人說：「諸位，麻都護是朝廷大員，我相信他絕不會做這樣的事，既然他現在到了睢陽，大家不如將這兩人交給我，讓我去找麻爺對質。到時他們指證麻都護殺人，麻都護一定會殺了他們。但萬一這件事真是麻都護做的，大家已經知道了真相以後他也就不敢了。大家覺得怎麼樣。」眾人問：「將軍雖然說得有道理，但不會在路上把他們放了，到時又來禍害我們嗎？」叔寶說：「各

那個賊人毫無防備一下摔在地上，孩子也脫了手。

位放心，我要是想放，當初就不會抓了。」眾人這才答應，將兩人交給叔寶。

叔寶到了睢陽，立即去拜見麻叔謀和令狐達。麻叔謀見叔寶儀表堂堂十分高興，指派叔寶做了壕塞副使，負責監督睢陽一地的開河事務。叔寶連忙謝恩。心想：「狄去邪還說這個人貪婪無度、很難服侍，可我們剛一見面就賞我官職。抓到那兩個賊人的事，要不要說呢？萬一惹火他就不好了。不如放了算了。」轉而又一想：「不行，要是放了，到時候這兩個人又去作惡怎麼辦？我就算惹火了他，也不過是得罪一個人，總不能放著那些孩子不管。」於是，叔寶就將抓到兩個賊人的事告訴了麻叔謀。麻叔謀聽了，沉聲問：「是你抓的？」叔寶說：「是。」麻叔謀說：「緝捕竊賊並不是我們的職責，把人放了。」令狐達說：「這兩個人竟然指摘大人，怎麼也要審一審。」麻叔謀說：「我們開河的事都忙不過來，這些小事管他幹嘛？不用問也知道，他們不過是拿我的名頭唬人，我們還是把心思放到正事上吧。此事不必再說了。」然後下令把賊人放了。

這次運河開鑿會經過睢陽，都是因為隋煬帝想把睢陽的王氣挖斷，卻沒想到麻叔謀因為貪人銀子，只挖了一半就繞路了。當時麻叔謀帶人推平外城，一些大戶為了保住家宅，讓督察河道的壕塞使陳伯恭去探麻叔謀的口風。麻叔謀勃然大怒，差點殺了陳伯恭，堅持要從城中穿過去。城中百姓想到城外的祖墳、城裡的家宅，一時間人心惶惶，後來城裡的一百八十家大戶一起湊了三千兩黃金想要買通麻叔謀。此時這些人正愁卻找不到門路就竄出來一個人，說：「我是麻老爺最信任的人，當初被一個小官抓了，可現在還不是好好的。他那點前程，我早晚給他砸了。」這正是當初被叔寶抓了，又被麻叔謀放了的陶京兒。那些人聽他這麼說就求他幫忙，並許諾若是成了會給他五百兩銀子做酬勞。陶京兒於是將他們引薦給麻叔謀最信任的管家黃金窟，眾人又許了黃金窟五百兩銀子。黃金窟聽了之後滿口答應，說：「把準備好的錢都拿來。明天就有結果。」那些人就把那三千兩給了黃金窟。

黃金窟伺候麻叔謀多年，最知道麻叔謀到底有多貪婪。他趁著麻叔謀午睡的時候，將黃金三千兩的禮冊及金子都擺在桌上，只等麻叔謀睡醒。快到申時的時候，麻叔謀猛地從床上翻起來，嘴裡喊著：「你這個騙子，說是給我金子，幹什麼推我一跤？」正火著呢，忽然發現眼前金光閃閃，他揉揉眼睛一看果然是金子，哈哈大笑：「我就說嘛，宋襄公怎麼會騙我。」黃金窟笑著說：「老爺，有一位叫宋襄公的說要給您金子嗎？」麻叔謀說：「是啊，我記得很清楚，他穿了一身紫色的衣裳，頭上還戴著進賢冠❶。他先是求我把城池留下來，我沒答應，接著又來了一個雙眼外凸的大肚子，叫什麼華司馬的，說要將我捆了，並嚇唬我說要熔些銅汁從嘴裡灌下去，後來這兩人說願意送我三千兩黃金，讓我行個方便。」黃金窟笑著說：「爺說的是夢，這些金子是睢陽百姓求我給爺送來讓爺幫忙的，並不是什麼宋襄公給的。不過爺要保住城池才能拿，這可不是夢話。」叔謀笑著說：「只要給我金子，管他是天帝還是民間。就依他們，這座城池不動了。」

第二天，麻叔謀讓人傳召壕塞使商量這件事，當時陳伯恭正在督工，所以來的是叔寶。麻叔謀將更改河道的意思說了，叔寶說：「爺不是說聖上的意思是開鑿城池洩去王氣嗎？這恐怕不好改。」麻叔謀說：「糊塗！聖上的意思關鍵是洩去王氣，而不是開鑿城池。既然如此，何必非要從城中過去？快去重新釐定路線。」

過了幾天，叔寶來找麻叔謀回話，正好趕上副總管令狐達正和麻叔謀就更改路線的事爭論不休。叔寶回稟說：「卑職領命回去仔細研究過了，要是從城外繞路要多出二十多里。」麻叔謀一肚子火正沒處撒，罵道：「我讓你釐定路線，你管什麼二十里三十里？」叔寶說：「路程遠了，人工、錢糧都得多撥派一些，完工期限也要延長，卑職必須事先稟明。」麻叔謀發火道：「既不讓你家出人工，又沒讓你家出錢糧，你官有多大？少在這胡說。」

這話分明是說給令狐達的。令狐達說：「不管官職大小，做的都是朝廷的官，既然做了當然要管朝廷的事。有什麼不能說。」兩人於是又吵了起來。之後麻叔謀以「生事擾民，阻撓公務」的罪名將叔寶革了職。叔寶心想：「狄去邪說這人難伺候，果真如此。」於是收拾行李回家去了。他不知道這對他來說其實也是件好事，因為當時工程催得太急，役夫死了一半，後來隋煬帝南巡，發現有些地方水太淺，於是做了隻一丈二的鐵腳木鵝試水，結果發現

---

❶【進賢冠】古代官員朝見皇帝時戴的一種禮帽，在唐朝尤為盛行。

水淺的地方共有一百二十多處。隋煬帝大怒，負責這段河道的役夫、監工全都埋在了河道底下。按照隋煬帝的話，就是要讓這些人「生作開河夫，死為執沙鬼」。麻叔謀被判腰斬，叔寶那時若未離職恐怕也要遭殃。

叔寶想：「現在皇帝整日巡遊，徭役沒有一天間斷，天下百姓苦不堪言。如此下去，不出十年必然天下大亂。到時候就需要我們來掃定天下，功名利祿不過是早晚的事，不如趁現在回去服侍母親盡些孝道。」他轉念又想：「我要是回城，來總管一定會去找我，連劉刺史也會來糾纏，我索性在山裡隱居好了。」於是，叔寶在城外找了三間茅草屋，築好圍牆，種了些桑榆，又在籬外開了幾十畝麥田棗地。之後，他將母親、妻子從城裡接出來，把城裡的宅院給了樊虎。

樊虎和賈潤甫時常勸叔寶去找來總管，叔寶笑著婉拒了。後來來總管聽說叔寶回來了，幾次讓他回去復職，叔寶都以母親需要照顧和身體不好為由拒絕了。從此叔寶每天澆花種田，閒時下棋、傍晚飲酒，將所有的豪情壯志都收斂起來。樊虎、賈潤甫感歎說：「可惜了一個英雄，竟然被磨沒了志氣。」但是他們不知道叔寶正是因為料定日後的局勢，才不想在不必要的地方損耗自己的豪情壯志。

第二十三回　朱貴兒割肉做藥

一天蕭皇后睡醒的時候，隋煬帝還睡得很沉。蕭皇后也沒打擾他，輕輕起身找了秦夫人、梁夫人、袁紫煙打起牌來。不到一個時辰，就聽見隋煬帝忽然在碧紗床裡聲嘶力竭地大喊起來。蕭皇后她們急忙跑過去看。只見隋煬帝閉著眼睛，整張臉扭成一團，雙手緊緊地抱著腦袋，嘴裡不住高喊：「我要死了，我要死了！」蕭皇后大驚失色，一邊推隋煬帝讓他醒，一邊傳旨宣太醫巢元方火速到西院為隋煬帝看診。沒多久，巢元方就來了，他給隋煬帝開了一副安神止痛的湯藥。蕭皇后親自煎好餵隋煬帝喝下，可是隋煬帝一直沒醒。

各院夫人得到消息全都飛奔到景明院問情況。一個個守在床前細心看護，過了一天一夜隋煬帝還是沒醒。朱貴兒心亂如麻，飯也不吃了，坐在一旁大哭。哭完之後，朱貴兒對夫人們說：「咱們女人生來命苦，現在又離開父母親入了宮，原想是紅顏薄命，沒想到陛下這樣仁德，能讓我們每天陪伴左右盡情享樂。現在陛下病得這麼嚴重，若有真什麼不妥，我們以後可怎麼辦呢？」

妃子們聽朱貴兒說完，全都捂住臉嗚嗚哭起來。袁寶兒說：「既然大家都如此感激陛下，不如我們今晚焚香禱告，用自己的十年陽壽為陛下續命，或許能感動上蒼讓陛下轉危為安。」夫人們一聽紛紛讚好，於是一起到後院準備香案許願發誓。

朱貴兒心想：「我們雖然誠心，但上天怕不易被感動。曾經聽人說，有子女為了救治父母會割肉做藥引，為了陛下我連死都不怕，還怕割肉嗎？」夫人們將自己的生辰八字寫在紙上，禱告說願用自己的陽壽換隋煬帝平安。禱告結束，大家站起身來準備撤掉香案，發現朱貴兒還在地上跪著。正想叫她起來，卻見朱貴兒捲起衣袖，張嘴咬起臂上的一塊肉，手起刀落將那塊肉割了下來，鮮血瞬間湧了出來，把大家嚇了一跳，眾人急忙跑過去為她包紮。

朱貴兒把那塊肉藏好，到殿裡看隋煬帝的情況。當時蕭皇后正要煎第二劑藥，朱貴兒主動攬了下來，偷偷將肉和藥一起煎了。蕭皇后餵隋煬帝吃了藥，不到一個時辰隋煬帝就慢慢地醒了過來。他見蕭皇后和夫人們都在床前服侍，說：「看到你們朕就安心了，你們不知道我剛剛好慘，差點就見不到你們了。」蕭皇后問他怎麼回事，隋煬帝說：「我喝醉酒，迷迷糊糊地睡著了。不知道從哪忽然冒出來一個凶神惡煞的武士，拿著棍棒照著朕的腦門就是一棒，差點把朕打死，就是現在還覺得腦袋疼痛難忍。」蕭皇后和夫人們輕聲細語地安慰了他幾句，服侍他睡了。

當時狄去邪已經到了東京，聽人說隋煬帝患了厲害的頭痛病，這才真的相信了，從此看破世事到終南山做了道士。

隋煬帝生病之前曾經抱怨西苑道路狹窄，讓虞世基休整。隋煬帝病好之後，虞世基不但將道路拓寬了，還增建了一座駐蹕亭、一座迎仙橋。於是隋煬帝邀請文武百官和一眾嬪妃設宴慶祝，大家飲酒作詩，快活極了。

那天晚上，隋煬帝見月亮又圓又亮，邀請蕭皇后和一眾嬪妃騎馬賞月。隋煬帝坐在輿上看著嬪妃們騎著馬，各個濃妝豔抹、國色天香，心裡有說不出的開心，對蕭皇后說：「當年周穆王乘坐八匹駿馬到瑤池，王母娘娘設宴款待他，成了人間佳話。朕倒是覺得現在的景象，恐怕比那時還要更上層樓。」蕭皇后說：「所謂瑤池仙境多半是假的，但今晚的遊樂卻是真正的瑤池。」隋煬

卻見朱貴兒捲起衣袖，張嘴咬起臂上的一塊肉，手起刀落，將那塊肉割了下來。

帝笑著說：「如果今晚是瑤池，朕算是穆天子，皇后就是西王母了。」兩人忍不住大笑起來。一時來了興致，讓眾嬪妃各自裝扮，有的扮作觀音、有的扮作紅孩兒、有的扮作昭君。妃嬪們又各自表演，看得隋煬帝不住叫好。

隋煬帝看見朱貴兒胳膊上纏著紗布，知道她身上有傷，就私下問妥娘怎麼回事。妥娘本來不想說，但隋煬帝逼得太緊，她就把朱貴兒割肉做藥的事告訴了隋煬帝。

隋煬帝聽了非常感動，偷偷地找來朱貴兒，抱著她說：「想不到愛妃竟然對朕如此情深義重。要不是妥娘告訴朕，朕怕要白白辜負了愛妃的一片深情了。」朱貴兒說：「陛下對妾隆恩浩蕩，妾就算是死也不足以回報萬一，何況只是做了一點小事。都怪妥妹妹多嘴，妾不知道囑咐了她多少次不要出去說。萬一別人知道了，還當妾故意這麼做，好謀求陛下的寵愛呢，到時候又要多生事端了。」

隋煬帝說：「在朕看來，宮中那麼多美人只有你對朕是真心的，剩下的不過是逢場作戲、貪圖享樂。但正因為這樣，我反倒不能升你的位份，不然她們一旦嫉妒起來，你恐怕會有危險。朕身上這塊玉佩價值千金是祖上傳下來的，今天就把它給你，你藏起來別讓其他人看見。」又說：「若是哪天朕賓天了，你還青春年少，朕會留下旨意讓你出宮另覓良配。」朱貴兒哭著說：「妾對陛下愛意深重，陛下若是這麼說玉佩就還給你。別說陛下現在春秋正盛，就是陛下真的去了，妾也不會嫁給別人，若是偷生人世，寧願永墮輪迴做豬做狗。」

隋煬帝見她如此深情不禁落下淚來，說：「那好，如果有來生，朕一定娶你為妻。」於是兩人指天發誓，結下了來生之約。兩人正互訴衷腸，忽然聽見馬蹄聲響，原來是薛冶兒，她說：「夫人們在萬花樓候駕，可是陛下一直沒來。當時不知道怎麼了，忽然颳起一陣陰風，窗戶都被吹開了，連蠟燭都被吹熄了。夫人們有些害怕就離開了，還吩咐臣妾們找找陛下。」隋煬帝本想今晚到朱貴兒那兒去，但聽了薛冶兒這番話怕蕭皇后生氣，只得坐上車輦去了蕭皇后的宮殿。

第二十四回　竇建德出山

第二天一早，隋煬帝剛從床上起來，就有內監走進來稟報說：「昨天晚上寶林院沙夫人，因為騎馬動了胎氣，回到院裡孩子就流掉了。」隋煬帝一聽，跺著腳說：「都是我的過錯，不該讓她騎馬的，快去宣巢太醫到寶林院看沙夫人，我隨後就到。」

隋文帝用完早膳，剛準備去寶林院，中書侍郎裴矩就上奏說高麗❶不肯歸順大隋。隋煬帝大怒，決定發兵攻打高麗，下旨宇文述負責督造戰船兵器，擔當征討高麗大元帥，山東行台總管來護兒擔任征高麗副使。他想起裴矩說沿海一帶長城毀壞嚴重，又命令宇文愷擔任修城副使，修補榆林到紫河所有損毀的長城。沒多久，西苑的太監總管馬守忠又來奏報：「開河都護麻叔謀前來見駕。」麻叔謀是來報喜的，廣陵河道已經開通。隋煬帝聽後大喜重賞麻叔謀，特意將他留在身邊陪駕巡遊。

宇文述說：「陛下是真龍天子，外出巡遊要幾百艘龍舟才夠氣派。」隋煬帝覺得很有道理。宇文述舉薦黃門侍郎王弘督造龍舟，隋煬帝准奏，下旨王弘四個月內造十艘頭號龍船，

五百艘二號龍船，幾千艘雜船。虞世基說：「龍舟必須足夠奢華，無風的時候得有縴夫拉船，但一幫莽漢拉船看起來不體面，不如選些十五六歲的姑娘，穿上宮女的衣服去拉才漂亮。」又說：「高麗那樣的小國，陛下只要親下一道詔書也就歸降了。」隋煬帝聽了連連讚好，讓眾人立刻去辦。

隋煬帝一時高興，就把寶林院的事忘了，直到朱貴兒、袁寶兒來說起沙夫人以後不能生育的事他才想起來。隋煬帝歎口氣對朱貴兒說：「朕現在有些忙，你們去跟沙夫人說，朕很快就去看她。」然後他帶袁寶兒去了觀文殿。隋煬帝本想自己寫份詔書，但左思右想也寫不出來。他忽然想起翰林學士虞世基有個兄弟叫虞世南才華出眾，於是讓人宣虞世南到觀文殿見駕。

虞世南到了之後，隋煬帝將自己的想法一說。虞世南想都沒想就提筆寫了起來。不到半個時辰隋煬帝就看到了初稿，果真文辭風流頗有氣勢。隋煬帝讚道：「筆不停輟，文不加點，愛卿真是奇才！古人說文章華國，朕還不信，今天見了這道詔書才知道是真的。到時候遼東平定，愛卿功不可沒。」接著，他又讓虞世南將詔書謄寫在黃麻詔紙上。虞世南將詔書謄寫好了，隋煬帝心想：「一件事對有才的人來說輕而易舉，但對無才的人來說卻難如登

❶【高麗】史稱王氏高麗，朝鮮政權，由王建創立，首都在開京（今天的開城）。

天。」袁寶兒見虞世南長得眉清目秀，傻傻地欣賞起來，一回頭見隋煬帝正盯著自己也不覺得有什麼。隋煬帝原本以為袁寶兒相中了虞世南，但見她神情不變，知道是自己想多了。隋煬帝又讓虞世南寫一首稱讚袁寶兒輕盈、嬌憨的詩送給袁寶兒。

隋煬帝弄完詔書的事，就去寶林院看望沙夫人。為了緩解沙夫人的傷痛，他將七歲的趙王楊杲（ㄍㄠˇ）送給沙夫人當兒子，告訴沙夫人要好好保養身體，以後會帶她一起去廣陵遊覽。

宇文弼、宇文愷接了隋煬帝的差事後，立即昭告天下徵召勞役、錢糧。他們不管百姓是否負擔得起，只知道催繳盤剝弄得天下百姓苦不堪言，一時間天下盜賊四起。翟讓盤據在瓦崗山、朱燦踞在城父、高開道踞在北平，魏刁兒踞在燕，王須拔踞在上谷，李子通踞在東

看著眼前的小橋流水、獵犬農家，如此幽然寧靜的景象倒讓竇建德有了些淡泊名利的心思。

海，薛舉踞在隴西，梁師都踞在朔方，劉武周踞在汾陽，李軌踞在河西，左孝友踞在齊郡，盧明月踞在涿郡，郝孝德踞在平原，徐元朗踞在魯郡，杜伏威踞在章邱，蕭銑踞在江陵。這些人中既有普通的百姓，也有原本隋朝的官員士卒，眾人各據一方帶著手下的人馬縱橫搶掠。除此之外，還有不少豪傑隱在山林靜待時機。

竇建德當初帶著女兒躲到二賢莊，轉眼兩年過去。有一天單雄信有事去了東莊，竇建德閒來無事便出莊閒逛。看著眼前的小橋流水、獵犬農家，如此幽然寧靜的景象倒讓他有了些淡泊名利的心思。正在這時，一個袒胸露背的壯漢忽然出現在視線裡。莊裡的獵犬見到陌生人咆哮著衝了上去。只見那人側身一避，揚手抓住獵犬的後腿一把扔進河裡。站在邊上的農人見了，紛紛跳起來叫罵，那個壯漢橫眉立目地說：「你們既然敢放狗咬人，就要做好狗被打死的準備。」那些農人一聽，喊上幾個幫手就要上去教訓他，沒想到他三兩下工夫就把人摺倒了。

竇建德見那些農人吃了虧想上去幫忙，沒想到近前一看，才發現這個壯漢竟然是他的朋友孫安祖。孫安祖是竇建德的同鄉，當年因為偷羊被縣令抓到好一番羞辱，孫安祖氣不過一刀把那位縣令殺了，別人因此給他起了個綽號，叫「摸羊公」。孫安祖成了欽犯之後一直藏在竇建德家，直到朝廷選秀，竇建德和女兒來了二賢莊，兩人才分開。

這時，單雄信正好騎馬回來，竇建德對孫安祖說：「看，那就是二賢莊的主人單雄信。」單雄信到了兩人跟前飛身下馬，竇建德連忙介紹孫安祖給他認識。單雄信邀請兩人進去聊。孫安祖說：「我雖然是個粗野的亡命之徒，但早就聽說過單莊主的大名，今日能見到單莊主真是三生有幸。」單雄信笑著說：「孫兄弟能到我這來是看得起我。」說完，他吩咐手下人準備酒菜，表示要好好招待孫安祖。竇建德問孫安祖怎麼到這兒來了，孫安祖說：「兩位兄長認識一個叫齊國遠的人嗎？這人十分豪爽，我們說起天下英雄，他極力稱讚單莊主為人十分仗義，所以我才來的。」單雄信說：「我們都是兄弟，國遠現在在哪兒呢？」孫安祖說：「他說要去秦中找一個叫李密的人，他認識不少豪傑，這次想必要做一番大事了。」單雄信歎道：「現在這個世道，這些朋友忍無可忍總要出頭的。」

沒一會兒，酒席擺好了，三人落坐，孫安祖對竇建德說：「竇大哥這兩年待在單莊主這兒，恐怕還不知道外邊已經成了人間地獄。咱們分開後，從燕到楚、從楚到齊，天下百姓被朝廷逼得生不如死，又是徵人丁、又是徵錢糧。百姓活不下去大多做了劫匪，可是大家都是各自為政始終難成大器。兩位兄長才德兼備，為什麼不出來領導大家做一番大事呢？到時候天下英雄一定聞風回應。」

竇建德聽了一言不發。單雄信說：「天下之大，不知道有多少英豪，我們兩個實在不算什麼，不過上天賜我們六尺之軀，當然要轟轟烈烈幹上一場，至於成不成就看天意了。」孫安祖說：「要是兩位兄長願意救民於水火出去大幹一番，小弟手裡有一千多人駐紮在高雞泊都交給兩位。」單雄信表示自己還想再看看。竇建德說：「一千人恐怕不夠，到時王不王、寇不寇還不如不做。」單雄信說：「難道你我想要的是佔塊好山水嗎？成敗本來就不好預料，竇兄要是有這個心思，最好趁小弟在家馬上決定。」

三個人正說著，下人送了一份朝廷的詔書給單雄信。單雄信看了火冒三丈，說：「這個昏君，百姓們現在都已經叫苦連天了，他還勞民傷財的修什麼長城、征什麼高麗，簡直是自取滅亡。來總管就算再能幹怕也沒本事力挽狂瀾。前幾天徐茂公來，我還讓他給叔寶問好。現在來總管出征，叔寶恐怕躲不過，再不能守著他的山水田園了。」

孫安祖見單雄信不去，和竇建德說：「有句老話，叫做借智不如借勢。現在竇大哥若是把握不住這個時勢，不去收攏人心，以後再想出山可就晚了。」竇建德覺得很有道理，於是將女兒交給單雄信照顧，自己和孫安祖走了。

第二十五回　放牛的羅士信

叔寶自從被麻叔謀革職，就在齊州城外找了個地方栽花種竹，日子過得十分清閒，一晃過了一年多。一天，一個身形魁梧，氣宇軒昂的少年帶著單雄信的信來找叔寶。原來單雄信聽說叔寶從睢陽回來了，想起兩人很久沒見就寫封信過來問候一下。單雄信在信裡說送信的少年是自己新認的兄弟，叫徐茂公[1]，兩人是八拜之交，徐茂公這次要去淮上探親，讓叔寶多照應著些。叔寶看了信說：「賢弟既然是單二哥的結拜兄弟，也就是我的結拜兄弟。」他擺好香案，兩人又拜了一回，然後把酒言歡，討論起天下形勢。

徐茂公說：「當今聖上屠戮父兄，原本就德行虧損。大隋建立的時間短根基不穩，他要能修德行仁還沒什麼，偏偏他好大喜功。在東京大興土木蓋顯仁宮、建西苑，又開通廣陵河道，上至長安下到餘杭沒一處安生地方。現在又要巡幸江都、東京，又要築長城、巡河北，天下金銀都被他耗乾了，百姓苦不堪言。再加上那些貪官污吏和他一起盤剝，我敢斷言不出五年必定天下大亂。」又說：「小弟想要結識天下英豪，尋找真龍天子。可惜單二哥、王伯當都只是將帥之才。剩下那些大多是想趁亂稱雄的井底之蛙。」

叔寶說：「賢弟覺得李密怎麼樣？」徐茂公說：「他也算是一個豪傑，不過創世之君不但要自己有才，還要會識人、用人。李密雖然有些才學，但他識人、用人的本事恐怕不夠。」

叔寶說：「說了半天別人，你我又怎麼樣？」徐茂公笑著說：「也是一時豪傑，要說征戰沙場我比不上你，不過要說決斷謀略，哥哥就比不上我了。但是只要能找到真龍天子，我們都能當開國功臣。」叔寶說：「天下人才眾多，賢弟就只見了這些嗎？」徐茂公說：「天下人才多，但我們眼界有限能見到的總是很少。要說將帥之才，哥哥家附近就有一個。」叔寶忙問是誰。徐茂公回答說：「我來找哥哥的時候，在村頭被兩隻正在打架的公牛擋了路就停了馬，想等它們打完再走。這時一個十幾歲的孩子走過來說：『別打啦，回家去。』那兩頭牛當然不會理他，沒想到他走上去，一手抓著一隻牛犄角，大喊一聲『開』就把兩頭牛分開了。這人現在還是個孩子就這麼厲害，要是有人教他些武藝，將來一定是個大英雄，哥哥

❶【徐茂公】即李世勣，原名徐世勣，字懋功，亦作茂功。唐高祖李淵賜姓李，後避太宗李世民諱，改名李勣。在《隋唐演義》和《說唐》中徐世勣被演釋成瓦崗寨的軍師、諸葛亮一類的半仙級人物徐茂公。

要是有合適的人選就幫他找個師父吧。」

三天後，徐茂公跟叔寶告別，打算去瓦崗看看翟讓的情況。叔寶託他帶兩封信，一封給單雄信，一封讓單雄信轉交魏徵。兩人約定以後無論誰找到真龍都要互相舉薦，一起建功立業。叔寶送走徐茂公往回走的時候，忽然聽到林子傳來一陣吵嚷聲，然後衝出來三四十個孩子，緊接著後邊追出來一個十歲左右的小孩。那個小孩穿著一條破褲子、光著膀子、攥著拳頭，一雙眼睛火星四射。那群少年見那孩子追來，紛紛朝他扔石頭。叔寶剛想過去幫忙，就發現那孩子青筋凸起，把打在身上的石頭又都彈回去了。叔寶心想，「看樣子，他應該就是徐茂公說的那個小孩了。」這時，一個少年剛巧摔在他腳邊，叔寶扶起那個少年問：「你們為什麼要欺負他？」那個少年說：「我們欺負

沒想到他走上去，一手抓著一隻牛犄角，大喊一聲「開」就把兩頭牛分開了。

他？明明是他欺負我們。這個傢伙給張太公放牛，自己不放，仗著力氣大逼我們去放。我們打不過他，所以聯合起來想要教訓他。沒想到大家都被他打怕了，就算年紀比他大，人也比他多也還是不頂用。」叔寶聽了，走過去擋在那群孩子前面。那個小孩兒罵道：「關你什麼事，要替誰出頭嗎？」叔寶說：「我不是找你打架的，是有話要和你說。」那孩子說：「有什麼話等會兒再說，我要先教訓他們。」

正在這時，忽然走過來一個老頭，一把抓住那個孩子的總角❷。叔寶一看正是前村的張太公。張太公罵道：「讓你放牛，你打什麼架？」叔寶勸道：「太公，別生氣了，這是您的孫子嗎？」張太公說：「我哪敢有這樣的孫子，他是我的鄰居羅大德的兒子，羅大德的媳婦死了，自己又被叫去開河，所以把孩子留給我放牛，讓我給他口飯吃。沒想到羅大德死在了河道上，剩下這個孩子，我真是一點辦法也沒有。」

叔寶說：「不如我把他欠你的工錢清了，你把他交給我。」張太公說：「你要是想要就帶走，他也沒欠我什麼工錢。不過先說好，以後他闖出禍來你可別找我。」叔寶對那孩子說：「我叫秦叔寶，家中沒什麼兄弟，想讓你做我的兄弟，咱們結拜，你和我走吧。」那孩子

---

❷【總角】古代的人，沒成年之前會把頭髮紮成髻，因爲這種髮式是把頭髮一邊一個朝上綁，看起來就像犄角一樣，所以起名總角。

這才高興起來，說：「你就是叔寶哥哥？我叫羅士信，我聽村子裡的人說過你，他們說你有官都不當，還說你力氣大、功夫好。哥哥可憐我父母雙亡想要照顧我，我承哥哥的情，別說當兄弟，當手下也行。」於是叔寶把羅士信帶回家讓他拜見母親，從此每天教他槍法。

一天，叔寶正在教羅士信功夫，見一個旗牌官騎著馬飛奔過來。那人說他是奉了來元帥的命令來的，來元帥點了叔寶做前部先鋒。叔寶沒接任命文書，推脫說：「家母年紀大了，最近身體也不太好，我要在家照顧母親實在脫不開身。」旗牌官見他態度堅決只得回去覆命。來總管聽了回報，想了想後吩咐旗牌官去齊州找郡丞張須陀幫忙。張須陀這個人俠肝義膽、文武雙全，旗牌官將來元帥找秦叔寶做前部先鋒被推辭的事一說，張須陀立即騎馬去叔寶家。他到了之後，不說見叔寶，只說想要拜會秦老夫人。秦母沒辦法只得出來見他。張須陀開門見山地說：「令郎原本是將門虎子、英雄蓋世，現在國家有難，正是他建功立業的時候，怎麼不去呢？」秦母說：「叔寶全是為了我，我年紀大了身體不好。他不放心，所以不能出征。」張須陀笑著說：「夫人年紀雖然大了，但我看精神很足，更何況大丈夫死當馬革裹屍，實在不應該過於兒女情長。只要夫人肯勸說，令郎一定答應。夫人想想吧，下官明天再來。」說完就起身走了。

秦母於是對叔寶說：「看樣子你也只有去了，只希望你早去早回，我們也能早點一家團聚。」叔寶還有些不放心，羅士信勸道：「哥哥出征高麗，一定馬到功成。您不用擔心家裡，有嫂嫂呢。弟弟會留下來幫哥哥看家護院。」

叔寶第二天一早就進城，換了公服去見張須陀。張須陀見到叔寶非常高興，將任命文書交給他，又給了叔寶一些盤纏和送給秦老夫人的養老錢。之後，囑咐他說：「高麗兵十分狡猾，一定會分兵據守，如此一來，沿海一帶的兵力就會顯得薄弱。秦兄弟作為前鋒，記得不要攻打遼水、鴨綠江，應該攻打壩水，那裡離高麗的首都平壤最近，可以乘其不備直搗黃龍。高麗這樣的彈丸小國不愁拿不下來。」叔寶說：「大人高見，小人一定牢記在心。」叔寶離開張須陀之後，回家收拾好行裝就和旗牌官上路了。羅士信送了一兩里路才回去。

叔寶和旗牌官一路快馬加鞭，晝夜不停，沒多久就到了登州。來總管見到叔寶非常高興，當即調集兩萬水軍，青雀、黃龍船各一百艘為征討高麗做準備，又命左武衛將軍周法尚去東京打聽隋煬帝的情況。只要隋煬帝一離開都城，他們就馬上發兵。來護兒等著隋煬帝出京，可隋煬帝恐怕還要等一段時間。

第二十六回　王伯當救李密

一天，隋煬帝和蕭皇后飲酒，隋煬帝說：「龍舟需要的東西已經準備得差不多了，就是不知道殿腳女選得怎樣了？」蕭皇后說：「女人天生力氣就小，龍舟大得像宮殿一樣，就是一百多個女人拉一艘恐怕也拉不動，不如加些內侍吧。」隋煬帝說：「之所以用女子拉縴都是為了漂亮，加些男人進去哪還有味道？」蕭皇后說：「若全都是女人，這船一定拉不動。古人不是用羊駕車嗎？為的也是美觀，不如我們也用些羊，這樣美人與羊相伴而行一定也很漂亮。」隋煬帝聽了連連叫好，傳令調撥一些毛髮豐美的小羊用來拉船。

正在這時，段達走進來呈了一份奏摺給隋煬帝，隋煬帝打開一看火冒三丈。上面寫的是孫安祖與竇建德在高雞泊起義殺了地方官，又和佔了河曲的張金稱、佔了清河的高士達結為同盟，在附近縣城劫掠，地方官員無力應對，所以上書隋煬帝請求派兵剿匪。隋煬帝把奏章一合，罵道：「這些跳梁小丑❶竟然這麼囂張，看來朕一定要派一員大將滅了他們才行。」隋煬帝正想派誰去合適，袁紫煙就在一邊說：「妾聽說太僕楊義臣文武雙全，不知道他現在在哪裡鎮守？」

隋煬帝問：「愛妃怎麼知道楊義臣文武全才？」袁紫煙說：「他是妾的舅舅。妾雖然沒見過他，但妾的父親在世時時常稱讚他。」隋煬帝說：「這個人現在致仕❷在家，倒確實有些才幹。」於是他封太僕楊義臣為行軍都總管，帶領十萬兵馬去河北剿匪。

楊義臣接到聖旨，點齊兵將後便一路急行，沒幾天就到了濟渠口。他安排大軍紮營，派細作❸去打探張金稱那夥匪徒的行蹤。

張金稱聽說楊義臣帶兵來了，立即帶著手下的兵馬過去罵戰。楊義臣下令堅守不出。張金稱還以為楊義臣膽小不敢應戰。他每天叫人去罵，一直罵了一個多月，楊義臣都沒有出戰，於是張金稱慢慢得意起來。一天晚上楊義臣叫來周宇、侯喬兩位將軍，讓他們帶兩千騎兵悄悄過河埋伏好。第二天，張金稱又帶人出來罵戰，楊義臣雖然帶兵出營了，卻故意讓士兵裝出一副疲憊懶散的樣子，張金稱見了更加輕敵就帶兵直衝過去。沒想到他的人馬剛和楊義臣的兵馬打到一起，伏兵就從四面八方冒出來了。張金稱的人一下亂了手腳，打到最後只

---

❶【跳梁小丑】比喻那些興風作浪但成不了大氣候的壞人。
❷【致仕】是指古代官員正常退休。表示這個意思的還有致事、致政、休致等詞。
❸【細作】暗探、間諜。

有他獨自逃了出來。不料，他在半路又遇上了清河郡丞楊善的人馬，最後被抓到殺了。張金稱手下的殘兵連夜跑去投奔竇建德。楊義臣首戰告捷，將匪窩裡搜到的金銀給眾將士分了，又帶著兵丁直撲平原，進攻高雞泊，打算剿滅竇建德的人馬。

當時竇建德、孫安祖依附於高士達。竇建德聽人說楊義臣剿滅了張金稱，連忙去找高士達商議對策。竇建德說：「我早就聽說楊義臣文武雙全、用兵如神，現在看來果然不假。他剛剛擊敗張金稱士氣正盛，我們不要和他硬拼，不如守營不出，讓他等上幾個月，到時他糧草不濟一定會急進，我們那時再抓他就容易多了。」

可是高士達仗著自己武藝出眾根本不聽，譏笑他說：「竇兄的勇氣差了些。」當晚高士達和孫安祖帶上一萬兵馬偷襲楊義臣，沒想到楊義臣早就埋伏好了正等他們來呢。當高士達帶兵衝進楊義臣大營時，發現竟然是一座空營。他馬上反應過來，剛想撤退就聽到炮響，伏兵從四面衝了進來。楊義臣的手下鄧有見一箭射死了高士達，又砍了高士達的首級❹。孫安祖見高士達死了撥馬就跑，竇建德得到消息帶兵趕來救援，可已經無力回天。

兩人帶著兩百多殘兵一路逃亡，發現饒陽守備鬆懈就趁機進攻，沒想到只花三天就奪下了饒陽。兩人又重新招兵買馬，沒多久又有了兩千多人。竇建德對孫安祖說：「現在隋軍勢大，楊義臣又足智多謀，我們絕不是他的對手，雖然這座城池現在是我們的，可是恐怕也留不了多久。」他想了想又說：「這樣，你多帶些金銀珠寶去東京走一趟，想辦法賄賂朝中重臣將楊義臣調走。楊義臣要是走了，隋軍也就沒什麼可怕的了。」孫安祖說：「萬一調不走怎麼辦？」竇建德說：「放心，隋煬帝素來重用奸佞，忠臣多半站不住腳。」於是孫安祖帶上重金連夜起身趕往京城。

那天孫安祖到了梁郡白酒村，見天黑了就找了家客棧住下，沒想到竟遇到了王伯當。王伯當問孫安祖去哪兒，孫安祖將楊義臣的事說了，他又問王伯當要去哪兒。王伯當告訴他這次來這兒是為了營救李密。原來當初李密投奔了楊玄感，楊玄感起事失敗後被殺，李密被俘。王伯當在瓦崗聽說了這件事，連忙趕來救他。孫安祖說：「王兄不用擔心，小弟去把負責押解的差官都殺了，把李兄救出來。」王伯當說：「你還有大事要做，這事不能鬧大。要不這樣，你幫我演一齣戲。」

兩人剛商量好就聽外邊人聲嘈雜，看樣子來了不少人。他們走出去一看，只見一個解官帶著六七個解差，押著四個帶著重銬的囚徒走了進來。王伯當一看，其中一個正是李密，剩下的也全都是熟人，分別是韋福嗣、楊積善和邴元真。幾個人都沒作聲只互相打了個眼色。

王伯當走到櫃前，將手裡的幾匹絲綢往櫃檯上一放，說：「店家，在下最近手頭緊，不

❹【首級】腦袋的意思。秦朝軍隊以砍下敵人人頭的多少，論功晉級。因此，後來就把砍下來的人頭稱爲「首級」。

夠錢住店了，好在身上還有十匹上好的潞綢，我願意按成本價賣給你，你看怎麼樣。」店主人笑著說：「爺，小店哪有這麼多銀子。別說成本價，就是你多住幾天，然後把這絲綢直接給我們，我們也用不著它。」王伯當打開一匹絲綢，接著說：「你看清楚了，這可都是上好的潞州絲綢。」那個解官和幾個解差聽見也湊過來看，紛紛說：「確實是好綢子，不但密實而且厚重，可惜我們沒錢買。」李密也跟過來看，王伯當罵道：「你一個死囚，瞎瞧什麼？諒你也買不起。」孫安祖在一邊笑著說：「兄長可別這麼說，也許人家就有銀子呢。」李密說：「真是狗眼看人低，你有多少寶貝都拿出來，爺我全買了。」王伯當說：「好，這可是你說的。」一說完，他讓孫安祖將房裡的五匹絲綢全部拿了出來。李密對獄卒張龍說：「張兄買不買潞綢啊？我有十兩銀子給你買幾匹。你一路這麼照顧我，我也是知恩圖報的人。」張龍說：「這我可不敢拿，不過你要是先送惠爺幾匹，我就敢了。」李密說：「還是你想得周到，我就要死了，留著銀子也沒用。這樣，他的絲綢我送大家一人一匹，我還有五十兩銀子也給大家分了吧。只求你們到時能幫我們收一收屍骨，你要是答應了另外再給你十兩。」張龍一聽，連忙去找別人商量。那個惠解官是個財迷，聽了張龍的話歡歡喜喜地答應了。

惠解官得了好處，就讓李密等人跟他們一起吃飯，眾人推杯換盞非常熱鬧。孫安祖和王伯當也叫了酒菜來吃，大家喝著喝著就熱絡起來。

到了二更天，王伯當說：「可惡，酒都涼了。」孫安祖說：「我讓店家拿去熱熱。」

沒一會兒孫安祖就回來了，他說：「店家和小廝都醉了，這可是我親自熱的。」王伯當接過來給惠解官倒了一杯，又斟了七八杯給其他的獄卒，說：「各位辛苦了，咱們乾了。」獄卒們推拒說：「不行了，實在是喝不動了。」孫安祖說：「這壺酒可是小弟親自熱的，各位差官給些面子嘛。這樣，就這一杯，剩下的我們喝了。」張龍拿起酒杯一飲而盡，公差們也只得喝了。不過一會兒，一個解官、八個獄卒倒了一地。孫安祖笑著說：「成了，不過小弟擔心藥力不夠，我們快一點。」王伯當把四人的枷鎖弄斷。李密從解官的行李中翻出公文一把火燒了，又將十五匹潞綢和銀子拿出來給了王伯當。眾人背上行李走出客棧，這時只見滿天星斗。

　　他們一口氣跑出五六十里，孫安祖和大家辭行。李密說：「孫兄剛救了小弟，不要急著走，咱們先去前面痛飲三杯再說。」王伯當說：「孫兄還有要事，

不過一會兒，一個解官，八個獄卒倒了一地。孫安祖笑著說：「成了，不過小弟擔心藥力不夠，我們快一點。」

我們別耽誤他了。」孫安祖說：「我走之後，幾位最好也分開走，如果成群結隊恐怕不出一兩里就會被人識破。好了，小弟先走一步。」李密說：「如此，還請替我問候建德兄，我和伯當要去瓦崗，以後一定去饒陽看兩位。孫兄要是能見到單二哥，也幫小弟問候一聲。」說完，幾個人就分開了。王伯當、李密、邴元真、韋福嗣、楊積善一起又跑了幾里，前邊出現一個三岔路口。王伯當說：「現在出了牢籠，大家還是各自逃命吧。這個三岔路口，大家各選一路，小弟和李密一起。」韋福嗣和楊積善交情好，兩人選了條小道。邴元真說：「我不走大路，也不走小路，我有自己的走法，哥哥們先走吧。」於是楊、韋兩人走了小路，王、李兩人走了大路。

王伯當和李密走了還不到一里，後邊就追上來一個人。那人一拍李密肩膀，嚷道：「你們兩個也不等等我。」王伯當說：「你不是說有自己的走法嗎，怎麼又追來了？」邴元真說：「哥哥傻了，我騙他們倆的，剛從死路上逃出來，自然不能再回到死路上去。」李密問：「怎麼這麼說？」邴元真說：「等公差們醒了，一定會和當地的軍隊一起來追我們，和小路相比大路反而更安全。現在咱們三個完全可以放心大膽地走，就算有追兵也不會多，幾下就解決了。」為了避免麻煩，三人又各自喬裝一番，李密扮道士、邴元真扮客商、王伯當扮隨從一起朝瓦崗進發。

孫安祖到了京城之後，找熟人上下打點，很快就找到了段達、虞世基等佞臣的門路。孫安祖塞了不少金銀下去，沒幾天隋煬帝就以楊義臣沒有作為為由，下旨罷免了楊義臣。孫安祖得了消息連夜出京趕回饒陽。當時楊義臣已經定好計策，正準備將竇建德一舉拿下，沒想到隋煬帝的旨意就到了，他只得長歎一聲黯然離開，從此隱姓埋名做了農夫。楊義臣走後，再沒人制得住竇建德，他的隊伍沒多久就擴張到一萬多人。他派人去二賢莊把女兒接過來，還邀請單雄信一起舉事。

第二十七回　楊廣給柳樹賜姓

隋煬帝根本沒把竇建德的事放在心上，一日拉著朱貴兒、袁寶兒坐上龍舟去三神山看日落。等隋煬帝回到宮裡，高昌等內侍稟報說：「一千個殿腳女已經準備好了，不知道陛下打算什麼時候啟程？」隋煬帝想：「雖然征遼只是藉口，巡遊才是真的，但到底是御駕親征，還得有些氣勢才行。」於是下旨封了二十四路將領。

來護兒知道隋煬帝離開都城後，命叔寶率大軍出征。叔寶一直記著張須陀的囑託，特意避開了鴨綠江繞道平壤，準備大軍一到好內外夾攻。

隋煬帝發完聖旨，便到宮裡問蕭皇后伴駕的宮女選好了沒有。蕭皇后埋怨隋煬帝給了自己一份苦差，說不帶誰走，誰就哭鬧不休。隋煬帝笑著說：「這些賤婢，真能折騰。」蕭皇后說：「也不怨她們，還不是張、尹二妃在後邊鼓動的。說什麼『我們兩個年紀大了，容貌也沒了，你們各個鮮花一樣，可要把握機會抓住那個風流天子。』」隋煬帝聽了蕭皇后的話，便吩咐內侍立即準備四十艘差船。

蕭皇后口中的張、尹二妃，分別是張豔雪和尹琴瑟，這兩個人和宣華夫人一樣都是隋文帝的妃子，只是長得比宣華夫人差些。當初隋煬帝鍾情於宣華夫人，並沒把兩人放在心上。宣華夫人死後，隋煬帝讓許廷輔為他挑選宮女。張、尹二妃自恃身分，從沒給許廷輔送過禮，所以隋煬帝沒怎麼見過她們。到了現在，兩個人也不求什麼了，可蕭皇后卻看不上這兩個人，因為後宮的女眷全都想方設法地巴結她，只有這兩個人一句軟話也沒說過，因此想趁著這個機會教訓兩人一下。

第二天，隋煬帝帶著選好的人上船出發。沒選上的宮人在岸邊送走隋煬帝剛想回宮，就來了十幾個內監說隋煬帝讓張、尹二妃帶著她們跟在後邊。張、尹二妃面面相覷，心想：「我們也沒說要去，怎麼想起帶上我們了？」

那些宮人倒是非常興奮，收拾了幾十車行李，一路出了宮門。上船之後，張、尹二妃心中更加疑惑，問內侍說：「陛下的船在哪兒？」內侍說：「在前面。」張夫人說：「聽說陛下造了幾百艘龍舟，可我們坐的卻是最簡單的差船，中間一定有問題，你們要帶我們去哪兒，快說。」內監們知道瞞不住了，這才說：「二位夫人不要生氣，這是陛下的意思，讓小的們送二位夫人和剩下的宮女去晉陽宮。夫人們要是不信，聖旨在這兒，夫人們請看。」張、尹二妃接過來一看，果然如此。那些宮女一聽不是去江都而是去太原，全都哭了起來，還有些想不開的要投河。張夫人卻大笑著說：「你們這些傻丫頭，去江都做什麼？難道有父母親戚在那兒？只不過是去遊玩，就算去了能搶過那些夫人嗎？我們都這樣了，何況你們。太原怎麼不好了，自由自在、有吃有穿，還不用羨慕別人。」那些宮人一聽覺得有道理，又都開心起來。不到一個月，這些人就到了晉陽宮，內監將兩位夫人和那些宮女們託付給副宮監裴寂就回江都覆旨去了。

隋煬帝離開洛陽，一路坐龍舟前往江都。他自己和蕭皇后坐的是前面的十幾艘頭號龍舟；十六院夫人以及剩下的婕妤貴人美人，分別坐在五百艘二號龍舟裡；剩下的數千隻雜船，分別裝著內監、雜役、食物；另外，還有一隻三號船，坐的是王義夫婦，隋文帝命令他們在龍舟左右伺候，應付各種差遣；文武百官帶著大隊人馬駐紮在沿岸，除非有隋煬帝的傳召，否則不能上船。隋煬帝坐的那十幾艘頭號龍舟位於正中，用纏著彩緞的鎖鏈彼此相連。五百隻二號龍舟，一半在前，一半在後，每艘船上面都插著一面標有號碼的旗子，夫人美人們按照號碼居住。這樣，隋煬帝想要傳召誰的時候就不會弄錯了。剩下的雜船也都插著旗子，標著各自的用處。所有的船是走是停，都聽大船上的鼓聲行事就和軍隊一樣。這幾千艘龍船在隋煬帝的號令下肅穆整齊，沒有一個人敢大聲喧譁。

高昌帶著選好的一千個殿腳女上船拜見隋煬帝，隋煬帝見殿腳女們各個都窈窕可愛非常高興。高昌問隋煬帝要不要親自遴選一番，隋煬帝說：「等她們拉縴的時候，朕再選。」

第二天，萬里無雲，一點風都沒有，正適合殿腳女拉船。高昌給每艘船分派一百隻羊，又讓殿腳女們到岸上拉縴。那些殿腳女早就排演過了，各個打扮得妖嬈豔麗，按照次序站好。鼓聲一響，殿腳女們和那些羊一齊使力，十隻艘龍舟慢慢悠悠地動起來。隋煬帝與蕭皇后站在船上，見下邊千姿百態、珠搖玉曳，稱讚說：「真是千古盛事。」

當時已經是三月下旬，晴空萬里，沒一會兒殿腳女們就汗如雨下、呼呼大喘。隋煬帝見了，忙讓人到船頭鳴鑼叫殿腳女們下去。蕭皇后笑著說：「陛下這是不喜歡了，還是心疼了？」隋煬帝說：「讓這些女孩兒拉船是為了美觀，現在一個個大汗淋漓、氣喘吁吁，哪還有什麼樂趣？」

隋煬帝想不出辦法，於是將大臣們找來商量。大臣們都說沒辦法，只有翰林學士虞世基說：「這事不難，只要在河岸兩邊種上垂柳，到時綠蔭如蓋，不但殿腳女不用擔心日曬，等到柳樹的根系長開還能穩固河堤，柳葉也可以餵羊。」隋煬帝聽了，讚道：「果是妙計，不過河堤那麼長，恐怕一時之間種不出那麼多樹。」虞世基說：「栽樹的事要是分派給各個郡縣，恐怕他們會互相推諉耽擱進度，陛下要是能傳一道聖旨，說無論官民凡是能種柳樹的，種一棵賞一匹絲絹。這些百姓都是貪錢鬼，見有好處可拿自然會連夜種樹。臣敢說不用五六天樹就能種好。」

隋煬帝於是下旨：種一棵柳樹，賞一匹絲絹。並讓內侍們和戶部的人帶著無數的絲絹銀兩到沿岸散發。百姓聽了消息，果然夜以繼日地種柳樹。近處的柳樹挖完了，他們就到遠處去挖。三五十里以內的柳樹全被移到了河岸兩旁。連一人都抱不住的大柳樹都被人連根帶土扛來種在了這裡。

隋煬帝見百姓紛紛湧來種柳樹，非常高興地對大臣們說：「當初周文王愛民如子，百姓把他當父親，為他建造臺池的事流傳千古。你們看看現在百姓們個個爭先，和當時的情景比恐怕也不遑多讓。朕也要種上一棵，見證這一君臣同樂的盛事。」於是他帶著大臣們到岸上種樹。百姓見到皇帝來了，紛紛跪下叩拜，隋煬帝讓大家起來，他說：「此次勞煩大家種樹，朕心裡十分愧疚，大家辛苦了，朕也親自種上一棵以示對大家的感激。」隋煬帝選好一棵樹苗，他剛想抱起來，那些內監就衝上來幫他抬，還有些內監去挖坑、

於是他帶著大臣們到岸上種樹。百姓見到皇帝來了，紛紛跪下叩拜。

抬水，沒一會兒柳樹就種好了。大臣們和百姓見了，跪下來山呼萬歲。眾臣見隋煬帝都種樹了，只得每人也跟著種上一棵。

不過兩三天，這千里河堤就種滿了柳樹，濃蔭覆蓋像是一條柳巷，清風吹過婀娜生姿。隋煬帝說：「這一地垂柳竟然這麼漂亮，就像漫天的青幔。」蕭皇后說：「青幔哪有它們這樣瀟灑。」隋煬帝說：「朕要給它們賜姓，讓它們姓楊。」說完，他吩咐左右拿來紙筆，親自寫了「楊柳」兩個大字，然後用紅綢穿好掛在樹上以示嘉獎。

柳樹種好了，隋煬帝下令讓殿腳女拉船。這兩岸的楊柳果然綠蔭如蓋，一點陽光也透不過來，只有絲絲清風迎面吹拂十分清涼，一個個爭奇鬥妍的殿腳女拉著綢子做的纜繩嬉笑前行。隋煬帝召十六院夫人和一眾美人在船上一邊飲酒作樂，一邊欣賞岸上的美景。他不知不覺有些醉了，就帶著袁寶兒繞著欄杆細細地打量起那些殿腳女來，覺得各個都那麼風流可愛。隋煬帝忽然發現拉著第三隻龍舟的殿腳女中有一個女人格外漂亮，纖腰不盈一握、皮膚賽雪欺霜，一雙黑亮的眼睛猶如黑漆點的一般。隋煬帝喜出望外，讚道：「這個女人的容貌怕連西施、昭君也要自歎不如。」

蕭皇后笑著對隋煬帝說：「遠看確實體態婀娜，不如請上來再近處看看怎麼樣。」隋煬帝忙叫內侍去宣那個殿腳女。沒一會兒那個女子就被帶來了。沒想到遠看漂亮，近看更美，一雙長眉如同新月，明眸皓齒、巧笑嫣然，身上還透出一股幽香。隋煬帝大喜過望，蕭皇后笑著說：「陛下果然有風流的福分，所以上蒼才送了這麼美的佳麗給陛下。」隋煬帝問那個女人叫什麼名字，多大了。那個女子回答說：「小女名叫吳絳仙，十七歲。」隋煬帝當晚就和吳絳仙在了一起。

過了七八天，隋煬帝的龍舟到了睢陽。隋煬帝發現睢陽這段河道有很多地方挖得非常淺，睢陽城的龍脈也沒有被挖斷。於是他大發雷霆，將麻叔謀、令狐達找來問罪。令狐達趁此機會將麻叔謀吃小孩，因為貪賄不肯挖斷睢陽城，以及自己連上三道奏章都被中門使段達截了的事全都說了出來。隋煬帝命人徹查，沒想到麻叔謀的行李中不但有三千兩金子，還有自己前幾天不見的傳國玉璽。隋煬帝勃然大怒，下令將麻叔謀斬首。當初皇甫君說送麻叔謀兩把金刀果然應驗，脖子一刀，腰上一刀，正好兩刀。麻叔謀的一眾黨羽也都獲了罪，其中陶柳兒更是全族被殺。段達雖然沒死，但也被貶了職。

第二十八回　來護兒力保叔寶

王伯當、李密、邴元真三個人一路急行。那天他們走得又渴又餓，見山坳裡有戶人家就想過去找點吃的再走。三人正準備走過去，卻見一個十七八歲的姑娘提著一籃桑葉走了過來。這個姑娘長得十分秀美，見到三人既不羞怯也不桀驚，慢慢地走進去了。李密歎道：「想不到這荒山野嶺的竟然有這麼漂亮的姑娘。」王伯當說：「天下美麗的姑娘多的是，不過現在不是想這些的時候。」幾個人正說著裡面走出一個老漢，問他們有什麼事。三人說因為急著趕路沒吃早飯，所以想跟他買些吃的。老漢便讓三人進屋，準備食物給他們吃。

這時，一個大漢從外邊走了進來，王伯當一看竟然是以前的朋友王當仁。王當仁是老者的侄子，老人的兩個兒子都去開河了，於是王當仁留在老人身邊照顧他。幾個人邊吃邊聊，老人對李密說：「我有個女兒，名叫雪兒，今年十七，不知道公子成親了沒有。」李密說自己四海飄零，還沒有成婚。老人就說願意將雪兒許配給他，王伯當、邴元真在一邊連連讚好。李密於是拿出一雙玉環給老人做信物，老人就把雪兒頭上的一隻金釵給了李密。

叔寶做了來總管的先鋒之後，按照張須陀的計策進攻平壤，殺了高麗的一員大將乙支文禮。來總管上書隋煬帝為叔寶請功，隋煬帝得到消息後非常高興，升了來總管和叔寶的官職，又下令讓宇文述和于仲文火速前往鴨綠江和來護兒合力進攻高麗。

高麗謀臣乙支文德，聽說宇文述、于仲文都是貪功好利的人，派手下給他們送了大量的胡珠、人參、名馬以及貂皮作為禮物，說高麗願意投降。宇文述信以為真，讓宇文化及帶著兵馬和乙支文德去見高麗王。結果宇文化及的人被乙支文德引進白石山遭到四面圍擊。要不是秦叔寶得到消息趕來搭救，宇文述的兩個兒子恐怕都要沒命。乙支文德剛和宇文化及的人打了一場，現在又和叔寶打，累得呼呼直喘。他知道這次輸定了，於是丟了金盔換上小兵的衣服夾雜在高麗的軍隊中跑了。

叔寶拿著金盔和敵軍首級去找來總管報捷。宇文化及稱讚叔寶說：「真是一員猛將，要不是他我這次恐怕回不來了，不過好像在哪見過。」這時，一個家將走到宇文化及跟前說：「爺，這個人是咱家的仇人啊！」宇文化及奇怪地問：「為什麼這麼說？」那個家將說：「當年在花燈下打死公子的就是他。」宇文智及又想了想，忽然沉聲說：「不錯，雖然換了一身打扮但確實是他，連兵器都沒變。」兩人馬上回營將這件事跟宇文述說了。宇文述握緊雙拳，罵道：「可恨，他現在是來總管手下，我竟然沒法殺他。」宇文智及笑了一下，說：「倒也沒什麼難的，明天父親讓差官送一百兩銀子給他，說是犒賞他的，他一定會來謝恩。

他不是拿了乙支文德的金盔嗎？父親就說這是乙支文德賄賂他的罪證。他得了頭盔，所以把乙支文德放了。如此一來，父親就是立即殺了他也名正言順。正好來總管不在，就算他以後知道了也未必會為了一個死人得罪父親。」宇文述點點頭說：「好，就這麼辦。」

第二天，叔寶得了宇文述的賞銀，隨手打賞給旗牌官一些，剩下的都和兄弟們分了。他知道自己和宇文家有仇，卻以為宇文述不知道，所以毫無防備地就去謝恩了。他剛到宇文述的營帳門口，就有一個旗牌官攔住他說：「元帥有令，秦先鋒覲見不用穿鎧甲。」叔寶也沒多心，還以為宇文述這麼交代是想表示親近就把披掛脫了。叔寶進了營帳，見宇文述坐在正中，兩個兒子一邊一個，幾十個全副武裝的將士分列兩側。宇文述問：「你就是那個會使雙鐧的秦叔寶？」叔寶說：「是。」宇文述大喊一聲：「拿下！」兩邊的將士就衝了上來。叔寶雖然勇猛，但到底寡不敵眾。好在他力氣極大，那些人暫時還捆不住他。叔寶一邊在地上翻滾，一邊喊：「為什麼抓我，我犯了什麼罪？」站在下邊的兩個把總趙武和陳奇見了，連忙跪下說：「元帥，秦先鋒屢立戰功，又是來爺手下的猛將，不知道到底犯了什麼錯。」宇文述一聽，就把宇文智及的那套說辭說了。趙武說：「那個金盔明明是秦先鋒在戰場搶的，元帥若是僅憑猜測就斬殺營中戰將恐怕會動亂軍心，求元帥看著來爺面子饒了他吧。」宇文智及聽了，大喊道：「和你有什麼關係，來人，把他們兩個趕出去。」趙武氣不過，回營帶上些兵將就要去救叔寶。他想了想對陳奇說：「你想辦法拖延，我去找來總管。」說完騎上馬就跑了。

宇文智及想要將叔寶亂刀砍死，宇文述說：「不行，必須明正典刑❶，不然會成為把柄。」他往四周看了看，見都是自己人，說：「秦叔寶，你還記得仁壽四年上元節燈會的事嗎？今天你死定了。」叔寶聽了，跳起來說：「原來是為了這個。當初我為民除害，今天你為子報仇。算了，這顆頭你想要就給你。只可惜高麗未平，我也還有親恩沒報。」說完，他任由他們綁了自己，然後大步走出營帳。

趙武剛出營沒多遠就遇上了來總管，他將宇文述要殺叔寶的事一說，來總管急忙飛奔回營去救叔寶。他們到了宇文述的營帳外，正巧遇上叔寶出來，來總管大罵：「為什麼要害我手下大將，給我放了。」說完衝進宇文述的軍帳找他理論。宇文述見來總管衝進來，不等來

「秦叔寶，你還記得仁壽四年上元節燈會的事嗎？今天你死定了。」

總管說話，搶先說：「老夫聽說貴先鋒為了乙支文德的一頂金盔就把人放了，心想現在營壘未定，這個人若是和高麗私通，到時裡應外合恐怕十分危險，所以想先把他除了。因為事情緊急還沒來得及告訴將軍，將軍不會生氣吧。」來總管笑了笑，說：「怎麼會，只是宇文大人聽別人說，不知道那個別人指的是誰？叔寶自從和高麗交手沒打過一場敗仗，戰功赫赫，怎麼會和敵軍私通？我們身為上官，自身能有多少能力，還不是全靠手下人出力。現在宇文大人要殺叔寶，那些不知道的還以為大人嫉賢妒能呢！」宇文述不能說自己要殺叔寶是想為兒子報仇，一時沒了話。左右見宇文述不說話，忙過去勸來總管，說：「來總管說得對，宇文大人只是一時想多了，好在沒出什麼事。現在應該齊心協力想著怎麼打敗高麗，千萬不要傷了和氣。」來總管知道現在不是翻臉的時候，勉強喝了幾杯和解酒就回營了。

這事雖然過去了，不過來總管擔心宇文述賊心不死還會再陷害叔寶，所以讓武茂功接替叔寶做了先鋒把叔寶調走了。宇文述、于仲文因為糧草問題，接了乙支文德的降書也沒知會來總管就撤兵了。沒想到剛撤到薩水就遇上了高麗兵的截殺，死傷慘重。兩人帶著殘兵一路逃到遼東，隋煬帝大怒，將宇文述等人都削了職。

陸軍都已經退了，來總管沒辦法也只得下令撤軍。眾人一路平安無事到了登州，叔寶跟

---

❶【明正典刑】按照律法治罪。

來總管請辭。來總管本想為叔寶請功，所以不想讓他走。可惜叔寶態度堅決，來總管就給叔寶找了個齊州折衝都尉的差事，一方面可以讓他衣錦還鄉，二來也能方便他照顧鄉里。不僅如此，來總管還送了些金銀禮物給叔寶。

叔寶連夜回家和家人團聚。他拜見了母親，妻子張氏拉著兒子懷玉站立一旁，羅士信跟在後邊滿臉帶笑。叔寶說了征討高麗的情況和宇文述的事。他們聽說叔寶以後能留在齊州做官都非常高興。秦母對叔寶說：「你不在家這段時間，張郡丞時常派人來看望我們，還經常送東西過來，你明天一定要去謝謝人家。」

第二天，叔寶去拜謝張郡丞，兩人談起羅士信，張郡丞聽說羅士信武藝出眾就安排他做了校尉。三人一起練兵、剿匪，將山東、河北、淮西的賊寇嚇得聞風喪膽。隋煬帝聽說之後龍顏大悅，將三人都升了官。

第二十九回　單雄信丟了二賢莊

李密、王伯當、邴元真三人一路前往瓦崗。李密對王伯當說：「瓦崗山上人雖然不少，但能做大將的沒幾個，我們和叔寶、單二哥都是同生共死的兄弟，這次起事為什麼不把他們也叫來呢？」王伯當說：「叔寶還在外邊領兵，單二哥家大業大恐怕捨不得。」李密卻不以為然，自告奮勇要去請單雄信。王伯當說不動他，只得讓他去了。

王伯當和邴元真來到瓦崗，正巧翟讓帶兵出去了，只有徐茂公和李如珪在。徐茂公問李密怎麼沒來。王伯當說：「他去二賢莊請單二哥去了。」徐茂公忙問：「就他自己嗎？」王伯當說是。徐茂公急道：「這下糟了，我前不久曾經派人去請過單二哥，他說要送竇建德的女兒去饒陽，回來的時候會來瓦崗，所以現在不可能在二賢莊。李密正被通緝，路上就他一個人，出了事根本應付不了。」幾個人正說著，齊國遠押著糧草回來了。徐茂公說：「今天大家好好歇歇，明天一早請李如珪、齊國遠帶上一些人去二賢莊接應李密。要是有什麼狀況立即回來報信，我們好帶人去救。」

李密離開王伯當、邴元真之後，遇到了當初楊玄感帳下的一個效用都尉詹氣先。詹氣先請李密去喝酒，李密沒敢答應。詹氣先望著李密的背影想：「這個傢伙當初在楊玄感帳下有多麼氣派，現在落到這個地步。」於是他叫上一個熟人偷偷跟著李密，看他在哪落腳。

李密到二賢莊的時候天已經晚了，單雄信不在，接待李密的是單雄信的管家單全。單全四十多歲，對單雄信忠心耿耿，二賢莊的大小事務大多由他打理。單全對李密說：「聽說李爺現在正被官府通緝呢，怎麼想起到這兒來？」

李密說想邀請單雄信一起去瓦崗。單全問他來的路上有沒有遇上熟人，李密說：「只遇上了一個楊玄感帳下的都尉詹氣先，他在楊玄感戰敗的時候歸順了朝廷。」單全一聽，皺了皺眉頭，然後就給李密準備酒菜。李密到了二賢莊就和到了自己家一樣，完全放下心來。他知道單全是個很有擔當的人，所以一點都不操心，全都交給單全去處理。沒多久，外邊傳來叫門聲。單全站在閣樓上往下看，發現是司巡檢和一群手下。

單全叫人開了莊門，那些人問他說：「單莊主在麼？」單全回答說：「老爺到西鄉收夏天的稅去了，司爺這麼晚來，有什麼事嗎？」司巡檢伸手指著邊上的一個漢子說：「這位詹都頭說有個叫李密的欽犯到你們莊上來了，有沒有這回事？」單全瞪起眼睛說：「這是什麼話，我們老爺的朋友中根本沒有叫李密的，現在老爺不在家，我們都是本分的下人，怎麼會收留生人給主人惹麻煩。」

詹氣先喊道：「我親眼看見他進莊的。」單全笑著說：「你說謊，你說白天遇見他，當時怎麼不抓他。我家主人也不是好欺負的。」詹氣先本來還想爭辯，可是看見院子裡站著一二十個膀大腰圓的壯漢，個個凶神惡煞地瞪著他，話到了嘴邊又嚥了回去。司巡檢當然知道單雄信不好惹，更何況平時兩人還有些人情往來，只得改口說只是過來問問，既然沒有他們就回去了。

單全說：「司爺哪裡的話，您素來忠於職守，這是大家都知道的。等我家老爺回來，少不得要去問候您。」李密見官府的人走了，忙出來向單全道謝。兩人正說著，忽然有人敲門。單全被嚇一跳，大著膽子問：「誰。」對方回答說：「我是王伯當，管家快開門。」單全聽了，忙跑去把門打開。見王伯當、李如珪、齊國遠三人都是一副客商的裝扮，後邊還跟著五六個隨從。李密見到三人又驚又喜，忙問：「你們怎麼來了。」王伯當就把徐茂公的話說了，李密聽完也說了說司巡檢來抓他的事。單全讓人端了酒菜上來，憂心忡忡地說：「我看那個姓詹的滿臉殺氣，恐怕還會再來。」王伯當說：「現在有三四更了，咱們等到天亮就和李兄回瓦崗，要是再有人來少不得要打一場了。」

眾人等到天亮也沒人來，還以為沒事了，沒想到剛準備出發就有下人慌慌張張地跑來，說：「門外有馬叫聲，像是有官兵朝莊上來了。」單全一聽，連忙和王伯當上樓去看。果然來了一隊官兵，大概三十多個騎兵和四十多個步兵。

原來詹氣先見巡檢徇私非常生氣，到手的銀子就這麼沒了，又去找了潞州的漆知府。漆知府聽說後，派龐三夾帶兵過來抓人。龐三夾之所以叫這個名字，是因為他不分好壞，任何犯人落到他手裡都要先來三夾棍，再加上他是三甲進士出身，別人就給他起了這個綽號。他聽說要捉欽犯，想著有好處拿就急忙點齊兵馬飛奔過來。單全和王伯當下樓之後說明情況，眾人商量一番就定好計策。

不一會兒，門外響起敲門聲，單全大踏步出去把門開了。龐三夾帶著手下的步兵衝進來，說：「聽說你家藏了欽犯李密，快點交出來。」單全說：「小的昨天又盤問了一下家丁，沒想到他們真的留了一個人借宿的客人，只是我們也不知道這個人是不是李密，現在把他鎖在西邊耳房裡了。爺派些人跟我過去看看吧。」龐三夾一聽，笑了笑，說：「算你識相。」他看看身邊的步兵，說：「你們幾個跟他進去。」

單全帶著那些步兵一路走到西邊耳房，指了指屋子說：「差爺，就是這兒了。」裡面是一條長長的甬道，單全前面帶路，跟在後邊的兵丁見單全走得快，剛想追上去就聽見咔嚓一聲響連人帶地板直接摔到坑裡。正在這時，王伯當帶人衝到庭院廝殺起來；齊國遠則帶人搶了莊外騎兵的馬。龐三夾和詹氣先被殺，不少兵丁見打不過他們，直接扔掉兵器投降。李密讓人將屍首埋了，把俘虜扔到耳房的坑裡並蓋上地板。收拾妥當之後，李密對單全說：「我們這次闖了大禍，這裡已經不能留了。好在單二哥早晚要去瓦崗，管家不如和夫人商量一下，收拾收拾和我們一起走吧。」事到如今也只能如此了。單夫人沒別的辦法，就帶上嫂子、女兒以及親戚僕從二十多人和他們一起上了瓦崗。

單雄信將竇建德的女兒線娘送到饒陽，竇建德萬分感謝，堅持讓單雄信留下和他一起舉事。當時竇建德手下已經有了十多萬兵馬，很得百姓擁戴。不過單雄信沒答應，竇建德見他執意要走，就送了單雄信兩三千兩金子，單雄信帶著一路去了瓦崗。

這天，單雄信等人走了六七十里路，眼看太陽就要落山了，只得找戶人家借宿。沒想到開門出來的竟是單雄信一個隨從的外婆，老太太看見外孫大吃一驚，問：「你不是在潞州單員外家做事嗎，怎麼跑到這兒來了？」

正說著，又出來一位大漢，他見單雄信威風凜凜、氣宇軒昂，就問：「是潞州的單莊主嗎？」單雄信說：「我是。」那人連忙將單雄信請進屋裡，說自己叫王當仁。單雄信一聽，笑了起來，說：「我有個朋友叫王伯當，你叫王當仁，聽起來倒像是兄弟。」王當仁說：「單莊主說的要是濟陽的王伯當，正好是我的族兄，前幾天還來過呢。」

單雄信說：「竟然真是兄弟，他是自己來還是和別人一起？」王當仁說：「還有一個叫李密的，一個姓邴的，聽說是去瓦崗。」單雄信高興地說：「看來李密沒事了，我正好要去瓦崗。」

第二天，眾人收拾好東西，用泥把門封好，一起去了瓦崗。單雄信讓王當仁騎馬，王當仁說：「我這雙腳比馬的腳力還好。單莊主不用擔心。」三四天後，眾人到了瓦崗，翟讓等人全都出來迎接。

第三十回　連明設計賈潤甫

瓦崗山上給李密辦喜事，殺雞宰羊，擺酒慶賀。徐茂公說起現在的情況：「瓦崗現在雖然只有七八千兵馬，糧草也不是很多，但這都不是最大的問題，最大的問題是將領太少。攻破一個郡縣，兵馬可以就地招，糧草可以就地取，但卻得先準備好守城和對敵的大將。現在只有十幾個人，實在是太少了。前幾天我讓連明到兗州府武南店去請尤俊達和程咬金，算起來今天也差不多該到了。」

大家正說著，就有人來回報說連明回來了。徐茂公問連明：「怎麼樣？」連明說：「他們兩個因為長葉林的事被地方官敲詐，所以去了豆子坑的七里崗做了山大王。我請他們來瓦崗，程咬金問單莊主和叔寶有沒有來。我說沒來，他就說『叔寶和單二哥沒去，我們也不去。』」徐茂公說：「不來就不來吧。」

連明又說了另一件事，他在路上打聽到有人招認楊玄感案中的四個逃犯是王伯當救走的，所以朝廷已經派官差去濟陽王家集抓人了。

王伯當聽了，說他的妻子去了小舅子裴敘方那兒，他得回去看看。徐茂公說：「不行，官差正在抓你，你去反而容易壞事。連明、當仁、國遠，你們三個走一趟，扮成賣雜貨的到齊州去找賈潤甫，讓他想辦法把王伯當的家眷帶上瓦崗。另外，你們看看能不能說服賈潤甫一起來，他是個不可多得的人才。翟大哥、單二哥和邴元真兄弟，你們帶三千兵馬去潞州府借糧，順便看看單二哥的家宅現在怎麼樣了。小弟和伯當兄、如珪兄會在後邊接應你們。」

李密問：「那我呢？」徐茂公笑著說：「兄長今晚大婚，只能替翟大哥看守山寨了，以後少不了要勞動你的。」連明幾個人出發之前，單雄信寫了封信讓他們交給賈潤甫。

賈潤甫因為時局混亂，已經把生意停了。他見到連明、王當仁等人，又看了單雄信的信，然後將人帶到密室，問連明知不知道濟陽王家集的路。連明說：「去倒是去過，可我沒去過伯當家。手上雖然有他的親筆信，但伯當的親眷可能不會信我，兄長還是陪我去一趟吧，也不知道官差到了沒有。」

賈潤甫說：「這倒沒什麼，官差走的是大路要三天才能到，我們從梅嶺穿過去，一天就夠了。」說完，吩咐下人送些酒菜給大家吃。吃了一陣，王當仁說：「兄長不如跟我們去瓦崗，和翟大哥、李大哥一起做事。」賈潤甫說：「我不清楚翟大哥這個人怎麼樣，但李密兄弟確實是四海聞名，不但才華出眾，還能禮賢下士。不過我還想再看看，日後一定會和兄弟們相聚的。」連明問：「明天什麼時候去王家集？」賈潤甫說：「五更就走。」看大家都吃飽了，賈潤甫吩咐下人將桌子收拾乾淨，安排三人睡了。

第二天五更，賈潤甫和連明、王當仁、齊國遠吃完早飯，一路往王家集走，到了第三天傍晚才到。賈潤甫帶人去了王伯當的小舅子裴叔方家，裴敘方是個光棍❶，平時也喜歡舞槍弄棒。連明把王伯當的信交給裴敘方，裴敘方跟姐姐一商量，給幾人準備些酒菜。兩個人稍微收拾了一下，第二天天還沒亮就跟連明他們走了。王伯當的親眷少，就一個妻子、一個小舅子，帶上一對家僕也不過四個人。賈潤甫對連明說：「小弟就不送了，兄弟們路上小心。」眾人向西，賈潤甫向東，各自回程。

幾個人還沒走出幾步，連明就對王當仁說：「我忘了件東西，你們先走，我隨後就來。」然後調轉馬頭朝東跑了。眾人正奇怪他落了什麼，連明已經笑嘻嘻地跑回來了。齊國遠問：「你忘了什麼了？」連明笑著說：「我沒忘什麼，不過想做些手腳。」然後悄悄和幾個人說了幾句。王當仁說：「主意不錯，不過還得讓人打聽一下，咱們安排好可別害了他。」連明說：「沒事，咱們到前面把王大嫂安排好再去打聽。」幾個人一邊商議，一邊往前走。

宇文述被罷官之後，花重金造了一輛如意車，裝上三十六面烏銅屏送給隋煬帝。隋煬帝見了十分喜歡，就恢復了他的官職。韋福嗣與楊積善被抓之後，剛好落在宇文述手裡，一頓酷刑下來什麼都招了。宇文述於是派人去王家集抓王伯當。

宇文述的人到了齊州將公文交給張須陀，讓他派兵抓人。當時叔寶和羅士信就在旁邊，兩人正不知道怎麼辦，就聽外邊有人稟報說有個熟人要見叔寶。叔寶出去一看，原來是連明。叔寶問連明最近在做什麼。連明悄悄說：「小弟現在投了瓦崗，單二哥給了我一封信，讓我找賈潤甫幫忙把王伯當的家眷帶到山上去。我擔心差官到那兒發現人都沒了，搜查到賈潤甫那裡會連累他，所以來和賢弟說一聲，看看你能不能看在往日的情份上，派人通知賈潤甫讓他快點逃走。」

叔寶問他現在山寨裡都有誰，連明一一說了。然後，連明推說有急事起身走了。叔寶送走連明，馬上把羅士信找來，讓他悄悄出城去給賈潤甫報信。

羅士信快馬到了賈潤甫家，將他拉到一處，貼著他的耳朵說：「哥哥藏了王伯當的家眷，現在官兵要來抓你了，快點走吧。」說完，羅士信飛身上馬就走了。賈潤甫心想：「那天自己帶人去到王家集已經是晚上了，應該是神不知鬼不覺，怎麼會走漏風聲呢？可是羅捕尉親自來通知我，一定是叔寶的意思，那就是真的了。」賈潤甫回屋把事情跟妻子一說，兩人收拾好東西，一路快馬加鞭逃往瓦崗。到了齊州邊界，賈潤甫正犯愁是走大道，還是走小道，這時發現了躺在樹底下等他的齊國遠和王當仁，於是跟他們一起去了瓦崗。

---

❶【光棍】沒有結婚，沒有後代的男人。

張須陀帶兵到了王家集，王伯當一家早就人去屋空。張須陀下令將王伯當的鄰居抓回去問話，一個姓趙的鄰居說：「那天晚上小人起夜，聽見門外有人說『賈潤甫你回去吧，我們走了。』第二天王家人就不見了，也許有些關係。」

張須陀聽了，剛想派人去抓賈潤甫，就有人稟報說劉武周、宋金剛帶著一千多人馬到了平原縣，求張須陀快些派兵圍剿。張須陀一聽連忙讓人把叔寶找來，讓叔寶帶兵抓賈潤甫，自己去圍剿劉武周。叔寶沒辦法，只得帶人去了，好在賈潤甫一家已經逃走了。宇文述派來的差官打聽到賈潤甫一家前天才走，跟叔寶說：「大人快追也許還能追上。」叔寶說：「去哪兒追？我還要去跟張大人剿匪呢。」說完上馬走了。差官沒辦法，只得去跟張須陀討了文書，回去向宇文述覆命。

宇文述聽差官說叔寶沒抓到賈潤甫，對兒子宇

「哥哥藏了王伯當的家眷，現在官兵要來抓你了，快點走吧。」

文化及說：「想不到秦叔寶那個傢伙竟然在山東做了官，不如將他扯到楊玄感的案子裡，就說韋福嗣招認秦叔寶和李密一夥人交好，讓張須陀將他抓起來。」宇文化及說：「父親這個辦法雖然好，但張須陀有勇有謀，叔寶又十分勇猛，真要把秦叔寶逼反了怕也是一大禍患。不如讓齊州郡丞先把秦叔寶的家人抓住，叔寶顧忌妻子母親一定不敢反抗，這樣更妥當一些。」宇文述贊道：「我兒果然聰明。」

宇文述於是上書隋文帝，將叔寶和李密扯到一起。隋煬帝聽了，立即下旨由宇文述全權負責。宇文述接到旨意，一面派人通知張須陀抓住秦叔寶，一面派人通知齊州郡丞抓捕叔寶的家人。

第三十一回　羅士信被抓

那天，張須陀正準備找叔寶商量召集流民守城的事，就有差官帶了機密文書給他。差官說：「宇文大人請老爺立即動手以防人犯跑了。」張須陀說：「知道了，你明天過來領回文。」張須陀回到帳裡立即寫了一道奏摺，擔保叔寶不是李密的黨羽，請隋煬帝不要聽信讒言、誤殺忠良。

第二天，兵部差官來領回文。差官見只有回文，又說：「差官奉命要帶人犯回去，大人應該把犯人一起交給我。」張須陀說：「這事我在回文中已經說了，你回去吧。」差官見張須陀心意已決，只得拿了回文回京覆命。

叔寶知道實情後向張須陀道謝。張須陀說：「都尉不用謝我，我是為了國家天下，以後我們同心協力掃平匪徒為百姓、為國家出力。」叔寶聽了張須陀的話很是感動。

張須陀升了齊州通守之後，齊州郡丞換成了一個叫周至的人。那天周郡丞正在處理公文，就有兵部差官帶了抓捕秦叔寶家眷的公文來。周郡丞便讓衙役帶人去抓，衙役到了鷹揚

府將抓捕文書交給羅士信，羅士信喊道：「我哥哥征戰沙場多年才做了這麼個小官，說什麼他是逆賊！」

衙役說：「這是朝廷的旨意不得違抗，老爺三思。」羅士信雙眼一瞪：「再敢多說，惹火了我，一人三十大板。」衙役見他發火，只得去找周郡丞，周郡丞只好親自來見羅士信。他知道羅士信是個粗人，先賠不是說：「剛剛多有得罪，秦都尉和我一樣都是官差，我怎麼敢不顧他的臉面，可這是上面的旨意，逆謀這麼大的罪誰敢承擔，只能得罪了。」羅士信說：「下官和秦都尉是異姓兄弟，他走的時候把家人交給我照顧，我怎麼能讓她們被人欺負？」

周郡丞說：「要不然多給差官些錢，讓他先去覆命，就說叔寶的母親妻子都已經抓到官衙了，只是因為生了重病，所以晚些再去。你們趁著這段時間去京中走走關係，也許就沒事了。」

羅士信年紀雖小，但世事人情早就懂了，他說：「我們兄弟從來不跟別人要錢，哪有錢送禮。只要有我在，誰也別想動秦大哥的家人。」周郡丞見說不通只得走了。可是差官每天催他，他實在沒什麼辦法，就把手下找來商量。其中一個老書吏說：「人家是奉旨抓人，大人當然不能抗旨。現在羅士信握有兵權，他在那裡扛著，大人也沒辦法，所以只能先除了羅士信。羅士信住在秦瓊家裡，又是秦瓊的異姓兄弟，自然也算是家屬，讓差官將他一塊帶走也省得麻煩。」周郡丞說：「你說得簡單，羅士信猛如虎豹，怎麼抓？」

老書吏說：「抓他不難。」然後他貼著周郡丞的耳朵說了幾句。周郡丞大喜，讓他馬上去找羅士信說是商量回文的事。那個老書吏找羅士信把事情一說，羅士信說：「我不管，讓你家大人看著辦。」老書吏說：「周爺是擔心自己說了什麼不應該說的害了秦都尉，所以讓羅大人去看一眼。」羅士信說：「有道理，你這個書吏很會講話，叫什麼名字？」老書吏說：「小人計成，就住在老爺家後院。」

羅士信到了衙門，周郡丞將回文拿給他看，羅士信說：「我是個粗人，這些文縐縐的話也看不明白，大人看著辦吧。」周郡丞故意說裡面有問題又讓人重抄，折騰了一上午。到了下午周郡丞將差官請來把回文給他，又拿出十兩銀子說是羅士信送的。差官走了之後，周郡丞留羅士信吃午飯，羅士信實在推不掉就留下來吃了。周郡丞拿酒給他，羅士信喝了幾杯，沒到半個時辰就昏了過去。周郡丞急忙讓人把他捆了起來，對左右說：「羅士信和秦瓊都是逆賊，本官奉旨捉拿誰敢阻撓。」那些人聽了，沒有一個人敢吱聲的。周郡丞又讓人抓了叔寶的家眷，連同羅士信一起用鐐銬綁了連夜押送出城。

羅士信醒過來之後，發現自己被綁在囚車裡，叔寶的母親、妻子以及兒子懷玉全都被鐵鍊鎖著才知道中計了，暗罵自己輕信。他本想起來，可是藥勁兒還沒過，只能暫時忍耐。過了一會兒，羅士信覺得有精神了，大吼一聲，雙肩用力一頂直接將車蓋掀了起來，他跳出囚車拿起囚車上兩根棍子就去打差官。

那些官差早就聽說過羅士信的凶名，現在見他這麼勇猛沒一個敢上來拼命，一下子都跑了。羅士信將秦母婆媳以及懷玉的鐐銬打開，用車子推著她們走。正在這時，前面的林子忽然跳出來十個壯漢。羅士信見了連忙把車子停下，順手拔起一棵棗樹，朝那些人掃過去。其中一個為首的忙喊：「羅將軍快停下，我是賈潤甫。」

羅士信仔細一看，果然是賈潤甫，忙問：「你怎麼會在這兒？」賈潤甫說：「我們到了瓦崗把事情一說，李密兄弟擔心連累你們，讓我們下山看看，沒想到他們真的抓了秦伯母。我們聽說囚車會從這過，所以想要扮成強盜救你們，沒想到你一個人就搞定了。」

幾個人話還沒說完，周郡丞就帶兵追了上來。單全對賈潤甫說：「你護著秦老夫人她們先走，我

羅士信喝了幾杯，沒到半個時辰就昏了過去。周郡丞急忙讓人把他捆了起來。

和羅將軍把這些贓官料理了。」說完和羅士信一起衝了下去。那些官兵見他們殺過來了，知道根本無法力敵紛紛往回逃走了。

賈潤甫帶著幾個嘍囉，護著秦老夫人往瓦崗走。剛到一個三岔路口就見一隊人馬衝了出來，其中一個頭頭喊道：「孩子們，把他們全都抓了，一個都別放。」賈潤甫笑著說：「毛賊，膽子不小，連我秦叔寶都不認識。」那人一聽哈哈大笑，說：「可笑，竟然敢冒我哥哥的名字嚇我。」然後掄著板斧就上來了。賈潤甫說：「程咬金，看看這是誰，叔寶的家眷你也劫嗎？」

程咬金聽了忙把板斧放下，仔細一看，真是秦老夫人，忙下馬行禮。這時羅士信聽說前面遇上劫匪也趕了上來。程咬金問秦母怎麼回事，賈潤甫一一說了。程咬金說：「伯母到小侄那去吧，就是那些官兵也沒膽子來抓。」

說完，將他們請到山寨裡。秦母對羅士信說：「我們現在沒事了，只是不知道你哥哥怎麼樣，真叫人不放心。」說著眼淚掉了下來。程咬金喊道：「伯母別擔心，我今晚就帶人去把大哥劫到寨子裡。」單全主動說自己去，秦母聽了，忙託單全給叔寶帶封家書過去，又要拿盤纏給單全。程咬金趕緊攔住，嚷道：「到了這兒，當然是我來出錢。」說完，掏出一大錠銀子要給單全。單全笑著說：「我身上有，誰的也不用。」說完，立即上路了。

第三十二回　張須陀戰死

叔寶被張須陀救了之後，一心想要報答他的恩德。這天差役進來稟報說有人帶了秦老夫人的家書來找他。叔寶還以為母親又生病了，忙吩咐將人請進來。沒想到來的人竟然是單雄信的管家單全，叔寶心想：「一定是單二哥讓他來問候我的。」叔寶讓侍從準備酒菜，然後把他們支了出去。

單全見其他人都走了，趕緊把秦母的信拿出來給他，並說：「老夫人想著她們都被抓了，擔心你會出事了。羅士信帶著秦老夫人一跑，齊郡那邊必定上摺子說羅士信投靠了李密、王伯當。秦爺到時候恐怕百口莫辯。」叔寶聽了心亂如麻。正不知道怎麼辦才好，就有人回報說回鄉探親的連明回來了要見叔寶。叔寶說：「快讓他進來。」連明見到叔寶號啕大哭，將秦老夫人被抓的事說了。又說自己當天晚上就想來報信，可是城門緊閉根本不放人出城，又說周郡丞和一個書辦被人殺了。

叔寶歎道：「我還想報效國家、報答知己，現在發生這麼些事，真是不知道怎麼辦才

好。」單全說：「爺不如帶著手下的兵馬投了瓦崗，有那麼多好漢扶持日後前程不可限量。」叔寶說：「我若是帶著兵馬做了山賊，就太對不起張大人了。算了，我現在寫封辭別信給大人，咱們今晚就走，只求一家團聚吧。」

李密聽說叔寶的事，對徐茂公說：「這樣一來，秦大哥早晚會來入夥。我們不如把秦伯母接過來，再把叔寶找來讓他們母子團聚。」徐茂公搖頭說：「不急，就算我們派人去了，尤俊達和程咬金也不會放人，等叔寶來了我們再商量。現在山寨裡的人馬越來越多，得多準備些糧草，前天有人說滎陽梁郡最近來了很多商旅，我們派人去劫一定大有收穫。」徐茂公安排李密、王當仁、王伯當三個帶兩千兵馬先行，翟讓、邴元真、李如珪三個帶兩千人在後邊接應。這些人剛走，單全就回來了，他跟徐茂公說叔寶去豆子坑見秦老夫人了。單雄信說：「怎麼不把他請到這來，我們再一起去看秦老夫人。」徐茂公說：「他思母心切，當然要先去那兒。單二哥，現在要請你和賈潤甫到豆子坑走一趟。」說完，他貼著單雄信的耳朵囑咐了幾句。單雄信點點頭，立即找到賈潤甫和他去豆子坑找叔寶。

單全去了瓦崗之後，叔寶和連明等三四個人從小路前往豆子坑。幾個人剛走出獨樹崗，就聽後邊有人喊：「叔寶兄弟。」叔寶勒住馬，回頭一看正是賈潤甫和單雄信，後邊還有二三十個嘍囉。叔寶連忙下馬，問道：「二哥要去哪兒。」單雄信說：「單全回來說了你的事，我特地來找你的。」正說著斜次裡忽然跑出一匹馬，馬上的人看見叔寶，喊道：「好了，哥哥來了！」叔寶一看，是羅士信，忙問：「士信，母親怎麼樣了？」羅士信說：「沒事，就是惦記哥哥。我先去告訴她一聲，哥哥你和兄弟們快點過來。」說完，飛馬跑了。

眾人一起進了山寨，秦母帶著孫子懷玉和媳婦張氏出來見叔寶。秦母見單雄信也來了，忙讓懷玉過來拜見單伯伯。

尤俊達命人安排酒菜，眾人坐下喝酒。叔寶問尤俊達怎麼不在武南莊了。尤俊達說：「聽說單莊主為了李密丟了二賢莊，可見我們注定是要做這個的。」賈潤甫說：「現在這個世道還說什麼山寨、廟堂，只要大家同心協力自然能做番大事。」程咬金說：「現在我們有了秦大哥，再把單二哥拉來，這麼多兄弟一起難道比不上瓦崗？翟大哥能做皇帝，難道秦大哥、單二哥做不了皇帝？」眾人一聽大笑起來，推杯換盞，很晚才睡。

第二天，眾人正在堂中閒聊，有人進來稟報說瓦崗差人給單雄信送信。單雄信打開一看上面寫著：「昨天細作傳來消息，東都發下聖旨讓裴仁基和張須陀帶兵圍剿李密、王伯當一眾黨羽，捉拿朝廷重犯秦叔寶。現在大軍將至，見信速歸。」單雄信將信念完，程咬金喊道：「怕什麼，等他來了我們跟他打。」叔寶說：「咬金，你別小看了這件事，張須陀有勇有謀，裴仁基多年老將，現在帶著兩萬兵馬排山倒海地壓下來，山寨裡算上我和羅士信也不過四個戰將，單二哥與潤甫兄弟的家眷都在瓦崗，他們當然要回瓦崗去了。咱們就這幾個人，怎麼打？」尤俊達說：「前一陣子，翟大哥來信讓我去，我們因為叔寶和單二哥沒去，所以沒答應，現在不如兩家變一家都去瓦崗好了。」叔寶說：「好是好，只是不知道瓦崗裝不裝得下這麼多人。」單雄信說：「我剛去瓦崗的時候，就讓他們又蓋了四五十間房子，別說你們，再多些人也裝得下。」於是眾人收拾好東西，帶上糧草、家眷以及兩千多個部下一起去了瓦崗。

翟讓和李密兩隊人在河南一帶殺官兵、搶商旅十分猖狂。張須陀連著兩三天看不見叔寶，還以為他身體不舒服，特意讓樊虎去看他。樊虎到叔寶的大營一問，守營兵丁說秦爺奉了張大人的命令緝捕盜賊去了到現在還沒回來。樊虎一聽不對，連忙去找張須陀。張須陀說：「我什麼時候讓他去緝捕盜賊了。」正說著齊州的公文就到了，張須陀一看大吃一驚，忙帶著唐萬仞、樊虎去了叔寶的營帳。只見桌上放著一封信，張須陀打開一看才知道叔寶和宇文述有仇已經走了。這時隋煬帝的聖旨也到了，調張須陀做滎陽通守剿滅逆賊翟讓，於是他帶上樊虎、唐萬仞赴滎陽上任。

徐茂公雖然安排翟讓帶人跟在李密那隊人的後面接應，可是翟讓卻搶到了李密前面，帶著兩千兵馬攻破金隄關，直逼滎陽，正好撞上張須陀。翟讓雖然厲害但還是比不過張須陀，被追著砍了十多里，要不是李密、王伯當帶人接應只怕性命堪憂。

第二天李密定下計策，讓翟讓帶兵將張須陀引到大海寺附近，他們在那兒埋伏好。張須陀見手下敗將翟讓今天又來就帶兵去追，結果被李密、王伯當的兵馬團團圍住。張須陀毫不畏懼，一條槍左右翻飛和樊虎一路殺了出去。可他一回身發現唐萬仞不見了，忙趕回去救援，等他再衝出來連樊虎也不見了。他調轉馬頭又殺了回去，可他不知道樊虎從馬上掉下來已經被踩死了。李密知道樊虎和唐萬仞是叔寶的朋友，所以沒讓人放箭怕傷了他們。這時見只有張須陀一個人，一聲令下，四下裡箭如飛蝗一般直衝張須陀。張須陀身上雖然穿著鎧甲，可是這麼多箭根本擋住不住，結果這位為國為民、忠勇仁義的戰將最終死在了戰場上。

　　李密派人去瓦崗報捷，一眾豪傑個個歡欣鼓舞。唯獨叔寶眼淚怎麼也止不住，心想：「他禮遇我、救助我，原本想跟他共患難可是橫生枝節，我為了保命自己走了，現在他戰死沙場，連屍骨在哪兒都不知道。」

一聲令下，四下裡箭如飛蝗一般
直衝張須陀。

於是他站起身，跟單雄信說想去滎陽拜會翟讓。徐茂公一聽說便和齊國遠、程咬金、賈潤甫做前隊，讓單雄信、秦叔寶、羅士信做後隊，帶齊兵馬一道去了滎陽。

眾人剛到鄭州就遇上了翟讓的人馬，翟讓早就聽說過叔寶的大名，所以對他十分熱情。翟讓此次出兵得了不少東西，正想回瓦崗享受一番。單雄信說：「翟大哥，要是我們只想做山賊，把這些金銀珠寶帶回去守著瓦崗就行了。可是如果我們想做一番大事，就得商量一下怎麼攻佔州縣。」

正在這時，有人稟告說李密攻佔了韓城。翟讓想到那裡有不少倉庫就心癢難耐，決定先不回瓦崗，帶人去跟李密會合。眾人路過滎陽的時候，叔寶讓人打聽張須陀的屍首在哪兒，聽人說張須陀的部下感念他的恩德，所以把他和樊虎的屍身裝殮了停放在大海寺。叔寶說他還有事讓眾人先走，單雄信知道他的意思就和他一起留下了。第二天，單雄信、叔寶、羅士信帶上祭品去拜祭張須陀。幾個人到了大海寺，見廊下停著兩口棺材，中間供著兩個紙牌位。分別是張須陀和樊虎。三人見了都覺得有些傷感。

叔寶讓左右拿來孝服換上，和眾人一起痛哭祭奠。這時，外邊又走進來一個人。那人一身喪服、滿臉是淚，腰上掛著一口寶劍，兩三個隨從跟在他身後。那些兵丁見到他紛紛站起來，說：「唐爺來了。」叔寶見是唐萬仞，忙走過去說：「唐兄來得正好。」唐萬仞只當沒看見他，大踏步走到靈前，敲著靈桌大哭：「大人一生正直，死了自然是要做神明的，我唐萬仞不過是一個小人物，卻被大人提拔重用，所謂恩深義重也就是這樣了。我知道大人生前還看重一個人，現在恩公死了，我也不敢昧著良心獨自偷生。」

叔寶站在邊上，聽他邊說邊哭，後面的話分明是在諷刺自己，只覺得又羞又愧，哪還敢上前勸他。單雄信見叔寶臉色灰白想上前去勸勸唐萬仞，腳剛邁出去就見唐萬仞一拍桌子，說：「主公，你在天之靈看著，我前天不能和你一起死在陣前，現在就去地下陪你。」說完，他拔出佩刀往脖子上一抹。眾人見了忙跑過去救，可哪還來得及，只見一腔熱血灑了滿地。叔寶見狀羞憤難耐，拾起地上的劍也要自刎。羅士信就在他身後一把抱住他，喊道：「哥哥，你連你娘都不管了嗎？」說完，他一把奪下叔寶手裡的劍扔給手下拿走。叔寶還在哭，單雄信讓人將唐萬仞的屍首裝殮了停在張須陀右邊。然後，拉著叔寶、士信一齊回營地了。

第三十三回　李密殺翟讓

叔寶、單雄信、羅士信到了康城和李密、王伯當等人會合。叔寶跟李密說：「我們最好奇襲東都作為根基，以後慢慢向四周擴張。」翟讓聽了，讓裴叔方帶人去打探消息，沒想到被人察覺，裴叔方差點死在那裡。如此一來，反倒讓東都有了防備。李密、程咬金、羅士信帶了一隊兵馬悄悄過陽城、方山直攻倉城，翟讓也趕了過去，沒多久就拿下了洛口倉。李密開倉放糧，消息傳出去，百姓紛紛跑來投奔，隋朝不少不得志的官員也趕了過來。

隋煬帝得到消息，派人虎賁郎將劉仁恭招募二萬五千兵馬，和河南討捕大使裴仁基夾攻倉城。沒想到李密早就料到了，派出五隊精兵將劉仁恭的人馬打得落花流水。裴仁基得到消息，立即傳令停兵不動。至此李密名聲大振。

翟讓作為瓦崗的第一位當家，想要自立為王，可他手下的軍師賈雄和李密交好，跟翟讓說：「爺命中注定是要輔佐李密的，沒聽說『桃李子，得天下』嗎？」翟讓於是推李密做了魏公，自己做了上柱國司徒東郡公；徐茂公、單雄信分別為左、右翊衛大將軍；秦叔寶、王伯當分別是左、右武侯大將軍；程咬金、羅士信、齊國遠等人全都封了官。

賈潤甫和裴仁基是老朋友，他知道裴仁基和監察御史蕭懷靜不和，就趁機遊說裴仁基的兒子裴行儼殺了蕭懷靜，裴仁基只得帶著兵馬投奔李密。叔寶又把魏徵找來，讓他到李密帳下做了元帥府的文學參軍。

翟讓雖讓李密做了魏王，可心裡卻不服氣。他那些幕僚常在翟讓面前不住煽風點火，翟讓的不滿情緒因此越來越重。有一天，鄢陵刺史崔世樞來投奔李密，翟讓把崔世樞的錢扣了。李密聽說了過來索要，翟讓就是不給。又有一天，房彥藻攻破汝南回來，翟讓跟他索要金銀，說：「你怎麼只給魏公不給我？要知道魏公是我立的，但以後如何還不一定呢。」房彥藻等人於是勸李密

李密說：「我最近得了一張好弓，可以百發百中，給各位看看。」

殺了翟讓。李密說：「不行，他幫我過，我如果殺了他，別人會說我忘恩負義。」眾人說：「被毒蛇咬了就得壯士斷腕，要做大事的怎麼能被小名小義絆住。」

第二天，李密請翟讓、翟宏、翟侯、裴仁基、郝孝德等人喝酒。他把別人都支到外邊，只留下幾個心腹。李密說：「我最近得到一張好弓，可以百發百中，給各位看看。」家丁把弓拿來先遞給翟讓。翟讓掂了掂，說：「我試試。」然後離開座位準備試弓。才把弓拉滿，站在翟讓身後的蔡建德就抽出刀照著翟讓腦後就是一下，翟讓慘叫一聲倒地死了。

當時單雄信、徐茂公、齊國遠、李如珪、邴元真五人正在賈潤甫府上喝酒，單雄信聽到消息大吃一驚，喃喃自語：「他的性子雖然暴戾些，但都是一起在瓦崗起義的兄弟，怎麼也不至於這樣啊。」徐茂公說：「翟兄雖然可惜，但最可惜的還是李大哥。」賈潤甫贊同地點了點頭。

大家正感歎著，下人進來稟報說有人找李如珪。不一會兒，李如珪帶著一個人走進來，原來是單雄信的老朋友杜如晦，他是專程來投奔李密的。幾個人聊了一會兒，李如珪和齊國遠將杜如晦帶到住處，說起李密殺了翟讓的事。杜如晦說：「還沒成什麼事就開始殺兄弟，真令人心寒，既然這樣我們去投奔李淵吧。」幾人商議妥當，第二天直奔晉陽。

李淵自從得罪隋煬帝躲到太原後，一心只想避禍根本沒想過要爭天下。他有四個兒子，長子李建成，資質平庸，喜歡美酒美人；三兒子李玄霸早夭；四兒子李元吉倒是有幾分聰明，可憑他的才華還遠不足以成就雄圖霸業；唯有二兒子李世民自幼聰敏，既有胸襟又有才華，還喜歡結識英雄豪傑。和李世民最好的是晉陽令劉文靜，他能文能武，善於出謀劃策。此外，還有劉弘基、長孫無忌等人都是武藝過人的好漢。

劉文靜因為和李密沾親被抓到牢裡。李世民去看他，劉文靜說：「現在隋煬帝巡幸江淮，兵馬都集中在河洛一帶。天下的反王雖然不少，但我看能成大事的一個都沒有。我做了好幾年的晉陽令認識不少豪傑，全部召集到一起再加上令尊手上的人馬，若是他肯起事，不出半年就能成就帝業。」李世民笑著說：「我們想得很好，可惜我父親不會答應。」劉文靜說：「李大人不是跟晉陽宮監裴寂交情很好嗎？可以讓他試試。」

李世民知道裴寂喜歡賭錢，故意讓高斌廉與寂博輸錢給他。然後，他趁著裴寂高興把這件事一說，裴寂滿口答應。

裴寂回到晉陽宮後想好了對策，說服了張、尹二妃讓她們幫忙。第二天，裴寂將李淵請到晉陽宮喝酒，故意把李淵灌醉，又請來兩個美人陪酒。李淵見兩位美人長得如花似玉，沒問來歷就痛痛快快地喝了一場，最後被兩位美人扶下去歇息。李淵一覺醒來，見左右各躺一個美人，身上還蓋著龍袍，嚇得臉都白了，問：「你們兩個是誰？」一個美人笑著說：「大人怕什麼，妾是張妃，那是姐姐尹妃。」李淵聽完嚇出一身冷汗，大喊：「裴寂這是想害死我！」然後，他慌慌張張穿好衣服跑了出去。

李淵剛跑到殿前，裴寂就來了。他問李淵怎麼起得這麼早，李淵說：「我都快被嚇死了。」裴寂說：「隋煬帝荒淫無道，百姓生不如死，現在群雄並起，你去晉陽城外看看，哪裡不是戰場？現在大人手握重權，令郎又養了不少兵馬，正應該舉兵成就大業。」李淵說：「你不必說了，難道想讓我被滅族嗎？」裴寂說：「昨天令公子來找我，這事他也知道。」李淵說：「不可能。」話音剛落，李世民就從後邊走出來了。李淵看見李世民再沒有辦法，罵道：「家破人亡是你、化家為國也是你。」於是悄悄派人去河東把李建成、李元吉叫到太原，這才放心舉事。李淵以隋煬帝昏庸無能為名，立鎮守長安的代王楊侑做了皇帝。過了一段時間，楊侑推說自己才能不足將帝位禪讓給了李淵。李淵登基後，立國號為唐，年號武德，長子李建成封為太子，次子李世民封為秦王，三子李元吉封為齊王。之後，他派秦王帶兵討賊，自己擁兵入關。

第三十四回　隋朝滅亡

一天，隋煬帝剛剛起床，內監就來稟報蕃釐觀的瓊花開了。隋煬帝十分高興，帶上蕭皇后和夫人們去看。隋煬帝說：「聽說瓊花只有江都這一棵，朕還沒見過呢。」一群人到了蕃釐觀，只見高臺上聳立著一棵像玉雕般的樹，花瓣潔白如雪、層層疊疊，淡雅的清香撲面而來。隋煬帝讚道：「果然名不虛傳。」他本想到樹下仔細看看，沒想到忽然捲起一陣狂風，吹得眾人東倒西歪。等風停了，隋煬帝抬頭一看，雪白的花瓣散落了一地，樹上只剩光禿禿的樹杈。隋煬帝大怒，下令讓人把樹砍了。眾夫人勸道：「陛下不是說天下只有這一棵瓊花，不如明年再看。」隋煬帝怒道：「朕今天看不了，以後也不想看了。朕都不看了，別人就更不用看。」說完就讓人把樹砍了。

隋煬帝在每天在宮中飲酒作樂，卻不知道宮外已經翻了天。他身邊的臣子眼見城池接連失陷，卻只想隨波逐流地過一天算一天。李淵起兵造反的消息傳來，這些隨駕的臣子全都沒了主意。聽說郎將竇賢想要逃回關中，隋煬帝立即派兵把他殺了。這一殺卻壞了事，現在已經無法調糧了，留在江都早晚要餓死，可回關中又會被殺死，一群大臣一定要想個不用死的法子。當時的虎賁郎將司馬德勘、元禮、直閣裴虔通、內史舍人元敏、虎邪郎將趙行樞、鷹揚郎將孟秉、勳侍楊士覽商量，「我們一起跑，這樣一來就沒人敢追了。」這還只是逃跑的辦法，宇文智及卻對眾人說：「現在隋煬帝的命令還有用，要是逃跑最後恐怕還是要死，不如反了。」眾人一聽，齊聲道好。

這件事很快就傳開了，連宮裡的人都知道。杳娘將這件事告訴隋煬帝後，隋煬帝讓她拆字測測吉凶，結果連拆了幾個都是凶，隋煬帝大怒，讓人將杳娘殺了。從此再沒人敢提這件事。隋煬帝照著鏡子說：「這麼好的頭，怎麼會有人砍呢？」

王義見隋朝岌岌可危，只得散盡家財打聽出宇文智及等人動手的時間。然後，他讓妻子姜亭亭帶著一個小丫鬟坐車去寶林院。姜亭亭到寶林院的時候，秦夫人、狄夫人、夏夫人、李夫人四人和袁寶兒、沙夫人、趙王正在打牌。姜亭亭說：「大事不好了，王義叫我來問問沙夫人的意思。」沙夫人說：「我是生是死都沒什麼，只是一定要保住趙王。」姜亭亭說：「夫人們要是信得過我，快點收拾東西，我們馬上走。」幾個人一聽，忙回去收拾東西。只有袁紫煙早料到今天，東西已經放在寶林院了。沒一會兒，薛治兒從外面跑進來說：「朱貴兒姐姐讓我來拜見沙夫人，她說外面情況緊急讓姐姐保護好趙王。我剛偷出一道去福建採買的聖旨，我們拿這個走。」幾個人正說著，四位夫人也來了。姜亭亭讓趙王換了小丫鬟的衣服先把他帶了出去，幾個夫人換了內監的衣服裝成出宮採買的內監隨後出宮。

王義見人到齊了，立即帶人出城。他早就打點好了守城的人，所以沒人攔他。等到晚上，宇文化及帶兵動手的時候，王義已經帶著趙王和夫人們出城了。

現在大勢已去，隋煬帝只能和蕭皇后躲在西閣大哭。那天晚上，外邊殺聲震天，內監嚇得四處奔逃。屯衛將軍獨孤盛被殺，千牛獨孤開遠戰死。裴虔通和元禮聽說隋煬帝在西閣，帶人一路殺過去。隋煬帝見了他們說：「你們都是朕的臣子，因為朕才能享受這麼多年的高官厚祿，為什麼要這樣做？」裴虔通說：「陛下有今天，是因為陛下只知享樂，卻不知道體恤臣下。」朱貴兒從後面走出來說：「你們還有良心嗎？皇上這些年就算對不起別人，也對得起你們。」司馬德勘說：「臣等確實對不起陛下，可是現在所有人都在造反，陛下和我們都沒有退路了，現在只能借皇上首級來告慰天下蒼生。」朱貴兒聽了大罵：「逆賊，你今天為了富貴弒殺君主，以後一定會背負萬世罵名！」裴虔通聽了，氣得面紅耳赤，罵道：「你一個小小的賤婢竟然敢詆毀我。」朱貴兒喊道：「日後總有個忠臣義士會為陛下報仇將你千刀萬剮，你到那個時候再後悔就晚了。」馬文舉大怒，道：「一個靠美色迷惑君王的賤婢，隋朝會亡就是因為你們。不殺你，拿什麼告慰天下？」說完，他舉刀朝朱貴兒臉上砍去。朱貴兒直至咽氣都罵不絕口。

蕭皇后哀求道：「眾位將軍，看在往日情分上，讓陛下禪位吧。」袁寶兒從後面走出來，還是像最初那樣嬌憨的模樣，笑著說：「娘娘求什麼呢，這些人要是忠君愛國怎麼會出現在這兒？陛下，你常常說自己是個英雄，現在為什麼這麼捨不得這副肉身，人總是要死，妾先走一步。」說完她抽出佩刀朝脖子上一抹。一時間，鮮血從脖頸中噴濺出來。蕭后看見，嚇得尖叫一聲衝了出去。隋煬帝退了幾步，見裴虔通等人提著刀就要過來殺他，大叫道：「等等，天子死自有死法，把鴆酒拿來！」裴虔通說：「鴆酒太慢，還是刀劍快些。」隋煬帝哭著說：「你們若是還念半點往日的情分，就給朕留一個全屍。」馬文舉扯過一條白綾交給武士，眾人一起將隋煬帝勒死了。隋煬帝死時只有四十九歲。

宇文化及讓裴虔通把隋朝的王室全都殺

馬文舉扯過一條白綾交給武士，眾人一起將隋煬帝勒死了。

了，只留下秦王楊浩作為傀儡。蕭皇后把床板拆了做成棺材，偷偷將朱貴兒、袁寶兒和隋煬帝一起埋了。宇文化及殺完諸王，又想殺後宮妃嬪。可他見蕭皇后容貌秀麗沒捨得下手。他悄聲問蕭皇后說：「不知道皇后願不願意和我同享富貴。」蕭皇后說：「這些事都是因為陛下昏庸，妾的生死就交給將軍了。」

隨即，宇文化及傳令奉皇后懿旨封秦王楊浩為皇帝，宇文化及為大丞相統領百官，宇文化及的同母弟弟宇文智及為左僕射，異母弟弟宇文士及為右僕射。宇文化及的長子丞基、次子丞址也都手握重兵。和宇文家走得近的朝臣全都有封賞，和宇文家有仇的，例如虞世基、裴蘊、袁克、來護兒等全都被殺了。宇文化及帶著蕭皇后、新帝以及後宮的不少夫人美人，一路搜刮著回了長安。這些人到了滑台，宇文化及將蕭皇后、新帝交給王軌看管，自己帶兵去黎陽攻打倉城。

王義夫婦帶著趙王和五位夫人去投奔袁紫煙的舅舅楊義臣。楊義臣雖然憎恨宇文化及弒君，卻和宇文化及的弟弟宇文士及交情很好。他擔心以後人們討伐宇文化及的時候會牽連到宇文士及，所以讓隨從楊芳給宇文士及送了一個瓦罐。宇文士及打開一看，裡面只有兩棗和一個糖龜，他被弄得一頭霧水。這時宇文士及的親妹妹淑姬走了過來，淑姬剛剛十七歲，不但長得漂亮還非常聰明，她看了看瓦罐裡的東西說：「這是讓你早日歸順唐帝李淵。」宇文士及聽了高興地說：「我也是這麼想的。」第二天，宇文士及跟宇文化及說想帶人去探聽一下秦王李世民的虛實。宇文化及答應後，宇文士及讓淑姬扮成男人，兩人收拾好細軟直奔長安。到了長安後，宇文士及將淑姬送給李淵做了昭儀，李淵非常高興，讓他負責三司軍事。

楊芳回來之後，楊義臣問他黎陽的情況。楊芳跟他說蕭皇后已經跟了宇文化及，袁紫煙下落不明，秦王楊浩雖然被推上帝位，但前幾天已經被宇文化及用鴆酒毒死了，聽說隋煬帝的幼子趙王楊杲逃走了，宇文化及正派人四處抓捕，楊義臣聽了大哭一場。沒想到幾天後，王義夫婦和外甥女袁紫煙就帶著趙王來投奔他了。

楊義臣說：「夫人殿下信得過我，老臣也一定不負所託，不過這裡地方太小，萬一有什麼疏漏，連自救的辦法都沒有，最多只能留兩三天。」沙夫人說：「那我們去哪兒合適呢？」楊義臣說：「李密和他父親都是隋朝的大臣，現在擁兵二三十萬，駐紮在金墉城；王世充手下有幾萬兵馬，盤踞在洛倉；李淵擁立了皇孫代王楊侑。不過這些人都不合適，成了會自立為王，敗了會玉石俱焚。老臣想了又想，只有兩個人可以依靠，一個是幽州總管羅藝，這個人武藝出眾極善用兵，手下有不少精兵良將，可惜竇建德擋了去路。另一個是義成公主，啟民可汗為人還算忠厚。」

幾位夫人和趙王聽了都點頭稱是。沙夫人說：「好是好，可是路途遙遠，我們怎麼去呢？」楊義臣說：「殿下和夫人們要是想好了，老臣自有辦法。只是秦、狄、夏、李四位夫人和紫煙不適合跟著去。」四位一聽，哭著說：「老將軍，我們願意和趙王、沙夫人同生共死，不想分開。」楊義臣說：「請問夫人們是真的念著陛下的恩德，還是在等待時機另有打算。」狄夫人說：「大人這是什麼意思，難道是覺得只有男人才能做忠臣義士，女人多半只會隨波逐流嗎？可朱貴兒、袁寶兒與梁夫人都是女人都是因為罵賊而死，那些逆賊倒都是男人。老將軍既然覺得我們還有別的想法，好，我就證明給你看。」說完抽出佩刀在臉上左右各劃一刀。秦、李、夏三位夫人見了，也抽出腰間佩刀把臉劃花了。沙夫人、姜亭亭、薛冶兒、袁紫煙見了急忙阻攔，可惜已經晚了。楊義臣上前拜道：「是老臣多心了，還望夫人們見諒。」趙王忙跑過去將楊義臣拉起來。楊義臣對四位夫人說：「離這兒一兩里有個斷崖村，那裡只有幾十戶人家全是樸實的莊稼漢。那裡有個女貞庵，裡面有個老尼姑是高開道的母親。這人很有見識，她知道兒子做了反賊，以後一定會失敗，所以搬到這來了。四位夫人以後可以在那念經拜佛安度餘生，至於吃穿用度，夫人們放心，全都算在老臣身上。」四位夫人齊聲說好。於是帶著王義去了斷崖村女貞庵，他將事情跟老尼姑一說，老尼姑很乾脆地答應了。

袁紫煙對楊義臣說想跟四位夫人一起出家，楊義臣說：「你先住著，我還有事要跟你商量。」第二天沙夫人等人和楊義臣一起將四位夫人送到女貞庵。老尼看見袁紫煙對楊義臣說：「您的甥女還不到靜修的時候，後面還有別的際遇等著她呢。」眾人留到晚上才走，沙夫人、薛冶兒、姜亭亭和四位夫人抱頭痛哭、依依惜別。楊義臣讓楊芳打聽到去萊海的船，將趙王與沙夫人、薛冶兒、王義夫婦送去了義成公主那裡。

第三十五回　羅成線娘私訂終身

竇建德在樂壽建立大夏國，封續弦曹氏做了皇后。曹氏端莊文靜、不苟言笑，但才華過人，竇建德行軍打仗的事都找她商量。竇建德封女兒線娘為勇安公主，勇安公主的兵器是一把方天戟，使得神出鬼沒，除此之外，她還有一手百發百中的彈丸功夫。當時線娘十九歲，容貌姝麗、膽量出眾、才華過人。竇建德非常寵愛她，想給她找個好夫婿，卻一直沒有好的人選。竇建德每次帶兵出戰，都讓線娘帶上一隊兵馬在後面策應。於是線娘訓練了三百多名女兵帶在身邊。相比於竇建德，線娘帶領的軍隊反而紀律更加嚴明，將士們都很敬重她。

竇建德聽說宇文化及殺了隋煬帝自己做了皇帝，想要帶兵攻打他。祭酒凌敬說：「宇文化及弒殺君主當然應該討伐，可是他手下有幾十萬兵馬恐怕很難對付。臣為主公推薦一個人，主公若是能請到他，一定能打敗宇文化及。」竇建德問：「是誰？」凌敬說：「隋朝的太僕，楊義臣。」竇建德聽了哈哈大笑：「他確實是個人才，好，你帶上厚禮去吧。」

凌敬到濮州找到楊義臣將事情一說。楊義臣說：「我是隋朝的大臣，沒本事匡扶社稷，

主上被殺也沒本事報仇。現在要是再投靠別的君主，我還有什麼臉活在世上。」凌敬說：「您一個人當然報不了仇，可要是投靠了大夏皇帝，借夏國兵力報仇就簡單多了。」楊義臣一想確實如此，於是說：「那我有三個條件。」凌敬問：「哪三個條件？」楊義臣說：「一，我不做夏國的臣子；二，不能透露我的姓名，三，抓到宇文化及報了仇，馬上讓我離開。」凌敬說：「好。」楊義臣這才讓人收下禮物。凌敬走的時候，楊義臣對他說：「曹濮山上有夥盜賊，領頭的范願非常厲害，想打敗宇文化及最好先將他收服。」然後貼著凌敬的耳朵囑咐了幾句。

竇建德為了征討宇文化及，每天早晚練兵，一天，秦王李世民派劉文靜帶著書信前來拜會竇建德。劉文靜走了之後，勇安公主問什麼事。竇建德說：「秦王來信，約我一起征討宇文化及。」勇安公主說：「羅藝、魏刁兒都環伺在側，若是貿然出兵怕會被他們偷襲。」竇建德於是讓劉黑闥帶上十多萬精兵滅了魏刁兒，又攻下冀州轉戰羅藝。

羅藝多年征戰，雖然到了花甲仍精神矍鑠。羅藝的手下原本有不少兵馬，可惜被隋煬帝東撥西調就剩了六七千人。好在羅藝的兒子羅成，年紀雖小但武藝精湛，有萬夫不當之勇，將父親傳授的羅家槍使得出神入化。羅藝早就想讓他成家，可羅成表示終身大事得自己作主，結果一直耽擱到現在。

竇建德的大軍一來，羅成就想衝出去挫挫他的銳氣。羅藝把他攔下來，派張公謹帶一千精兵去城外高山的左邊埋伏，史大奈帶一千精兵去城外高山的右側埋伏，又囑咐他們聽到城中子母炮響再一起出擊。之後，讓兒子羅成帶上一千精兵到離城三十里的獨龍崗埋伏，截斷竇建德的後路，自己則帶人守城。

先鋒劉黑闥見羅藝閉城不出，在城外叫罵了一番，又讓人架雲梯強攻。雙方連續激戰多天，劉黑闥的人馬都有些懈怠了。一天晚上三更，羅藝下令出城攻擊。當時夏兵正在熟睡，忽然聽到炮響急忙起來應迎戰。沒多久，城中子母炮響，山上的伏兵一起撲下來。竇建德知道中計連忙下令撤退，才跑了二三十里又被後邊的羅成截住。高雅賢、竇建德、劉黑闥接連出戰，結果一一落敗。雙方打到天亮，忽然又來了一隊女兵。中間一員女將一身白色戰袍，提著方天畫戟坐在馬上。

中間一員女將，一身白色戰袍，提著方天畫戟坐在馬上。

羅成見她的旗中間繡了個大大的「夏」字，邊上兩行小字：「結陣蘭閨停繡，催妝蓮帳談兵。」心想：「早聽說竇建德有個女兒非常勇猛，難道是她？這麼一個不好脂粉的好姑娘，殺了太可惜了。」於是說：「你父親怎麼說也是個草莽英雄，手下竟然連個不怕死的將士都沒有，倒讓女兒出來丟人。」

線娘說：「我也正想呢，你父親怎麼說也是一位名將，難道手下連個不怕死的將士也沒有，把隻小狗放出來咬人。」後邊的女兵聽了哈哈大笑。羅成大怒，提著槍衝上來，線娘舉起方天戟招架，兩人打了二十合不分勝負。羅成見線娘將方天戟使得滴水不漏，便虛晃一槍撥馬往回跑。線娘催馬追過去，忽然聽見弓弦之聲，揚手一接，卻是一隻去了頭的箭，箭杆上寫著「小將羅成」四個字。線娘將箭放到箭壺裡，心中一動，隨手扔一顆金丸，羅成抬槍一擋把金丸彈飛了。手下撿起金丸交給羅成，羅成拿過來一看，上面鑿著「線娘」兩個字。羅成心想：「這個姑娘本事真好，我要是能娶到她也就死而無憾了。」

羅成騎在馬上喜滋滋地看著線娘，越看越覺得可愛，便笑著問道：「公主十九了吧，嫁人了嗎？」線娘臉色發紅，低著頭不說話。邊上的女兵說：「是十九，沒嫁人呢。」羅成後邊的小兵接上去，「你家公主沒嫁，我家小將沒娶，乾脆兩家合一家也不用打了。」羅成驅馬過去，說：「公主要是看得起我，我讓人上門提親怎麼樣？」線娘說：「兩軍交鋒，不是談這個的時候，你要是有心願意等，只怕你心志不堅。」羅成說：「皇天在上，我羅成要是不娶竇線娘，死無葬身之地。」線娘說：「好，你真心對我，我真心等你。不過除非你能找來隋朝的太僕楊義臣幫你提親，否則我父皇絕不會答應。」羅成說：「好說，那楊太僕正是我父親的好朋友。」

兩人正說著，後邊煙塵四起，竇建德來了。線娘說：「就說到這兒，我走了。」羅成說：「等等，公主還得給我一件信物。」線娘說：「還要什麼信物，你的箭、我的金丸就是信物，你收好了。」羅成還有些不捨，線娘說：「快走吧，我顧不上你了。」說完抹了一下眼角的淚，調轉馬頭走了。線娘囑咐身邊的女兵不許走漏風聲。一隊人沒走多遠就遇上了竇建德派來接應的曹旦。

竇建德見線娘回來了，還以為她打敗了羅成，心裡非常高興，帶上殘兵回了樂壽。第二天，凌敬回來將楊義臣的事說了，又把楊義臣收服范願的計策講給竇建德，竇建德感歎道：「就是戰國時期的孫吳[1]也不過如此了。」

第二天，竇建德讓劉黑闥和凌敬將李世民借的兩千石糧食給他送去。凌敬擔心遇到劫匪，因此讓運糧的兵將化裝成農夫。

太行山的頭頭范願，號稱飛虎大王，手下有三千嘍囉，各個勇猛好鬥。范願聽說竇建德要運兩百車糧給李世民會從山下路過，就想將糧劫下來，卻沒想到劫到的糧車都是空的。范願知道中計，調轉馬頭就想跑。只聽一聲炮響，夏兵從四面八方冒出來將范願的人馬圍在中間。范願和劉黑闥打了三十多個回合，此時凌敬衝出來招降，范願見跑不掉只得降了，凌敬於是去請楊義臣。楊義臣聽說自己的要求竇建德都答應了，范願也歸順了，再沒推辭就跟著凌敬去了樂壽。竇建德聽說楊義臣到了，特意出城相迎。

竇建德讓劉黑闥做大將軍執掌帥印，范願做先鋒，勇安公主做監軍正使，凌敬、孔德紹留守樂壽和曹皇后一起監國。楊義臣和竇建德共同制定好戰略，帶著十萬大軍浩浩蕩蕩殺向魏縣。

---

❶【孫吳】春秋戰國時有兩位著名的兵法大家，孫武、吳起，合稱孫吳。

第三十六回　曹皇后奚落蕭皇后

李世民和淮安王李神通到了魏縣，聽說李密和竇建德都答應聯合攻打宇文化及非常高興。李世民對劉文靜說：「昨天父皇傳來消息，說劉武周帶人攻打并州，王世充帶人攻打伊州，梁蕭銑帶兵攻打峽州，現在三路人馬勢不可當，讓我帶兵去征討。現在你和淮安王、李靖配合竇建德一起滅掉宇文化及。」說著將帥印給了李神通，自己回了長安。李靖當年帶著張出塵到了太原，經劉文靜引薦認識了李世民，這些年一直在幫李世民做事。

宇文化及聽說有三路兵馬來攻打自己，立即拿出府裡的金銀珠寶來招兵買馬。徐茂公聽說後，讓王簿帶上三千人馬以及三百斤毒藥，化名殷大用投奔宇文化及。宇文化及見到王薄非常高興，封他做了前殿都虞侯。李神通拿到兵符之後，帶兵攻打宇文化及。宇文化及聽說秦王回援西北，認為李神通沒什麼本事於是出城迎敵。他不知道李神通下邊還有個最擅長用兵的李靖。李靖見宇文化及出來觀陣，吩咐劉宏基斜衝出來擊殺宇文化及。宇文化及雖然沒死，但他手下的杜榮卻被李靖一箭射死了。宇文化及大敗，帶著蕭皇后一路逃往聊城。當時正是傍晚，李靖看到鴉鵲歸巢又想出一個計策，派人去抓聊城飛出來的鳥雀，並交代抓活的有賞。

楊義臣和竇建德制定好計策，讓范願領兵出戰，范願戰敗後，宇文化及帶人追了二十多里才停。接著，楊義臣又讓劉黑闥出戰，夏兵又被人追出二十多里。李靖聽說這件事，笑著說：「他是在誘敵深入。」

李靖讓人將胡桃、李、杏的核打開，去掉仁放上艾火拴到抓來的鳥尾巴上放回聊城。當天晚上，宇文化及和蕭皇后正在宮中熟睡，忽然聽到外邊又哭又叫，宇文化及出去一看，整個聊城都燒起來了。那裡的糧草、房屋被李靖一把火燒個精光。殷大用假借救火之名，讓手下的兵丁將毒藥撒到井裡。宇文化及見士兵被燒得焦頭爛額後又病得上吐下瀉，以為自己遭了天譴放聲大哭。楊義臣聽了，笑著說：「這不是徐茂公的功勞，就是李靖的功勞。」之後，他讓范願帶上一萬兵馬化裝成宇文化及的人，趁夜到宇文智及大營二十里外埋伏；又讓劉黑闥、曹旦帶上五萬兵馬引宇文智及出戰；自己帶上兩萬精兵劫了宇文智及的大營。宇文化及帶兵出戰，卻被竇建德的人追著打。他正跟宇文智及往後退，就遇上劫了宇文智及大營的楊義臣。楊義臣讓竇建德去安撫百姓，自己衝上去和宇文化及廝殺。勇安公主怕楊義臣出事，一個彈丸打過去正中宇文化及面門。楊義臣補上一槍，把宇文化及從馬上打下來，眾人上前將他綁了。

竇建德到了聊城，進宮去見蕭皇后，跟她行了臣禮。然後，帶著手下的官員為隋煬帝和新帝舉哀❶，並在他們的靈位前將宇文化及和宇文智及剮了。竇建德正和將士們在龍飛殿慶功，裴矩就帶著楊義臣的辭別信來了，楊義臣在信中說自己心願已了決定回鄉種田。竇建德感歎說：「楊義臣一走，我沒了一個臂膀啊。」竇建德問蕭皇后今後有什麼打算。蕭皇后說：「妾身國破家亡，還能有什麼打算，都聽大王的。」竇建德笑笑什麼都沒說。勇安公主看見，生怕父親走了宇文化及的老路，趕緊說：「既然這樣，不如讓女兒先將娘娘送回樂壽吧。」竇建德說：「好。」於是第二天一早，勇安公主帶著蕭皇后、韓俊娥、雅娘等人一路回了樂壽。

曹皇后聽說勇安公主回來了，派凌敬出城迎接。凌敬將蕭皇后安排在驛館，和勇安公主、曹旦一起去見曹皇后。曹皇后聽說蕭皇后也來了，皺著眉問：「一個亡國的女人，帶她來做什麼。」凌敬說：「娘娘放心，主公絕不會做宇文化及做過的事。她既然來了，娘娘還要以禮相待。等主公回來，臣有地方安置她。」曹皇后說：「既然這樣，就在宮中擺宴吧，說我身子不舒服就不去迎接了。」

蕭皇后看著前來迎接自己的車輦，便想起隋煬帝時的威風，感歎人情冷暖。曹皇后讓蕭皇后上坐，自己要下去拜見，蕭皇后再三推拒，最後行了賓主之禮。宴席擺好，眾人喝過幾杯之後，曹皇后問蕭皇后：「娘娘覺得是東京好，還是西京好？」

蕭皇后說：「西京只是地方大，而東京不但富麗堂皇，還有眾多山林湖海，十六院各具特色、四時美景各不相同。」曹皇后說：「聽說夫人們經常作詩作詞，娘娘一定有不少佳句。」蕭皇后說：「都是十六院夫人做的，我和先皇只是看看。」曹皇后問韓俊娥：「你們當初一共有幾個美人？」韓俊娥說：「朱貴兒、袁寶兒、薛冶兒、杳娘、妥娘、賤妾與雅娘，後來又多了一個吳絳仙、一個月賓。」曹皇后說：「杳娘是因為拆字死的，朱、袁兩位娘娘是因為罵賊殉難的，妥娘呢？」雅娘說：「宇文智及想要逼她，她跳河死了。」曹皇后笑著說：「真傻，人生一世，草生一秋，真該和你們兩個一樣跟著娘娘這麼快活，死什麼呢？」蕭皇后還以為曹皇后和自己想的一樣並沒介意。勇安公主問

曹皇后問蕭皇后：「娘娘覺得是東京好，還是西京好？」

❶【舉哀】指辦喪事的時候，為了表示哀悼而大聲哭號。

道：「不是有個會舞劍的嗎，她去哪兒了。」韓俊娥說：「那個是薛冶兒，她和五位夫人連同趙王頭一天就走了，也不知道現在在哪兒。」曹皇后點點頭說：「這六個人看樣子都是有見識的。」勇安公主問：「那位吳絳仙現在在哪兒？」韓俊娥說：「她聽說陛下死了，和月賓自盡了。」勇安公主歎道：「十六院夫人走了五位，剩下的那幾個怎麼樣了？」雅娘說：「花夫人、謝夫人、姜夫人自縊；梁夫人與薛夫人不願跟宇文化及被害了；江夫人、羅夫人、賈夫人失蹤了；樊夫人、楊夫人、周夫人還在聊城宮裡。」曹皇后歎道：「大好的河山都被這幾個女人毀了，不過總算死得其所也算告慰天下蒼生。」正在這時，宮人稟報說：「主公回來了，請娘娘去接駕。」曹皇后於是命人將蕭皇后送去了凌敬的宅邸。

竇建德回來之後，曹皇后問他想怎麼安排蕭皇后，竇建德笑著說：「以為我是宇文化及那樣的人嗎，我只是不想她留在中原受人侮辱。」第二天，竇建德下旨讓凌敬將蕭皇后送到突厥義成公主那兒去。蕭皇后被曹皇后好一頓譏諷，心想：「去那裡也好，總比在這兒受氣強。」於是和凌敬坐上海船去了突厥。義成公主聽說蕭皇后來了，讓王義帶著駝隊去接，蕭皇后這才知道沙夫人她們也在這兒。到了宮中，一家人抱頭痛哭。

蕭皇后問沙夫人趙王在哪兒，沙夫人說：「去打獵了，一會兒就回來。」沙夫人吩咐下人準備酒菜，大家坐在一起吃飯，訴說各自的遭遇。當時王義已經做了突厥的侍郎，姜亭亭被封為夫人，薛冶兒做了趙王的保母❷。

傍晚的時候，趙王回來了。事隔兩年，趙王長高了不少。他這次打了很多野獸，邊走邊喊：「母親，兒子回來了。」一抬頭，看見裡面正在宴客，他連忙轉身想要退出去。沙夫人說：「別走，看看，你大母后來了，還不過來見禮。」趙王站住腳，回身看蕭皇后。薛治兒與姜亭亭忙說：「這是你父皇的正宮蕭娘娘，不認識了嗎？」趙王走過去做了兩下揖轉身就走。沙夫人說：「走什麼，你得行大禮。」薛治兒過去拉他，趙王說：「在隋宮的時候她是我的嫡母，當然要行大禮。可她不是嫁給宇文化及了嗎，從那時起我們的母子之情就斷了，這兩揖還是看沙氏母親的面子。」說完甩開薛治兒的手就往外走。蕭皇后聽了難過得放聲大哭，義成公主和沙夫人等人看她哭得淒涼忙過去安慰，可蕭皇后一直哭個不停。從這以後，蕭皇后就住在義成公主那裡。

❷【保母】古代宮廷中負責教養孩童的女官，也叫「保姆」。

第三十七回　咬金生擒李世民

秦王回到長安之後，建議聯合王世充對抗劉武周和蕭銑。唐帝於是寫了一封信派人送給王世充，沒想到王世充看到信後勃然大怒，還殺了唐朝的信使。秦王聽到消息，下令李靖帶兵十萬截住劉武周，自己親自帶上一隊人馬要去洛陽滅了王世充。當時秦王手下有很多能人，杜如晦、袁天罡、李淳風、侯君集、姚思廉、皇甫無逸等，秦王每次出戰都和他們一起制定戰策。兩軍在睢水沿岸激戰，王世充大敗，躲在城裡不敢出戰。

打敗王世充後，秦王心裡非常高興，於是第二天帶了馬三保等十幾個人去北邙山打獵。當時秦王看見一隻白鹿，追著它跑出好幾里地，那隻白鹿轉過一道山坡忽然就不見了。秦王往下一看，一馬平川的平原上立著一座城池，城上旌旗飄揚、軍備森嚴，城門的匾額上寫著三個大字——金墉城。秦王說：「這不是李密的地方嗎？」馬三保說：「是啊，殿下快點回去吧，要是被他們發現就走不了了。」但此時城上的人已經看到他們了。程咬金提起板斧飛身上馬，打算活捉秦王。秦叔寶擔心程咬金出事，趕緊跟了上去。

秦王剛要走，程咬金就到了。程咬金大喊：「李世民，別走。」李世民勒住馬，問：「你是誰？」程咬金報上姓名，舉起雙斧就朝秦王劈下來，兩人打了三十多個回合，秦王眼看要敗，策馬就跑，程咬金在後邊緊追不捨。秦王反身朝程咬金射了一箭，可惜只射中了盔甲。秦王躲進老君廟，搬來一塊大石頭將門頂上。程咬金見推不動廟門，便搬來一塊巨石把門砸開。秦王見程咬金衝進來，急忙往後躲。叔寶趕到的時候，正看見程咬金舉著斧子要劈秦王，他忙衝上去用雙鐧架住，喊道：「咬金，你太莽撞了。魏王可沒讓你打死他。」於是兩人就押著秦王回到金墉城。

李密本想殺了秦王，魏徵建議說：「要是殺了秦王，李淵恐怕會傾全國之力為兒子報仇，不如把人扣在手裡作為人質。」李密覺得有理，於是讓人把秦王帶到南牢嚴加看管。李淵接到消息，因為劉文靜和李密沾親就派他來說和，沒想到李密把劉文靜也一起關到了牢裡。正在這時，有人稟報李密說開州有人造反，李密忙親自帶兵前往開州，讓魏徵、秦瓊統領國事。

秦王與劉文靜雖然被關在牢裡，不過因為叔寶時常照看也沒受什麼苦。

叔寶覺得秦王是最有可能奪得天下的，所以對自己抓了秦王的事一直耿耿於懷。徐茂公說：「他現在落了難，我們兄弟正好去結識一下，以後再遇上也能做一番大事。」魏徵說：「不如趁著主公不在，一起去找秦王、劉文靜聊聊。」叔寶和徐茂公點頭說好。第二天，叔寶讓人備好酒菜，偷偷進南牢去看望秦王。眾人把酒言歡，十分投機。幾人正說著，有人稟報獄官徐立本，說正宮娘娘懿旨讓徐立本的女兒惠英進宮。徐惠英回來之後跟父親說：「娘娘剛剛讓女兒幫忙寫奏章，說要派人去孟津。我自作主張幫爹爹把這個差事攬過來了，明天四更就要動身。」徐立本一聽連連讚好，又把這事告訴了秦王等人，眾人大喜過望。當晚徐立本讓秦王和劉文靜換了一身青衣小帽。叔寶準備四匹馬，兩匹好的，一匹給秦王，一匹給惠英，讓劉文靜騎秦王的馬；剩下的兩匹腳力也都不錯，給了徐立本和徐立本的管家。他又拿出三封信，讓劉文靜分別轉交給李淵、李靖和柴紹。秦王讓叔寶快些回去，免得事發連累他，叔寶說：「士為知己者死，大丈夫要是什麼都怕就做不了事了。」說完，他一路護送五人出了城門。

秦王在路上不停地稱讚叔寶，惋惜叔寶這樣的人才不為唐所用。徐立本說：「殿下不用煩，臣有個辦法一定能讓叔寶棄魏歸唐。」秦王忙問：「什麼辦法？」徐立本說：「叔寶是個孝子，他的母親秦老夫人和妻兒都在瓦崗，要是殿下能把叔寶的家眷都接到長安，還愁叔寶不來嗎？」秦王說：「想法是不錯，可是怎麼接呢？」徐立本說：「幽州總管羅藝的夫人是叔寶的姑母，她和秦老夫人感情很好，今年正好是秦老夫人的七十大壽，假設羅夫人要去泰安進香會從瓦崗路過，她接老夫人到船上小聚，秦母一定會去。只要她離開山寨也就等於到了長安。」

秦王回到長安，把事情仔細地和李淵一說。李淵當即下令封徐立本為上大夫，徐惠英賜名徐惠妃，做了秦王的妃子。沒過幾天，秦王派李靖、徐立本帶上兩千精兵、幾名宮娥和徐惠妃一起去瓦崗將秦老夫人騙出來。

李密平定開州之後本要班師回朝，卻遇上了竇建德手下的戰將王綜，兩隊人馬在甘泉山下交戰。李密被王綜一箭射中左臂大敗而回。沒多久，李密又接到消息說獄官徐立本私放秦王、劉文靜，火冒三丈，連夜趕回金墉城。魏徵、徐茂公、秦瓊出城接駕，被李密大罵一頓。他們多虧了祖君彥、賈潤甫等人再三求情才沒被處斬，只是被關到牢裡去了。

一天，瓦崗山上來了兩個人，自稱是羅藝手下的旗牌官尉遲南和尉遲北要見秦老夫人。秦老夫人出去一看，發現兩人帶了不少禮物。他們說這些東西是羅夫人為她準備的壽禮，羅夫人現在就在山下的船上請秦老夫人去見。

第二天，秦母、程母、媳婦張氏收拾好，帶著懷玉坐上轎子去和羅夫人見面，連明帶著三十多人護送他們過去。一行人走了十多里，遠遠看見河裡有兩條大船和不計其數的小船，連明忙讓人過去通報。沒一會兒只聽得三聲大炮，金鼓齊鳴，四五個丫鬟簇擁著一個美麗的宮妝少婦從船艙裡走出來，正是徐惠英。

秦母說：「你不是羅老太太，你是誰？」一個丫鬟說：「這是老爺的二夫人。」秦母聽她這麼說不好再問，就和她們進了船艙。白顯道衝出艙口去看，秦懷玉雙眉倒豎、瞪著眼睛大喊一聲，把白顯道嚇得急忙退回了艙裡。李靖站在船樓上看見，笑著說：「年紀不大，氣概倒不小。」說完，他讓人把懷玉請過去，拿出叔寶的信給秦懷玉看。徐惠妃對秦母說：「大夫人的船還在前面，她特意派我來接你們的。」然後，她讓人準備好酒席，大家坐下邊吃邊聊。

連明見各船之間隊伍十分整齊，心裡不由有些懷疑。忽然見到徐立本走出來，大驚失色。徐立本將秦王的意思和連明一說，連明知道沒有危險才放下心來，但多少還是有些無奈。

徐惠妃見秦母婆媳都十分文靜，心想應該不會鬧出什麼事，而且人已經在船上了，就將實情對兩人說了。程母因為喝多了酒，所以早早睡了，一點都不知情。秦母說：「叔寶哪有這麼大的本事值得殿下如此青眼，只是現在魏國還算繁盛，一時之間叔寶恐怕不會答應。夫人還是讓人去個信問問再說。」徐惠妃說：「好，不過程太太那兒，您可千萬別說。」

一天早上，秦懷玉聽見有人喊：「前方有三四十隻賊船正靠過來。」趕緊披上衣服跑出去看。李靖親自指揮作戰，一時之間炮聲、吶喊聲震天響。不到兩個時辰戰鬥結束，一個兵丁稟報李靖說抓到了對方的頭目。連明在船尾看見那個頭目，大喊：「賈潤甫，你怎麼在這兒？」說完連忙往船頭跑。可是船上的兵卒太多，他一時擠不過去。李靖親自審問賈潤甫，賈潤甫說自己叫賈和，奉李密的命令去王世充那兒討糧。李靖說：「李密竟然和王世充那樣的小人結盟，借糧食給豺狼怎麼可能要得回來，這樣的庸人前景如何真是很難說。」賈潤甫說：「鹿死誰手還不知道，明公的話說得太早了。」李靖聽了，猛地一拍桌子，罵道：「前一陣子李密抓了秦王的事我還沒說，現在你們撞上來，來人，拉下去砍了。」連明在遠處聽了嚇得魂飛魄散，忙去找秦懷玉幫忙，秦懷玉倒是不擔心，因為徐立本已經跟他解釋過了。果然，沒一會兒李靖就讓人將賈潤甫帶了回來，對他說：「賈兄弟不要介意，我只是想試試您的膽量。秦王求賢若渴，我哪兒敢隨便殺人，有幾個朋友正等著見您呢。」話音未落，徐立本、連明、秦懷玉就走了出來。賈潤甫大驚失色，徐立本將事情一說，賈潤甫說想見見秦母。

賈潤甫對秦母說：「徐兄放了秦王和劉文靜，魏公知道後大發雷霆，說秦大哥、魏徵、徐茂公監察不明將他們關到牢裡去了。」秦懷玉一聽放聲大哭，對李靖說：「伯伯借我兩千兵馬，我去把父親救回來。」賈潤甫說：「別慌別慌，我還沒說完。現在已經放出來了。當時我和羅士信再三求情，魏公不願意聽，就讓我去王世充那討糧。當初王世充差人跟魏公說要借兩萬斛❶糧食，我極力勸阻說王世充缺糧是天要亡他，我們雖然儲備了一些，但也要防著以後缺糧。今天借糧給他和借給敵人沒什麼區別，可惜魏公不聽。偏偏糧食借給王世充之

❶【斛】中國古代的量器名，也是容量單位。古代常用容量單位由小到大有升、斗、斛（石）、釜、鐘，通常認爲斛和石相通。自秦漢開始都是十進位，不過到了南宋末年一斛改成了五斗。

後，我們就遇上了鼠患，倉裡的糧食被吃掉八九成。最近蕭銑又來借糧，並揚言要是借不到就要搶。所以魏公把叔寶他們從牢裡放出來了。秦大哥和羅士信被派去討伐蕭銑，徐茂功去了黎陽，魏徵看守洛倉。現在魏國又遇上洪澇，連秋收都指望不上了，所以魏王讓我去王世充那把糧食討回來。伯母跟著李元帥去長安總比待在瓦崗強，等我跟秦大哥說了，他一定會去長安找您的。」

賈潤甫又對連明說：「巨真❷兄，你還得回瓦崗，兄弟們的家眷都在那兒呢，尤員外一個人恐怕照顧不過來。我還有急事先走了。」於是跟眾人告辭。李靖見賈潤甫心思縝密，說得頭頭是道，知道賈潤甫是個人才就想讓他歸順。賈潤甫說：「現在的形勢我看得很清楚，但我不能因為魏國開始衰敗就離開它，還是善始善終的好，後會有期。」李靖一聽，對他更加佩服了。連明因為放心不下秦老夫人，決定等她們到了長安再回瓦崗。

❷【巨真】連明，字巨真。

第三十八回　王伯當喪命

賈潤甫向王世充要糧，果然沒要到。李密大怒，帶兵攻打王世充。李密自從當上魏王之後，逐漸忘了當初顛沛流離的生活。他自恃才高，把足智多謀的徐茂公調去黎陽；派秦叔寶、羅士信這樣的大將去打蕭銑這樣的小人物；賈潤甫也被調去了洛口；而邴元真這樣見利忘義的小人卻被他留在身邊。

這次出兵攻打王世充，李密只帶了單雄信和程咬金兩人。這兩人雖是猛將，可是只擅長打硬仗而不擅長謀略。當時程咬金和單雄信正在和敵人激戰，前面忽然出現七八隊青面獠牙的大漢，身穿五色長袍，腳下踩著高蹺，硫黃火藥炸得漫天都是。那些人齊聲大喊：「天兵到了，還不投降？」單雄信和程咬金看得目瞪口呆，後邊的士兵嚇得驚慌失措四散奔逃。單雄信放大膽子還想廝殺，忽然聽到有人喊：「抓到李密了。」程咬金抬頭一看，果然見「李密」被反剪著手押在馬上。其實這是王世充使的計策，讓一個士兵假扮李密以亂對方軍心。魏軍一下子軍心大亂，單雄信信以為真只得降了，程咬金擔心母親也偷偷跑了。

李密的兵馬降的降、跑的跑，只剩下他自己被人前後夾攻。李密只得換了一身衣裳，逃到洛口倉去找賈潤甫。第二天，程咬金也到了洛口倉。李密正問他怎麼回事，這時魏徵也騎馬到了。李密大吃一驚，問他出了什麼事，魏徵說：「邴元真將金墉城獻給了王世充，好在娘娘和世子已經先一步被人送去了瓦崗。」此時，一個士卒跑過來說王世充的人馬追過來了，接個又一個士卒跑上來說虎牢關失守。到了這個時候，魏徵也沒了主意，李密歎道：「當年兄弟們戮力同心，哪想到今天一戰竟然眾叛親離。現在沒有守城的人也沒有投奔的地方，我活著還有什麼意思？」說完，他拔出佩劍就要自刎。王伯當衝上去阻攔，大家想起當初的功業，不由得哭了起來。李密哭了一會兒，抹掉臉上的淚，說：「算了，我雖然壯志凌雲，但現在也沒什麼辦法，願意走的跟我一起到關中投奔唐帝，大家總算還能留些富貴。」眾人齊聲說：「願跟主公一起歸唐。」程咬金想起自己當初差點殺了秦王，死活不去。眾人只得讓他走了。

李密擔心遲則生變，不等叔寶回來也沒跟徐茂公說，帶上兩萬兵將就投了唐帝。唐帝非常高興，封他為光祿卿上柱國，賜邢國公。封王伯當為左武衛將軍，賈潤甫為右武衛將軍，魏徵為西府記室參軍。唐帝為了籠絡李密，特意把表妹獨孤氏賜給他做妻子。唐帝給李密官職雖然不大，但也算禮遇有加。可是李密一直覺得自己歸順唐帝，怎麼也會得一個王位，沒想到只是一個光祿卿，他覺得非常不服氣。過了大半個月，秦王滅了薛舉的兒子薛仁果班師回朝。唐主特意讓李密去接秦王想要化解兩人的恩怨。沒想到秦王記著先前的仇怨故意戲弄了李密一番。秦王進宮拜見唐帝。唐帝說：「朕知道魏徵是個人才，已經把他撥到你的府裡了。聽說他病了，所以沒去接你，你回去一定要去看望他。」秦王回府後急忙去看魏徵，兩個人聊了一會兒，秦王問魏徵：「程咬金那個莽夫怎麼沒來？」魏徵說：「他得罪過殿下，哪敢來。不過他人雖粗魯卻十分孝順，要是知道程母在這兒一定飛奔過來，到時還請殿下別跟他計較。」兩人相談甚歡。

程咬金到了瓦崗，尤俊達跟他說：「老夫人陪秦伯母婆媳見親戚，沒想到被秦王騙到長安去了。」程咬金喊道：「天殺的秦王，想出這樣的毒計。」然後快馬加鞭去了長安。秦王聽說程咬金來了，讓將士手持兵器分列兩側，喊道：「程咬金，今天是來送死的嗎？你還記得當初在老君堂差點一斧子劈死我的事吧？今天我非好好教訓教訓你不可。」程咬金大笑著說：「我當時只知道有魏，不知有唐。大丈夫恩怨分明，要殺我可以，快點把我老娘叫出來讓我見一面，這顆腦袋就給你了。」秦王說：「好，來人，帶他去見，見過了再帶回來受刑。」說著就命人將程咬金帶去了秦府。

程咬金見到母親，母子倆抱頭痛哭，見她被人照顧得很好，心裡才知是誤會了秦王。過了一會兒，一個差官過來說：「殿下有旨，恕程咬金無罪。還不快點換身衣服跟我去見秦王。」程咬金聽了，忙跪下謝恩。他跟秦王說要去把叔寶和徐茂公找來一起為唐朝效力。秦王大喜，帶程咬金去見唐帝。唐帝見程咬金威風凜凜、豪氣爽朗，封他做了虎翼大將軍、兼西府行軍總管。第二天一早，程咬金便辭別了秦王去找叔寶、徐茂公。

李密自從被秦王羞辱之後，每天鬱鬱寡歡。他聽說程咬金被封做虎翼將軍後又被派出了長安，心想：「程咬金一定是去收攏舊部了。我留在長安能有什麼出路？」於是他決定離開，賈潤甫聽了極力勸阻。李密大怒，氣呼呼地回到內室，獨孤公主問他怎麼了。李密說自己想要離開，問獨孤公主願不願意跟他一起走。公主聽了，大罵李密忘恩負義，李密更加火大。旁邊一個宮婢見事不好，忙說：「駙馬息怒，公主還年輕

王伯當飛身撲到李密身上，死死抱住李密全力掩護，最後兩人都死在了亂箭之下。

不懂事。俗話說夫唱婦隨，駙馬既然這麼說，公主當然應該聽駙馬的。別因為一時意氣，傷了夫妻情分。」李密這才消了火。當晚，李密帶上六十多個人逃離長安。秦王收到消息火冒三丈，下令各地官府嚴加追捕。

李密和王伯當等人一路快馬加鞭，沒幾天就過了藍田。李密說：「要是去伊州張善相應該走小路，要是去黎陽找徐茂公應該走大路。」賈潤甫建議分頭走。李密讓賈潤甫和祖君彥帶人走大路去黎陽，自己和王伯當帶人走小路去伊州。

李密和王伯當帶著三十多個人走了幾天到了桃林縣。桃林縣地方官方正治見這些人想要乘夜過城覺得十分可疑，讓差役嚴加盤查。李密的手下大多是強盜出身，見一個小縣就查得這麼嚴，性子上來拔出刀就砍，直接衝進城裡。縣官方正治被嚇得連忙逃去熊州。最近李密的人手裡沒錢便趁機狠狠搶了一把，第二天早上才出發。方正治逃到熊州，將事情和守將史萬寶一說，史萬寶又驚又怕但也想不出辦法。總管熊彥師說：「沒事，我有辦法，給我幾十個人保證拿到他們的首級。」

李密認為官兵一定會在洛州攔截，所以選擇走山路。一行人到了熊耳山南山腳，那裡左邊是高山，右邊是山澗。李密和王伯當策馬走在前面。忽然一聲炮響，山上的樹叢裡飛出無數箭矢，伏兵從前後衝出，兩人進退無路，身上又沒有甲冑。王伯當飛身撲到李密身上，死死抱住李密全力掩護，但最後兩人都死在了亂箭之下。伏兵砍下兩人的首級獻給唐帝。唐帝大喜，下令將兩人的首級懸掛在城樓上示眾。

魏徵見到兩人的首級號啕大哭，他對秦王說他要去熊耳山找王伯當和李密的屍首安葬他們。秦王不同意，說沒必要為這兩個人耽誤正事。魏徵說：「我以後還有很長時間可以報答殿下，可是我能為他們做的只有這件事了。其實殿下也該去，當年項羽烏江自刎，漢高祖以王的禮儀將他風光大葬，這件事讓諸侯們看到了漢高祖的仁德，現在正是讓流落在外的魏將以及以後的降將看到殿下仁德的時候。」秦王想了想，覺得很有道理。第二天，秦王將這件事跟唐帝說了，唐帝於是下令赦免李密和王伯當的家眷以及魏朝逃亡在外的將士。

第三十九回　眾將歸唐

叔寶和羅士信打敗蕭銑班師回朝，叔寶路過黎陽時說要回瓦崗去看看家人，徐茂公說：「伯母她們已經被秦王騙到長安去了。」叔寶大吃一驚，急忙飛奔到瓦崗問連明。連明將劉文靜留下的信交給了叔寶。叔寶見是母親的家信，便想：「現在魏公也在長安，我要是去了，他恐怕會以為我早就想投奔唐朝了。可要是不去，母親又在那裡。」叔寶左思右想拿不定主意，決定先去黎陽問問徐茂公的意思，於是又飛奔回黎陽。徐茂公說：「伯母在長安秦王一定會好好照顧她的，你不用擔心。魏公戰敗歸唐，但依我看他一定不會一直待在那兒，等他有了定局你再去不遲。」叔寶覺得有道理，寫了兩封信讓羅士信偷偷帶去長安。

不久，賈潤甫到了黎陽。他告訴叔寶和徐茂公李密已經離開長安了，又說自己遇到了單雄信要過去和他聚聚。

秦叔寶因為心裡煩悶，拉著徐茂公去郊外打獵，在路上見到一支喪隊。叔寶仔細一看竟然是魏徵，忙過去問怎麼回事。魏徵說：「你們還不知道嗎，魏公和伯當兄已經亡故了。」

叔寶一聽號啕大哭，徐茂公也淚如泉湧。魏徵又說：「我已經找到魏公和伯當兄的屍身，可是他們的頭還掛在長安城上。」徐茂公說：「這件事包在我身上。」他讓叔寶和魏徵帶著兵將換上素縞，三天之內趕到熊州。自己單槍匹馬去了長安。

徐茂公到了長安，見到城牆上的首級心如刀絞，跪在地上大哭不止。守城的軍士見了，忙上前把他抓了去見唐帝。徐茂公說：「皇上既然已經殺了李密和王伯當，就是說已經施行完國法了。臣感念君臣之義、朋友之親才大哭，陛下若是堯舜那樣的明君自然不會怪臣。陛下若是因為怨恨仇人的骸骨而殺臣，還有賢德的人敢來投奔大唐嗎？」

唐帝下旨將李密、王伯當的首級取下來。他想給徐茂公封官，徐茂公說：「臣如果對魏國不忠，唐帝覺得臣會對唐忠心嗎？求陛下讓臣將魏公、伯當的首級拿回去安葬，臣一定會對陛下感恩戴德，誓死忠於大唐。」唐帝龍顏大悅，下旨李密可以按照原官的品級安葬。徐茂公謝恩，然後將兩人的首級裝好連夜去了熊州。不到三天，魏徵也到了長安。他對唐帝說：「副將王簿已經帶著黎陽的三千人馬到了熊耳山，秦叔寶也去了。請陛下准許臣也過去。」唐帝准奏。羅士信到長安見過秦母，聽說叔寶去了熊州也跟著去了。

程咬金快到瓦崗的時候遇到了賈潤甫，聽說李密已死忍不住大哭起來。程咬金問賈潤甫以後有什麼打算，賈潤甫說：「我現在只想縱情山水安度餘生。祝兄弟們鵬程萬里。」說完，他拱拱手上馬走了。程咬金想：「大丈夫怎麼也應該做一番大事。在所有兄弟中對我最好的是尤員外，可是他到現在還沒什麼前程，我遇上了好皇帝也得把他帶過去。」於是他到瓦崗將事情一說，讓人收拾好庫銀糧餉，帶上各家家眷以及守寨的兵丁，一共一千多人前往熊耳山。

徐茂公見程咬金把李密、王伯當的家眷帶來了，忙將人帶到兩人墳前。李密和王伯當的墳地是一塊平坦的空地，墳塚周圍古柏蒼松，蒼翠茂盛。王娘娘和王伯當的夫人換上素縞，抱著棺木放聲大哭，諸將看著也跟著哭了起來。

之後程咬金便和叔寶辭行回長安覆命去了，臨行前魏徵交給程咬金一封信讓他帶給徐立本。

當時秦王因為劉武周派宋金剛、尉遲敬德殺敗唐將的事包圍了并州。齊王李元吉慌忙帶著尉遲敬德畫像逃回長安。唐帝和秦王以及一眾大臣正在研究尉遲敬德的畫像，程咬金就到了。程咬金將魏徵的信件給了徐立本，徐立本看了信就將信交給女兒

秦王帶他們拜見唐帝。唐帝分別封徐茂公、秦瓊分別為左、右武衛大將軍。

徐惠妃。徐惠妃念及和王娘娘的舊情，勸秦王上書讓朝廷出面為李、王兩人風光大葬。秦王對手下謀士說：「魏家的兵將各個能征善戰，要想收服他們只有我親自去一趟才行。」他讓徐立本和程咬金日夜兼程去熊州通報。魏將們得到消息，各個歡欣雀躍。徐茂公吩咐將士們務必盔甲鮮亮、旗號整齊，五里一營，十里一亭，準備迎接秦王。

沒過幾天，秦王就來了。他還沒到熊州，就遇上四五百個身穿白衣白甲前去迎接他的兵丁。秦王帶著他們剛走四五里又遇上一隊身穿白衣負責迎接的兵將，一直往前總共有七八處。秦王見那些兵將個個盔甲鮮明、旗帶整齊，心想：「有這樣的兵將，李密還不能成事，實在太可惜了。」離熊耳山還有幾里的時候，徐茂公、魏徵、秦瓊帶了大隊人馬來接。一路上鼓樂引著秦王直到墓地，秦王換了一身暗龍純素綾袍去拜祭李密。徐茂公、魏徵、秦瓊、程咬金五人站在左邊，王當仁扶著三四歲的世子李啟運站在右邊，墓地內哭聲震天。秦王一邊拜祭，一邊回想金墉城的事，當初李密那麼威風，有那麼多人跟著他，想不到竟是這樣一個結局。

這些人到了長安，秦王帶他們拜見唐帝。唐帝分別封徐茂公、秦瓊分別為左、右武衛大將軍，羅士信為馬軍總管、尤俊達為左三統軍、連明為右四統軍、王簿為馬步總管。不久晉陽那邊就傳來消息，說劉武周圍城晉陽危在旦夕，請唐帝火速派兵支援。

徐茂公主動請纓要去救援晉陽。唐帝說：「朕早就知道愛卿足智多謀，可是宋金剛手下有個悍將名叫尉遲恭，驍勇善戰極難對付。」叔寶說：「臣願帶三千兵馬去晉陽，為陛下除掉他。」唐帝龍顏大悅，笑著說：「愛卿願意去，朕就沒什麼不放心的了。」唐帝當即下旨，封徐茂公為討虜大元帥、秦瓊為討虜大將軍、王簿為正先鋒、羅士信為副先鋒、程咬金為催糧總管。秦王作為監軍大使滅虜都招討，帶領唐將在後方策應。眾人點齊兵馬，連夜前往并州。

第四十回　秦叔寶大戰尉遲恭

徐茂公和秦王帶著人馬出了長安，徐茂公擔心朱燦在後坐收漁利，於是秦王派段愨（ㄑㄩㄝˋ）去拉攏朱燦，沒想到段愨因醉酒失禮被朱燦殺了。秦王大怒，派李靖帶兵馬去剿滅朱燦。劉武周聯合突厥曷娑（ㄏㄜˊㄙㄨㄛ）那可汗入侵中原。曷娑那可汗因此大舉徵兵，沒想到卻引出了一個奇女子——花木蘭。花木蘭的父親花乘之是個千夫長❶，他有兩個女兒、一個兒子，大女兒花木蘭，二女兒花又蘭，小兒子花天郎。花木蘭生來眉清目秀、聲音洪亮，花乘之一直把她當兒子養，從小教她拉弓射箭。花木蘭十幾歲了還不會針織女工，卻喜歡研究兵法。花乘之早就想給木蘭找門親事，可惜花木蘭一直不答應。

突厥招兵的時候，花木蘭已經十七歲了。花乘之對妻子說：「曷娑那可汗招兵，我作為千夫長恐怕非去不可。」袁氏說：「你都這麼大歲數了，怎麼上陣殺敵。」花乘之說：「我沒有大一點的兒子，還能怎麼樣？」袁氏說：「寧可花些錢，看能不能免了。」花乘之說：「如果大家都如此，那還有兵嗎？更何況我們也沒銀子。」花木蘭心想：「戰國時吳越交

戰，孫武練了一隊女兵，可見女人也能當兵。我學了這麼多年的功夫，平常的男人都不是我的對手。父親年紀這麼大了，我又沒個哥哥，不如我換身男裝替父親出征。」

於是花木蘭找出父親的盔甲行頭換上，第二天就和眾人一起出發了。

秦王和徐茂公同劉武周交戰，已經收復了五六個郡縣。到了柏壁關，叔寶和尉遲恭（字敬德）打了四五場都不分勝負。於是他們約定用兩塊巨石比力氣，一人打三下，誰先把巨石打碎誰就贏，輸的人要加入對方的陣營。兩人換了兵器，尉遲敬德拽起戰袍怒目圓睜，一鞭打下去，一條裂紋也沒有，又打一下，石頭上出現一個兩三寸的坑。尉遲敬德見了，心裡有些慌，第三下用盡全身力氣，「咔嚓」一聲，石頭裂成兩半。尉遲敬德笑著說：「怎麼樣？該你了。」叔寶把袍袖紮起來，對著石頭打了兩下就將石頭打裂了。叔寶笑著說：「怎麼樣？你打三下，我只打了兩下，你輸了。」尉遲敬德說：「我的兵器沉，你的鐧輕。不算。」

兩人正爭論著，唐營就鳴金收兵[2]了，叔寶只得撥馬回營。宋金剛原本就懷疑尉遲敬德沒用全力，聽說這件事火冒三丈，貶尉遲敬德去介休運送糧草。徐茂公聽說後大喜，帶兵拿

---

❶【千夫長】古代的軍隊官職名稱，手下有一千個士兵。此外還有百夫長，是一百個士兵的頭領。

❷【鳴金收兵】古代打仗用擊鼓和鳴金作為軍事指揮的號令。擊鼓就是敲戰鼓，鳴金就是鳴鉦，鉦是古代的一種樂器，用銅製成。

下了柏壁關。劉武周急忙帶兵北逃。

尉遲敬德帶人去介休運了三千斤糧草，剛到安封一帶就遇到了王薄的伏兵。尉遲敬德打得興起，追著王薄跑了三里多地。忽然聽到後邊殺聲震天，他回頭一看只見火光沖天。他趕緊丟下王薄往回跑，可惜已經晚了，三千斤糧米被羅士信帶人燒了個乾淨。尉遲敬德又氣又急，他擔心介休城出事急忙跑回去。剛到城門口就遇上王薄和羅士信，結果又打了一場。秦王與徐茂公帶人圍了介休，秦王勸說尉遲敬德投降，尉遲敬德說：「我是劉武周的臣子，除非劉武周死了，否則我寧願戰死也不投降。」這時，總管劉世讓帶著劉武周和宋金剛的首級回來了。原來曷娑那可汗覺得和劉武周合作無利可圖，轉而想和秦王合作，於是用計殺了劉武周和宋

到了柏壁關，叔寶和尉遲恭打了四五場都不分勝負。

金剛，把他們兩人的首級交給劉世讓。尉遲敬德見了兩人的首級大哭一場，辦過喪禮之後打開城門降了秦王。唐帝得到消息大喜過望，封尉遲恭為左府統將軍，劉世讓為并州太守。

曷娑那可汗和秦王結盟，奉秦王之命帶兵伐鄭，一路朝河南進發。軍中的花木蘭因為屢立奇功被升為後隊馬軍頭領。幾千人剛到鹽剛，就撞上了護送勇安公主去華州進香的范願，雙方廝殺起來。曷娑那可汗眼看就要落敗，花木蘭帶人趕到。可惜她雖然救了曷娑那可汗，自己卻被線娘的女兵活捉了。

線娘聽說抓了曷娑那可汗的人親自審問，沒想到花木蘭竟是個女的。線娘讓手下的女兵帶花木蘭下去驗明正身，命人把另一個醜漢拉下去砍了。那個男人大喊：「我老齊不怕死，只可惜沒完成羅成將軍的託付，也沒見到孫安祖。」線娘一聽，忙讓人把他拉回來，一問才知道這人叫齊國遠。齊國遠當初和李如珪投了柴紹，後來他奉柴紹的命令去給張公謹賀壽，沒想到和羅成一見如故成了朋友。羅成知道他和叔寶有些交情就讓他帶信給叔寶。線娘把信沒收了，說自己幫他交給孫安祖。這時，一個女兵回來稟報證實花木蘭是女的。線娘讓人將她帶進來，花木蘭將自己替父從軍的事說了，線娘非常欣賞她，和她結拜了姐妹。

到了晚上，線娘等花木蘭睡下後悄悄起身，拿出羅成的信才知道楊義臣已經死了。線娘趴在案上大哭，歎道：「父親現在怎麼會聽單伯伯的話，楊義臣一死，我和你的姻緣只能來生再結了。」線娘想起自己住在二賢莊的時候，和單雄信的女兒單愛蓮情同姐妹，於是將信中的話改了幾句，變成了羅成求叔寶幫他跟單小姐求親。改好之後，線娘讓人將信還給齊國遠。第二天，竇建德派人告訴線娘去救援王世充，於是線娘急忙帶人往回趕。

秦王和徐茂公滅了劉武周之後，與李靖會合攻打王世充。王世充支撐不住被唐將逼到城下，死傷七千多人。

再說那王世充被圍，長孫安世帶著大量的金銀珠寶去找夏主竇建德求援。夏國的大臣收了好處，紛紛幫王世充說話。雖然凌敬和曹后極力勸阻，可惜竇建德一意孤行，結果被秦王以逸待勞殺得大敗。結果尉遲敬德拿了劉黑闥首級，王薄殺了范願，羅士信活捉了長孫安世。夏國十幾萬雄兵一朝散盡，只有孫安祖帶著二三十個小兵逃回了樂壽。秦王剛開始聽說抓到了竇建德還不相信，直到楊武威和白士讓押著竇建德進來才相信是真的，下旨讓徐茂公帶人去樂壽安撫夏國的百姓。

第二天，徐茂公帶兵去了樂壽，他到樂壽之後嚴令士兵不能擾民。樂壽的百姓聽說唐兵來了，各個心驚膽戰，沒想到唐軍軍紀嚴明、秋毫無犯，於是歡欣鼓舞地出來迎接。徐茂公到建德宮的時候，曹后和凌敬都已經自盡了，他忙讓人準備棺木，收斂了兩人的屍體。徐茂公想起竇建德有個女兒，讓人打聽勇安公主的下落，宮人回報說竇線娘聽說父親被抓，當晚就和花木蘭走了。夏國大臣齊善行對徐茂公說：「當初魏公手下有個西貝生非常能幹，現在就在拳石村。」徐茂公聽說忙帶人去請。沒想到那西貝生竟是賈潤甫。

賈潤甫對徐茂公說：「隋朝老將楊義臣有個外甥女名叫袁紫煙，自幼研習天象，隋煬帝因此封她做了貴人，隋朝敗亡之後她到了楊公這裡。前年小弟也搬到這裡，我們兩家做了鄰居，我的卜卦之術都是跟她學的。楊公死後，袁貴人和楊公的兒子夫人都在這裡守墓。」徐茂公說想見見這位袁貴人，賈潤甫就讓人通傳，帶著徐茂公去了饗堂❸。

袁紫煙素妝淡服地出來見禮，徐茂公一看竟是個端莊沉靜、秀色可餐的佳麗。徐茂公看得心神盪漾，出來對賈潤甫說：「弟弟這些年四處漂泊，心思都放在建功立業上從沒想過成家。今天見到她實在是合心意，不知道哥哥能不能幫我做個媒？」賈潤甫聽了哈哈大笑，立即去找袁紫煙為徐茂公說媒。賈潤甫回來之後對徐茂公說：「袁貴人說了，你要想娶她得答應她三件事。一要等到楊公喪期結束；二要照顧楊公的家眷；三是隋煬帝有四院夫人在女貞庵修行，當初楊公答應要奉養四位夫人，若要娶她得繼續照顧這四位夫人。」徐茂公說：「好，別說這三件，就是再多幾件我也答應。」

❸【饗（ㄒㄧㄤˇ）堂】祭祀、祭獻祖宗的屋子。

第四十一回　單雄信慷慨赴死

王世充被李靖圍在洛陽，城中的兵將大多起了降唐的心思，唯獨單雄信堅決不肯，死守南門。一天傍晚，城外忽然傳來一片廝殺聲，有人高喊：「快開城門，我們是勇安公主的人馬。」單雄信見城外那些女兵打著夏國的旗號，中間一個女將手持方天畫戟坐在馬上。單雄信以為真是竇建德的女兒，忙叫人開了城門，沒想到卻是柴紹夫妻假扮的。最後，王世充投降，單雄信被捉。

叔寶見洛陽城破，十分擔心單雄信，急忙催馬進城。到了城裡一打聽，知道單雄信已經被帶到土地廟去了。叔寶到了土地廟，見程咬金和單雄信相對而坐，單雄信一身鐐銬，叔寶撲上去抱著單雄信大哭起來。單雄信說：「叔寶，你用不著難過，我聽說秦王帶兵討鄭的時候就有準備了。」正說著，單全走了進來。單雄信忙問：「你怎麼來了，家裡出事了嗎？」單全說：「老爺讓夫人小姐去秦太太那兒，今天早上賈潤甫已經送過去了。」程咬金說：「賈潤甫真是個有心人。」程咬金讓人把自己的行李拿過來和單雄信住在一起。

程咬金和叔寶到了保和殿，屈突通說秦王吩咐要將犯人關進囚車送去長安。程咬金說：「單雄信是我們的好兄弟，請屈突將軍通融一下不要讓他入獄，到了長安我們一定把他交給你。」屈突通還想再說，發現齊國遠、李如珪、尤俊達都站在一邊凶神惡煞地瞪著他，李如珪大罵：「我們兄弟在這裡血戰，難道讓你通融一下也不行嗎？」屈突通說：「我是奉王命來的，既然眾位將軍要保他我也沒話說。」

到了長安，唐帝下旨將所有俘虜都帶去大理寺收押。竇建德和單雄信被單獨關到一個乾淨的小間，竇建德問獄卒說：「單爺被帶到這兒，是因為那些老爺吩咐你照應，我又沒給你好處，為什麼要照顧我？」獄卒說：「三天前有個孫老爺來過，他一再吩咐小的要照顧好王爺。」竇建德想：「難道是孫安祖？」沒一會兒，幾個小兵又拿了些酒菜過來，竇建德和單雄信都是心胸寬廣的豪傑，把生死的事拋在一邊，一邊喝酒、一邊談心。

到了晚上，單全來看單雄信，單雄信囑託他要好好照顧夫人小姐。單全走後，孫安祖也來了。見到兩人，抱著大哭一場，竇建德問他：「你不是已經回樂壽了麼，怎麼又來了？」孫安祖趴在他的耳朵上，嘰嘰咕咕地說了幾句。竇建德皺著眉毛搖頭，「人活百年，總有一死，你和公主回去吧，不用管我。」孫安祖堅決不肯。

朱燦被提出去斬首後，王世充被帶上殿。唐帝責問他篡位弒君的事。王世充把罪責都推到了臣子的身上，秦王也為他說情，唐帝因此免他一死貶為庶人，將王世充的兄弟子侄都安置到了朔方。唐帝又讓人宣竇建德見駕，這時有人稟報說：「有兩個女子捆綁著雙手、銜著利刃，跪在朝門外要見陛下。」唐帝覺得奇怪，讓人押進來。只見那兩個女子，雖然雙手被縛卻沒有沒有一點卑微的樣子，不自覺地就生出了幾分愛惜之情。他讓人把兩人嘴裡的刀拿下來，問她們是怎麼回事。其中一個女子說：「臣妾竇線娘，父親是叛臣竇建德。臣妾知道父親犯了大罪，不求陛下赦免，只求陛下能讓臣妾代父受刑，放過家父。」唐帝又問另一個女子，花木蘭將自己代父從軍的事說了，又說自己和線娘已經結為姐妹願和她同生共死。

唐帝讚道：「真是兩個孝女。」然後，對竇建德說：「竇建德，你助紂為虐，不過看在你有個好女兒的份上，朕決定放了你。」竇建德說：「罪臣多謝陛下。不過，罪臣自從被抓，已經沒了追名逐利的心思，願意剃度[1]出家以報答陛下。」唐帝一聽當即下旨，將竇建德改名巨德。吩咐禮部出具度牒，讓他在殿前剃度。

竇皇后聽說線娘代父受罰的事十分欽佩，讓人將線娘和花木蘭帶到跟前。竇皇后問線娘許了人家沒有。花木蘭說：「已經許給了幽州總管羅藝的兒子羅成。」竇皇后說：「羅藝已經投靠了唐朝，因為戰功赫赫被皇上封了燕郡王。聽說他的兒子英勇善戰，你和他確實是天造地設的良配。說來我們都姓竇，你願不願意做我的侄女兒？」竇線娘哪敢推辭，急忙謝恩。竇皇后吩咐內侍，取兩千兩銀子、一百匹彩緞給線娘做嫁妝。又拿了一千兩銀子、四十匹彩緞賞給花木蘭，說是給花父、花母的養老錢。兩人謝恩出宮。

竇建德聽說竇皇后認女兒做了侄女，還將她許配給羅藝的兒子羅成感到十分欣慰。他剛出朝門，就遇見了一身僧衣的孫安祖，竇建德大吃一驚，忙問：「我是擔心唐帝猜忌才出家的，你這是做什麼？」孫安祖說：「你當初好好的住在二賢莊，是我慫恿你出山起義的。現在事敗怎麼能丟下你不管，當然要和你一起出家。」

竇建德對線娘說：「你既然和羅成有了婚約，又做了娘娘的侄女，我也就放心了，從今以後不用再顧念我了。」線娘想要送父親，守在一邊的內監卻說奉了竇皇后的懿旨要送線娘去樂壽，讓線娘不要管竇建德的事。線娘沒辦法，只得和父親一起出了長安，兩人大哭一場就此分別。

唐帝放了竇建德之後，下旨將王世充的手下段達、單雄信等人全部處斬。徐茂公、秦叔寶、程咬金聽到消息，急忙向秦王求情。秦王卻因為宣武陵的事，咬定單雄信不死日後必反。程咬金說願意用全家的性命做抵，擔保單雄信不會造反；叔寶說秦王只要肯放了單雄信，他可以替單雄信去死；徐茂公說秦王可以把他們三個全部貶為庶民，只求他能放了單雄信。可秦王始終不答應。

單雄信見程咬金準備了好酒好菜，心裡就已經有了底。程咬金說：「昨天就想來了，因

---

❶【剃度】佛教受戒的一種儀式，給要出家的人剃去頭髮，有度過生死的說法。

為有事耽擱了。我最近常想，我們兄弟當初在山東的時候，大家聚在一起自在地歡呼暢飲，現在兄弟們七零八落，動不動就說朝廷法度把兄弟們都隔開了。」

單雄信一言不發、淚如雨下，兩人不再說話悶頭喝酒。叔寶走進來，見了兩人的情形說：「二哥，你放心，我們就是拼上性命也要救你。」說完，滿滿地斟上一大杯酒給單雄信，單雄信端起來一飲而盡。

沒一會兒，徐茂公氣喘吁吁地走進來，程咬金問：「怎麼樣？」徐茂公搖搖頭。單雄信見了朗聲大笑：「三位的情誼我單雄信收到了，拿大碗來，咱們兄弟喝上三大杯。今天和你們喝，明天去和李密、伯當喝。」叔寶大聲說：「二哥胡說什麼。」單雄信說：「你們不用瞞我，我的事早料到是死罪。你們覺得我是個貪生怕死的人嗎，當初離開二賢莊的時候，我就已經放下生死了。」叔寶三人端著酒碗嗚嗚地哭。他們三個一碗還沒喝完，單雄信已經喝下四五碗了。

這時獄卒進來帶單雄信出去行刑，叔寶、徐茂公、程咬金全都大哭起來。單雄信說：「大丈夫生就生，死就死，幹什麼哭哭啼啼的讓人笑話。」叔寶和徐茂公擦乾眼淚，先一步去了法場。徐茂公讓人找了個乾淨的地方，叔寶叫人把單雄信當初送給他的那個鋪蓋拿來親手鋪在地上。

秦母和媳婦知道單雄信的事，想方設法瞞著單雄信的家人。沒想到單全露了消息，單愛蓮尋死覓活地非要見父親一面。秦母只得帶單雄信的家眷去了法場。

單雄信和程咬金手挽著手大踏步走了過來。秦母走到單雄信面前流著淚說：「單莊主，你是個有情有義的人，希望你早日升天。」說完，和張氏一起跪下給單雄信磕了個頭，單雄信也趕緊跪了下來。單愛蓮跪在一邊還了禮，然後抱著父親大哭起來。單雄信摸摸女兒的頭，讓叔寶將愛蓮送回去，別讓她看行刑的場面。叔寶點頭讓妻子將愛蓮拉走了。單愛蓮走後，叔寶讓人抬來火盆，抽出佩刀在大腿上割下一塊肉來，程咬金等兄弟也都在腿上割下一塊肉，他們把肉放到火上烤熟遞給單雄信，叔寶說：「兄弟們當初說好了同生共死，今天不能跟著二哥赴死。若是有一

單雄信哈哈大笑道：「……你們快點動手吧。」說完就引頸受刑。

天我們食言，沒能照顧好二哥的家眷，甘願像這塊肉一樣被人炮炙屠割。」單雄信也不推辭，接過來吃了。秦叔寶哭著說：「二哥，你不要擔心愛蓮。懷玉過來，拜見岳父。」秦懷玉走過來，恭恭敬敬地給單雄信磕了頭。單雄信哈哈大笑道：「痛快，真是我的好女婿！我走了，你們快點動手吧。」說完就引頸受刑。正在這時，人群裡忽然鑽出一人，抱著單雄信的屍體大哭，嘴裡喊著：「老爺慢走，單全來了。」說完，抽出腰間的佩刀就要自盡，幸虧程咬金手快才被攔住。徐茂公說：「你何苦這樣，想想你家小姐、想想二哥的喪禮，多少事等著你做。」眾人將單雄信的首級縫在頸上，抬來棺木收斂了屍體。

線娘和花木蘭回到樂壽之後，將曹皇后屍身葬在雷夏，自己也搬了過去。花木蘭記掛父母打算回家看看。線娘不放心，派身邊的兩位女兵金玲、吳良陪她回去，又給了木蘭一封信和一支箭讓她交給羅成。花木蘭回家之後才知道父親已經死了，跪在墳前大哭。曷娑那可汗聽說花木蘭回來了，非讓花木蘭入宮，一是想報答花木蘭當初的救助之恩，二是看中了花木蘭的美貌。花木蘭一再推脫，最後在父親的墳前自盡了。花木蘭臨死之前，將線娘的信物交給妹妹花又蘭，讓她幫自己給羅成送去。

第四十二回　唐帝賜婚

花又蘭換上男裝，和金玲去了幽州給羅成送信。羅成收到信，沒好意思當面看，吩咐家丁帶花又蘭和金玲下去歇息。羅成剛回到內室，羅母就和他說起竇線娘的事，說羅藝這次派人去長安朝賀，很快就能幫他將線娘娶回來了。羅成笑著說：「兒子剛見了一個樂壽來的人，公主託他帶了信給我。」說著把信拿出來和母親一起看，沒想到竟是一封退婚書。羅成看後痛哭，「我早該去找楊義臣的，因為戰事耽擱了這些年，結果楊公死了。是我負了她，我負了她啊！」

這時羅公進來，問是怎麼回事。老夫人將信拿給他看。羅公笑著說：「這個好辦，我正要派人去朝廷道賀，為父將你們訂婚的事寫在摺子裡。皇后既然認了她做侄女，絕不會把她許給平常人。到時陛下為你們賜婚，她還有什麼不答應的。」

一天，羅成無意之間聽到手下潘美和金玲的談話，才知道花又蘭是個女的，心裡十分高興。當晚，羅成假裝醉酒要和花又蘭一起睡，花又蘭不肯，說：「你要是個女子，我就答應

了。」羅成笑著說：「你若是個男的，我還不想呢。」花又蘭聽了這句話大吃一驚，這才明白羅成已經知道真相了。花又蘭說：「我之所以千里迢迢到幽州來，一是因為姐姐的遺願，二是想要成全你和公主的姻緣。公子少年英雄，又蘭確實對你心存好感，但我今天要是跟了你，名不正、言不順。」羅成說：「你要是男子，一個如花似玉的姑娘就在眼前，你能忍住嗎？」花又蘭說：「大丈夫自然要忍人所不能忍。求你讓我回樂壽去見竇公主。」羅成說：「好，你既然這麼說，我也不敢冒犯了。」

過了幾天，羅公寫好奏章，羅成辭別父母，帶著花又蘭和尉遲兄弟一道去了長安。

羅成、花又蘭一行人出了幽州，花又蘭對羅成說應該先去雷夏求公主答應婚事，要不然等長安下旨會讓公主覺得受到要脅就更不會答應。羅成一想有理，於是帶人轉道去了雷夏。

一天，線娘、袁紫煙和女貞庵的四位夫人正在閒聊，忽然有人稟報說金玲回來了。金玲將自己和花又蘭去幽州的事仔細地跟竇線娘說了。線娘聽完，忙請花又蘭進來。花又蘭將羅成來求親的事一說，線娘默默不語。袁紫煙說：「你們倆都是有情義的人，羅郎既然又來求親，妹妹就應了吧。」花又蘭也說：「竇姐姐看在我一路奔波的份上就別再堅持了。」幾個人喝了些酒，花又蘭大醉。線娘將金玲叫過來細問，金玲就將花又蘭拒絕羅成的事說了。線娘歎道：「羅郎也算是君子，不過又蘭卻真是個義女。既然兩人都有意，我也該有所回報才是。」於是連夜寫好奏章，讓金玲和吳良送去長安。

羅成到了樂壽，拜祭過曹皇后，讓人告訴竇公主說自己這次來雷夏，一是為了拜祭曹皇后，另一個就是為了求親。管家進去沒多久就出來說：「公主說了，她的婚姻大事全由皇上皇后作主，她不能答應你。」羅成又說想讓花二爺和他一起上京。花又蘭讓人帶了封信給他。羅成打開一看，上面寫著：「來可同來，去難同去。花香有期，慢留車騎。」羅成看了，對管家說：「麻煩告訴公主，別放花二爺走，請公主自己保重。」然後，快馬加鞭去了長安。

竇皇后收到竇公主的奏章和珍玩，笑著說：「她一個孤女，這點好東西還不自己留著，反倒拿來孝敬我。」又問唐帝，「羅成為什麼還不娶線娘？」唐帝說：「可能羅藝嫌她是亡國之女。」竇皇后說：「婚姻大事，怎能說改就改，陛下應該為他們賜婚。」

唐帝說：「竇線娘忠勇純孝，朕十分欣賞她。花木蘭也是個孝女，可惜早逝。她的妹妹有情有義，為了姐姐的遺願千里奔波，她和羅成能夠守禮，實在難能可貴。」這時，掌燈太監拿來一疊奏章，唐帝一一看過，笑著說：「剛還說羅藝想要賴婚，請婚的摺子就到了。」

第二天，唐帝和秦王說起羅成竇線娘的事。秦王說：「茂公因為袁紫煙是隋朝的宮人，不敢私自迎娶，還曾跟我說過。」唐帝說：「十六院夫人都是隋朝出了名的美人，當時江河破碎，想不到這些女人也都沒了蹤影。」秦王說：「竇建德消滅宇文化及的時候，蕭皇后身邊帶著不少宮人，不如召袁紫煙入宮，或許能打聽這些宮人的下落。」唐帝於是下旨宣竇線娘、花又蘭、袁紫煙進京面聖。

花又蘭聽說竇線娘非要竇建德點頭才肯嫁給羅成，連忙換上男裝去隱靈山找竇建德。竇建德本想忘卻凡塵，但花又蘭一再勸說，終於答應下山。花又蘭在下山的路上又遇到了隋亡時失蹤的賈、羅、江三位夫人。第二天，線娘見到父親，父女兩人又哭了一場。

賈、羅、江三位夫人聽說唐帝想要尋找十六院夫人，覺得應該趁著還有些姿色拼上一拼，就和線娘等人一起去了長安。竇皇后聽說三位夫人也來了，罵道：「幾個亡隋的禍害，陛下讓她們來做什麼？」張妃笑著說：「陛下難道也想造個西苑？」唐帝見她們有些醋意，改口說：「瞎說什麼，朕可不是為了自己。世民，重臣之中還有沒娶親的嗎？」秦王說：「臣只知道魏徵、羅士信、尉遲恭、程咬金還沒娶親。」

唐帝宣竇線娘、花又蘭、袁紫煙進宮，和三人聊了一會兒，下旨將竇線娘、花又蘭許配給羅成，袁紫煙賜婚徐茂公。接著，唐帝又讓人宣隋朝的三位妃子以及魏徵、尉遲恭、程咬金進宮；派內監去宣羅成、秦瓊，以及秦瓊的兒子懷玉、兒媳單愛蓮見駕；囑咐禮部官員，馬上備好十三副花紅、六隊鼓樂手。

魏徵、尉遲恭、程咬金見駕，唐帝說要將隋朝的三位遺妃許配給他們。三人連忙跪下說：「陛下隆恩，臣等一生都難報答，現在四海未平不敢成家。」唐帝說：「都說齊家、治國、平天下。眾位都是有功之臣，怎麼能沒有家室？」

說完，唐帝便吩咐內監拿個瓶子，把江、羅、賈三位夫人的名字寫在紙上扔到瓶子裡，讓魏徵、程咬金、尉遲恭抓鬮。魏徵抓到了賈夫人，尉遲恭抓到了羅夫人，程咬金抓到了江夫人。三人跪下謝恩。唐帝對三人說：「三位夫人雖然不是絕色，但也容顏秀麗，三位愛卿不要怠慢她們。」

秦瓊帶兒子懷玉、媳婦愛蓮進宮，唐帝問懷玉和愛蓮成親了沒有。叔寶說：「沒有，愛蓮的意思是先為父親守喪。」唐帝說：「倒是個孝順孩子，朕今天作主為他們賜婚，和幾位賢卿一起辦喜事。」對近侍說：「賜竇線娘二品冠帶，餘下的賜四品冠帶。快去把她們宣來，別辜負良辰美景，愛卿們即刻成婚。」

長安城的軍民百姓得到消息都紛紛前來觀禮，一時間鑼鼓喧天、人聲鼎沸，十分熱鬧。

羅成成婚之後，因為掛念父母，不到一個月就請旨離京了。竇公主和羅成本想將竇建德接去幽州，可惜竇建德看破紅塵，無論如何也不肯下山。竇公主大哭一場和羅成、花又蘭一起回了幽州。

秦懷玉和單愛蓮成婚滿一個月之後，辭別眾人帶著單雄信的遺體回潞州安葬。這些人剛出長安，前面忽然跳出來七八個一身素縞壯漢。那些人問：「是二賢莊單莊主的喪車嗎？」家將說是。這幾個大漢一聽，立即調轉馬頭飛奔而去。家將心想難道遇上了劫匪忙騎馬去追，還沒追出幾里，忽然見前方煙塵四起，一隊車馬舉著奉旨賜葬的金牌走了過來，中間一副大紅金字寫著：「故將軍雄信單公之柩」。這隊人走到單雄信的靈柩前，趴在地下大哭起來。秦懷玉見狀急忙下馬見禮。單夫人聽到動靜，打開轎門一看，發現其中有一個叫趙莽的曾經受過單雄信的大恩。單夫人看見他就想起了丈夫，不覺大哭起來。眾人到車前給單夫人磕頭，單夫人急忙下車還禮。趙莽說：「天已經黑了，我們走快些，賈兄帶著人在前面的店裡等著呢。」秦懷玉問：「哪個賈兄？」眾人說：「當初買炮仗的那個賈潤甫，他聽說單二哥的喪車會來，召集兄弟們過來奔喪。」眾人到了店裡，將喪車推進一間空屋。店主關大刀也曾受過單雄信的大恩。他和賈潤甫對著單雄信的棺材磕了幾個頭，給大家安排好房間。

眾人正聚在一起追憶當年，單全就

唐帝說：「倒是個孝順孩子，朕今天作主為他們賜婚，和幾位賢卿一起辦喜事。」

到了。單雄信死後，單全回了二賢莊。他將單雄信留下的田地產業規整好，又來迎接單雄信的靈柩。單全說：「莊上的事我都安排好了，不過老爺的墓地還沒選好。我聽說王世充在定州聯合邴元真造反，羅士信被他用計殺了。他們已經佔了三四個城池，前天殺到了潞安，現在奔著平陽來了，我們路上恐怕不太好走。」

賈潤甫說：「當初魏公和伯當兄要不是中了王世充的奸計，怎麼會死？單二哥的死也是受他連累。那麼些兄弟都是因為他才弄得七零八落，今天士信兄弟又被他害了。我要是遇上他，非親手宰了他不可。」

秦懷玉聽說羅士信被殺，心如刀絞，哭著說：「士信叔叔是父親的拜把兄弟，看著我長大。我一定宰了那個姓王的為叔叔報仇。」單全說：「是該殺了王世充為老爺報仇。」賈潤甫說：「兄弟們要是願意，我有個辦法。」

第二天五更，關大刀帶上一些兄弟悄悄出門。賈潤甫和秦懷玉也帶著家將悄悄離開。

王世充的先頭部隊在解州一帶遇上二十多個身穿素服的人，聽說他們是單雄信的舊部，忙帶他們去見王世充。王世充將那些人登記在冊，分發馬匹器械，派入了第二隊。過了兩天，關大刀和趙莽在四更的時候悄悄割了王世充和邴元真的首級，一路廝殺出來。趙莽一邊跑一邊喊：「大唐兵馬來了！」賈潤甫和秦懷玉在大營附近接應，見眾人衝出來，秦懷玉扯滿弓一連射死了兩三個。賈潤甫高喊：「王世充、邴元真的首級在此，你們還要來送死嗎？」

王家的兵將聽了面面相覷，很快就紛紛逃散了。秦懷玉帶著人一直追了幾十里地才和賈潤甫回去。秦懷玉他們到了關大刀的店，有人稟報說：「單莊主的喪車，已經被二賢莊的莊戶迎回潞州了。」眾人聽了急忙去追喪車，和單全他們一起進了二賢莊。當地的官員紛紛趕來拜祭單雄信。賈潤甫在莊前選好一塊墓地，秦懷玉擇吉日安葬了丈人。單夫人見單全忠心耿耿，就收他做了養子，繼承單氏香燈❶，把二賢莊的田產全都給了他，自己跟女兒女婿帶上王世充、邴元真兩人的首級一起回了長安。

❶【香燈】祭祀祖先、神佛所用的燭火，油燈。古時候人們也用香燈、香火來表示後輩燒香祭祖，所以香火斷了，就表示沒有子嗣了。

第四十三回　柴紹大敗吐谷渾

到了武德七年，秦王李世民已將四方反王都平定了。當時唐帝已老，竇皇后也已去世。後宮有二十多個有子嗣的妃嬪，沒子嗣的不計其數。她們都想方設法獻媚邀寵，其中張、尹二妃更是花樣百出。唐帝因為身體不適在丹霄宮靜養，張、尹二妃早就和李建成、李元吉開始眉目傳情，只是還沒找到暗通款曲❶的機會。

一天，尹夫人派侍婢小鶯請楊美人來蹴鞠❷，小鶯路上遇到李建成和李元吉，兩人問她做什麼去，小鶯說：「前天張夫人生日，昨天我家夫人生日。後宮的夫人都來道賀，不知道有多熱鬧，夫人們覺得煩。今天清閒了又覺得無聊，所以打發我去請楊夫人來蹴鞠。」李元

❶【暗通款曲】瞞著別人，私下勾結。

❷【蹴鞠】踢球，是中國一項古老的體育運動。最早的時候是用皮革，後來在動物尿泡裡塞毛髮，不過用的最多的是藤球。

吉說：「嬪妃們都去道賀，我們不好去湊熱鬧。現在夫人們不去了，正好輪到我們。」李建成說：「你也別去找楊美人了，告訴你家夫人我們去準備禮物很快就來。」

李建成、李元吉回到府裡收拾些珍珠美玉就到了尹夫人的宮殿。李建成說：「我們本想時常來侍奉兩位夫人，但既怕被父皇撞見，又怕惹夫人們生氣。」尹夫人說：「張姐姐常和我說，三位殿下都是萬歲爺生的可就是不一樣。秦王見了我們不知道有多生分，他仗著皇帝寵他，驕橫跋扈，根本不把別人放在眼裡。前幾天，陛下不是想派他去洛陽嗎，兩位爺派人過來一說，我和張姐姐立即去萬歲爺面前勸阻，他到底是沒去成。」張夫人說：「只要我們四人齊心，秦王還能飛上天？」李元吉說：「兩位夫人這麼照顧我們，說是我們的母后也不過分。」張、尹二妃聽了掩著嘴嬌笑起來。四人喝酒猜拳、說說笑笑。過了一會兒，幾個人酒勁兒上來，把一干宮女太監打發到外邊，肆無忌憚地作樂起來。

唐帝臥病後，秦王每天晨昏定省❸、服侍湯藥。過了七八天，唐帝覺得身子好些了，讓秦王回去歇息。秦王走到分宮樓，聽到裡面歡聲笑語，又是彈琴又是唱歌，心想：「父皇正生病，她們倒唱起歌來了。」忽然聽見裡面有人說：「這一杯應該是大哥喝的，反倒讓我喝。」正是李元吉的聲音。秦王本想進去教訓他們一番，但想著若是吵起來傳到父親耳朵裡恐怕會讓父親病上加病，於是將腰帶解下來掛在宮門上想要警示他們。

第二天五更，張、尹二妃送李建成、李元吉出門。忽然內侍拿著一條腰帶進來，說不知道是誰掛在宮門上的。李建成拿過來一看竟是秦王的，嚇得面無人色。張夫人看了，笑著說：「殿下不必慌。秦王既然留下了腰帶，我們就反咬他一口。」說完，她拿過腰帶割斷了幾處，和尹夫人一起去丹霄宮找唐帝，哭訴秦王昨晚借酒行凶想要姦污她們。

唐帝說：「世民這幾天一直在照顧我，昨天晚上我才讓他走，怎麼會做出這等事。你們不要冤枉他。」尹夫人哭著說：「妾和姐姐服侍了陛下這麼多年，什麼時候冤枉過別人。陛下要為我們作主啊。」兩人淚流滿面，抱著唐帝又哭又鬧。唐帝只得派人去問秦王到底是怎麼回事。秦王讀了聖旨就大概明白是怎麼回事，於是寫了一首詩讓人帶給唐帝。唐帝打開一看，上面寫著：家雞野鳥各離巢，醜態何須次第敲。難說當時情與景，言明恐惹聖心焦。

沒一會兒，宇文昭儀和劉婕妤也來見駕，唐帝以為又出了什麼事。兩人說，「聽說張、尹二妃來過，所以我們也來給陛下請安。」宇文昭儀見到龍案上的紙，問唐帝，「陛下怎麼寫起了鄭衛之音❹？」唐帝說：「愛妃怎麼知道是鄭衛之音？」宇文昭儀說：「這首詩排頭的四個字不是『家醜難言』嗎？」

---

❸【晨昏定省】這是古時子女侍奉父母的日常禮節。早上去問候安好，晚間要服侍就寢。

❹【鄭衛之音】鄭衛之音說的是春秋戰國時鄭、衛等國的民間音樂，因為反映的都是熱情奔放的民間生活，被古代的統治者定性為低級音樂。

唐帝歎口氣，將張、尹二妃告狀的事說了。宇文昭儀說：「這樣的事除非親眼看見，否則絕不能亂說。秦王這些年縱橫四海不知道見過多少美人，要說今天忽然相中兩位夫人恐怕不太可信。就說上個月，秦王平定洛陽，妾等搜羅了不少隋宮美人，可秦王從沒問過。兩位夫人曾經請陛下賞賜幾十畝土地給父母養老，秦王當時上書駁回了這件事，兩位夫人也許還記恨著。」三人正說著，一個內監進來回報說平陽公主過世了。唐帝聽了淚如雨下，宇文昭儀、劉婕妤勸了幾句。沒多久又有兵部奏本送進來，說吐谷渾聯合突厥可汗進軍岷州請唐帝派兵支援。唐帝下旨讓駙馬柴紹迅速料理好公主的後事，然後帶一萬精兵前往岷州，和燕郡刺史羅成一起殲滅突厥兵馬。

一天，英王和齊王在園圃騎馬試劍時候遇到進宮見駕的秦王。唐帝稱讚尉遲敬德武藝出眾，齊王不服，非要和尉遲敬德比槊❺。他還讓尉遲敬德把自己當成單雄信，要看尉遲敬德能不能從自己手裡搶到槊。尉遲敬德擔心傷了齊王不好交代，表示自己願意用沒有刃的木槊。兩人一番比試，尉遲敬德就從齊王手中三次奪下槊。李元吉惱羞成怒，便驅馬衝向一旁觀看的秦王。李元吉舉槊要刺秦王，尉遲敬德追上來，喊道：「尉遲敬德在此。」李元吉扔下秦王，揮槊直擊尉遲敬德，沒想到尉遲敬德一把抓住槊柄，猛一用勁就把李元吉從馬上拽了下來。一旁的黃太歲明著是趕過來救李元吉，卻也挺槊直刺秦王。尉遲敬德拿起槊，反手給了黃太歲一下，黃太歲當即墜馬身亡。

尉遲敬德見黃太歲死了，急忙回去稟報唐帝，說黃太歲想要謀害秦王被他殺了。李元吉說：「秦王故意讓尉遲敬德斬殺我的愛將，陛下一定要殺了尉遲敬德給黃太歲償命。」秦王說：「黃太歲想要殺我，敬德是在救我。」唐帝說：「朕從未下旨讓黃太歲動手，誰讓他擅自追擊秦王的。你們是骨肉兄弟，難道不應該相親相愛、互相扶持嗎？」

蕭皇后在突厥住了幾年，韓俊娥、雅娘、義成公、姜亭亭都先後去世了。沙夫人讓薛冶兒給王義做了繼室，將一直伺候蕭皇后的宮女羅羅許配給了趙王。突厥王沒有後嗣，死後由趙王繼位做了突厥的大王，號稱正統可汗，踞守龍虎關。

柴紹接到聖旨，派李如珪帶一千兵馬去通知羅藝父子。羅藝說：「現在的正統可汗是隋朝的趙王，聽說蕭皇后也在那兒，他們都是先朝的舊人。不如先帶人去勸服正統可汗，到時吐谷渾失去一大助力，打起來也容易些。」竇線娘想起自己曾經見過蕭皇后，想著或許能幫上忙也跟著去了。

羅成到了突厥陣前。李如珪本想立個頭功，結果被王義打得毫無還手之力。羅成和正統可汗親自對陣。羅成問趙王為什麼要和吐谷渾聯盟，趙王說：「我並沒有和吐谷渾聯盟，只

❺【槊（ㄕㄨㄛˋ）】槊是十八般兵器中的重型兵器之一，多用於馬上作戰。槊的種類很多，分爲槊柄和槊頭兩部分。槊柄一般長六尺，槊頭呈圓錘狀，有的槊頭上裝有很多鐵釘，殺傷力巨大。

不過是吐谷渾借我的名頭長威風。更何況唐帝的江山是從宇文化及手裡搶到的，他和我父皇並沒有仇怨。我聽說竇公主也來了，正好母后蕭娘娘在這，請公主進去見見吧。」

蕭皇后見到羅成夫婦，問起女貞庵四位夫人的情況，竇線娘說：「四位夫人由徐、楊、秦三家一起供養，一直過得很好。當初十六院夫人中的江夫人嫁給了程咬金，賈夫人嫁給了魏徵，羅夫人嫁給了尉遲敬德，他們夫妻都很恩愛，生兒育女。」沙夫人說：「想不到三位夫人有這樣的後福。幸虧當初沒和我們一起走。」蕭皇后說：「我早就想回去看看先帝的墳墓了。現在你們來了，我和你們一起回去，我就是死也要死在中原。」沙夫人勸她留下，可蕭皇后主意已定說什麼都要回去。趙王悄悄對沙夫人說：「母后為何

吐谷渾帶兵在五姑山與柴紹的人馬相抗。

要留她？這裡有母后一個就夠了，她想回去就讓她回去。」王義聽說蕭皇后要回去為隋煬帝掃墓，表示自己也要回去拜祭。過了兩天，羅成派人將趙王的事告訴柴紹，然後帶上蕭皇后一行人，換上趙王的旗號趕往岷州。

柴紹忙完喪事，立即帶兵前往岷州。吐谷渾帶兵在五姑山與柴紹的人馬相抗。忽然，五姑山後一聲炮響，喊殺聲四起。柴紹知道羅成的援兵到了，便和羅成前後夾擊將吐谷渾殺得大敗。

第四十四回　玄武門事變

平陽公主去世，唐帝派李世民去為公主送葬。秦王帶人回城的時候，有人來稟報說李建成、李元吉在普救禪院備好了酒菜請李世民過去喝酒。秦王還以為他們兩個人想通了，便帶著人去了。席間李建成、李元吉又是道歉、又是勸酒。秦王也沒多想拿起酒杯就喝，沒想到剛喝了半杯，忽然飛過來一隻燕子將酒杯撞翻了，灑了秦王一身。秦王起身更衣，忽然覺得腹痛難忍，連忙帶人回府，當晚秦王腹痛又吐血險些喪命。秦王知道是兩個兄弟給自己下毒，他手下的人又氣又急，紛紛勸說秦王早點把兩個人除掉。

唐帝得知此事忙去探望。秦王便將李建成、李元吉請他喝酒的事說了。唐帝喟歎一聲說：「當初朕想立你做太子，你不答應。建成已經做了這麼久的太子，朕怎麼忍心廢他。現在你們兄弟水火不容，你要是留在京城，以後不知會怎樣。這樣吧，你去洛陽，朕准你在那兒建天子旗號。」

秦王的家眷臣屬聽到這個消息，以為從此可以高枕無憂，各個歡欣鼓舞。李建成聽到消

息也覺得這是不錯的安排。李元吉卻喊道：「真要是讓他去了洛陽，我們就都活不成了。」李建成大驚，問他為什麼這麼說。李元吉說：「李世民有勇有謀，手下精兵強將無數，他在京城一舉一動都還可以控制，若是去洛陽做了一方霸主，地廣兵足，到時候別說是大哥，就是想讓父皇禪位也是一句話的事。」李建成聽了覺得很有道理，於是兩人讓唐帝的近臣想辦法勸唐帝將秦王留在長安。

一天，秦王正在院子裡賞蘭花。有人進來稟報說杜如晦、長孫無忌來了。長孫無忌皺著眉說：「臣等打探到東宮正在計畫除掉殿下呢，現在情況緊急，臣等恐怕以後不能服侍殿下了。」秦王忙問：「你打聽到什麼？」杜如晦說：「前天，東宮派人到楚中招了二三十個亡命之徒；月初的時候，河州刺史盧士良還往東宮送了二十多人；昨天晚上，我在驛站前面親耳聽到有三四十個關外的漢子說要去投奔東宮。殿下想想，太子殿下既不掌兵，又不習武，為什麼要召集那麼多人？」

秦王正想回話，徐立本、程咬金、尉遲敬德也來了，程咬金搖著扇子說：「天氣炎熱，事情如火，殿下想好怎麼辦了嗎？」秦王說：「骨肉相殘的事，我絕不會率先動手。」尉遲敬德說：「殿下想得不錯，可是我們必須早做準備，不能坐以待斃。」徐立本說：「兩位王爺想謀害殿下也不是第一次了，他們甚至還多次重金賄賂尉遲敬德、程咬金，殿下要是不早做準備，萬一有什麼事就來不及了。」秦王聽了，讓程咬金去找徐茂公，讓杜如晦、長孫無忌去找李靖，聽聽他們怎麼說。

李靖見長孫無忌和杜如晦喬裝改扮地過來，忙問怎麼回事。杜如晦將事情一說，李靖說：「秦王戰功赫赫、功在天下，兄弟鬩牆[1]這樣的小事，我怎麼幫得上忙。」長孫無忌和杜如晦再三懇求，李靖只是笑著搖頭。兩人沒辦法只得告辭離開。

不到一天，兩人就到了西府。長孫無忌將李靖的話告訴秦王。秦王說：「咬金回來說了，徐茂公也是這個意思。」秦王想了想，吩咐尉遲敬德去找張公謹來測吉凶。正說著，張公謹就來了，秦王將李建成、李元吉淫亂後宮的事告訴張公瑾，讓張公瑾卜卦，張公瑾笑著說：「卜卦是用來下定決心的，現在已經沒有第二條路可走了，哪裡還用得著卜卦？」

秦王說：「既然如此，我明天早朝就去參奏他們一本。」當時張公謹已經做了都捕，負責守衛玄武門，他對秦王說：「殿下，臣等雖然都是心腹，不過做事還是緊密一些的好，明天早朝臣自有應對的辦法。」

唐帝見秦王的奏章上寫著李建成、李元吉淫亂宮闈之事大吃一驚，批覆說明天就審問他們。張夫人、尹夫人知道秦王上書參奏的事，急忙派人通知李建成和李元吉。李元吉的意思是派精兵守衛王府，稱病不上朝，看看情況再說。李建成卻說：「我們手下這麼多精兵強將，有什麼可怕的，明天早朝跟他當面對質。」

第二天四更，秦王穿上內甲戰袍，尉遲敬德、長孫無忌、房元齡、杜如晦等人都在衣內裹好鎧甲。三聲炮響過後秦王帶人出府。走過兩三條街，遠遠看見一隊人馬，杜如晦讓人放炮，對方也放炮相應，原來是程咬金、尤俊達、連明等人。沒一會兒，斜刺裡又出來一隊人馬也放炮相應，是白顯道、史大奈等人。緊接著又一聲信炮，可不知道為什麼卻沒有人過來。眾人悄悄集到天策門樓。有人稟報說李建成帶著四五百人來了。秦王一聽提起劍就要過去，尉遲敬德說：「哪用得著主公親自動手。」說完，自己帶著一隊人衝了上去。東宮招募的那些死士怎麼可能是尉遲恭的對手，尉遲敬德一鞭下去掀翻了三四個。到了臨湖殿，秦王追上李建成，李建成連發三箭，可惜都沒射中。秦王拉開弓一箭射中李建成後心，李建成中箭跌落馬下。長孫無忌趕過去，一刀砍下了李建成的腦袋。李元吉見了急忙往後跑，這時邊上又響起一聲信炮，秦懷玉衝出來一槍將李元吉從馬上挑了下來。秦王飛奔過來，砍下了李元吉的腦袋。

當時翊衛軍騎將軍馮翊、馮立聽說李建成死了，想為李建成報仇，和副護軍薛萬徹帶上一千兵馬突襲玄武門。張公謹命人緊閉城門，把他們擋在外面。唐帝聽到外邊大亂，連問怎麼回事。尉遲敬德回覆說：「太子、齊王帶兵作亂，秦王已經將戰亂平息了。」唐帝大驚，忙問：「太子、齊王現在何處？」尉遲敬德說：「都被秦王斬殺了。」唐帝聽了拍案大哭。裴寂等人勸唐帝說：「陛下不要傷心了。秦王功高蓋世，陛下不如將國家大事都交付給他，以後不要再操

---

❶【兄弟鬩牆】原本是指兄弟相爭，後來比喻內部，特別關係親近的人因爲利益起紛爭。

心這些事了。」事已至此，唐帝也沒什麼辦法，只得封秦王為太子將國家大事都交給他處理。

武德九年八月，秦王在顯德殿繼位登基，唐高祖做了太上皇，長孫氏做了皇后。先太子李建成追封息隱王，齊王李元吉追封海陵郡王。李世民的長子，李承乾封為皇太子。

蕭皇后病好之後，和王義、竇公主等人一起去了女貞庵，大家抱著哭了一場，又各自說了分開以後的事。蕭皇后在女貞庵住了幾天，帶著王義夫婦去揚州為隋煬帝掃墓。蕭皇后看到隋煬帝的墳塚，抱著墓碑大哭，王義夫婦則雙雙撞死在碑上。賈潤甫問蕭皇后有什麼打算，蕭皇后說要去清江浦和羅成會合，跟他們一起進京。賈潤甫讓人置辦好棺木殮葬了王義夫婦，備好馬車護送蕭皇后去了清江浦。之後，蕭皇后和羅成一起進京，太宗皇帝將蕭皇后接到宮裡。貞觀九年五月，太上皇在太安宮去世。

秦王拉開弓一箭射中李建成後心，李建成中箭跌落馬下。

一天，太宗、長孫皇后以及妃子們在宮中閒逛，太宗覺得身邊的宮女雖然衣著整齊，但什麼年紀的都有，看起來很不協調。長孫皇后問了問宮女們的情況，才知道不少宮人在隋朝的時候就在宮裡伺候，現在都三十五六歲了。太宗說：「朕就一個人，嬪妃也不過三四個，用不著這麼多人伺候。」他和長孫皇后一商量，決定放一部分宮女出宮，下旨二十歲以內的留在各宮使喚，剩下的三千多人全都放出去。並吩咐魏太監寫告示昭告天下，讓宮女們的父母把能出宮的宮女領回去婚配。那些父母不在跟前的可以自行婚嫁。三千宮娥歡天喜地地謝了恩，收拾好東西出宮去了。

貞觀十年六月，長孫皇后病逝，太宗想起皇后生病的時候，曾經說過要重用房玄齡，於是下旨讓房玄齡官復原職。

一天，太宗忽然生了重病，迷迷糊糊見到很多已經死掉的人，心裡十分害怕但就是清醒不過來，直到秦瓊、尉遲恭過來問安才能睜開眼睛。他覺得秦瓊、尉遲恭殺氣重，能夠震懾鬼怪，於是讓人將兩人的畫像貼在宮門上，封兩人做了門神。太宗病好之後，魏徵說太宗之所以生病，是因為宮中陰氣過重，讓太宗將先帝的嬪妃們放出宮去。太宗覺得有理，於是把包括張夫人、尹夫人在內的三千多個妃嬪、宮人全都放了出去。如此一來宮中就空了，太宗又派唐儉去民間點選一百個十四五歲的女子做秀女。唐儉回來後，太宗將秀女們放到各宮中使喚，唯獨留下武媚娘做了才人，讓她住在福綏宮，對她十分寵愛。

第四十五回　武媚娘掌權

武媚娘的父親武士彠曾經是唐高祖時的一個都督，因為性格恬淡索性辭官歸隱。他和妻子過了四十都沒有孩子，他就娶鄰居家的女兒張氏做了小妾。張氏生下女兒武媚娘，不久就去世了。武士彠夫婦十分疼愛這個女兒，武媚娘自幼聰慧，聞一知十。她七歲的時候，武士彠就請了先生教她讀書寫字，長到了十二三歲已有傾國傾城之貌。唐儉派人教秀女們歌舞音樂，武媚娘一學就會。宮中規矩森嚴，可武媚娘卻不像其他人那樣戰戰兢兢。她嬌憨、大膽、縱情縱性，太宗喜歡她的率性便對她更加寵愛。

長孫皇后的兒子太子承乾貪圖享樂，魏王李泰是太子的弟弟、韋妃的兒子。太宗因為魏王有才，一直非常寵愛他。魏王見長孫皇后死了，太子又沒本事，就想爭奪太子之位。太子知道後派人暗殺魏王，吏部尚書侯君集勸太子一不做二不休，直接逼宮謀反。太宗得到消息勃然大怒，將太子承乾貶為庶人。第二天，魏王進宮，褚遂良、長孫無忌極力勸說太宗立仁愛孝順的晉王李治做太子，太宗准奏。

蕭皇后知道自己年紀大了，無論如何也鬥不過青春貌美的武媚娘，所以並沒有太多想法。可武媚娘見蕭皇后長得豐盈妖豔，一點也不像是五十歲的人，便想方設法讓太宗冷落她，又用兩個粗笨的宮女換走了蕭皇后身邊的貼身宮女小喜。蕭皇后因此愁眉不展，沒多久就死了，太宗下旨將蕭皇后和隋煬帝合葬。

蕭皇后死後，武才人十分高興，每天陪著太宗，迷得太宗神魂顛倒。一天，太史令李淳風發現太白金星竟然在白天出現了，急忙起卦，結果是「女主昌」。當時民間也出現了「唐三世之後，女主武王代有天下」的說法。太宗聽了十分惱火。李淳風說：「以天象來說，這個人已經在宮中了。」太宗問：「我要是把和這個預言沾邊的人都殺了，你覺得怎麼樣？」李淳風說：「天命如此，陛下要是沒殺掉預言裡的那個女主，不過是徒增殺戮，後果會更嚴重。」太宗想起武媚娘姓武，心裡有些不舒服。但他覺得武媚娘性格柔順，所以始終下不了手。武媚娘也知道此事，想著太宗雖然現在還沒有殺她，但以後恐怕就難說了。所以一直考慮保全自己的辦法。

後來太宗病重，太子李治進宮看望卻迷上了武才人的美貌。兩人本想悄悄地說上幾句話，可是一直沒有機會，只能眉目傳情。一天，李治又進宮伴駕，兩人總算逮到機會互訴衷腸。晉王詛咒發誓，說等自己做了皇帝一定封武媚娘為皇后，並留下九龍羊脂玉鉤給武才人做信物。

太宗知道自己時日無多，心想：「不能留下武才人禍害後人。」他問武媚娘：「外邊的傳言，你知道吧，你有什麼打算？」武媚娘跪床邊，哭著說：「妾服侍皇上這麼多年，從不敢有一星半點的錯處。皇上若是處死臣妾，臣妾死不瞑目。陛下若是還記得一點臣妾的好處就讓臣妾出家吧，以後每天伴著青燈古佛為陛下祈福。」說完大哭不止。太宗原本就不願意殺她，聽她說願意出家便依了她。

武媚娘來到感業寺出家，庵主法號長明，見媚娘千嬌百媚，心想：「這樣風流的樣子怎麼做得了尼姑？」她歎口氣，吩咐武媚娘在佛祖面前跪下親自給她剃度。

貞觀二十三年五月，太宗病危。他將長孫無忌、褚遂良、徐茂公等人召到床前，囑咐他們好好輔佐太子。當晚太宗就去世了，太子李治繼位，也就是唐高宗。

武媚娘在感業寺聽說太宗病逝大哭了一場。高宗在太宗的忌日到感業寺進香，武媚娘見到高宗淚流滿面，高宗也忍不住哭了起來。高宗走時吩咐長明讓武氏蓄髮，過一陣子就來接她。

武媚娘被唐高宗接進宮後被封為昭儀，轉年就生了一個兒子，第二年又生了一個女兒。高宗因此越發寵愛她。武媚娘知道皇帝已經厭倦了王皇后和蕭淑妃，就想除掉兩人自己做皇后。一天，王皇后來看望武媚娘的女兒，武媚娘等皇后走了親手將自己的女兒悶死。之後高宗過來想見女兒，結果發現女兒已經死了。武媚娘忙問內侍是誰照顧公主的，宮人跪下說：

「公主剛剛還好好的，只有皇后來的時候小的們出去了一下。」高宗大怒，認定是皇后殺了小公主，便想廢了王皇后立武媚娘為后。

高宗下旨召長孫無忌、褚遂良、徐茂公進宮商量此事，徐茂公推說身體不適沒去。褚遂良極力勸阻高宗廢后，武媚娘在簾幕後面喊：「陛下，這樣忤逆的人，不如拉出去殺了。」長孫無忌說：「先帝曾經下旨就算褚遂良犯錯也不能對他用刑。」

過了幾天，中書舍人李義府上書進諫，說請皇帝立武昭儀做皇后。高宗問徐茂公：「朕曾經問過褚遂良，他說不行。愛卿怎麼看？」徐茂公說：「這是陛下的家事自然由陛下作主。」許敬宗說：「就是尋常百姓多收了十斛麥子還想著換老婆，更何況是陛下。」高宗於是下旨將王皇后和蕭淑妃貶為庶人，封武昭儀

李顯雖然做了皇帝，可是朝堂上的大小事務仍掌握在武媚娘手裡。

為皇后。褚遂良先被貶為潭州都督，後來又被貶為刺史，最後死在赴任的路上。

武媚娘做了皇后之後開始參與朝政，每天和高宗一起上朝聽政，當時的人稱為二聖。高宗開始的時候是喜歡武媚娘，到了後來就開始有些懼怕。他下旨封武媚娘的父親為周國公，武媚娘的母親為榮國大夫人，武氏夫婦因為沒有兒子，就認侄子武三思做兒子，高宗也給他封了官。武媚娘記恨王皇后和蕭淑妃曾經折辱過她，派人將她們的手腳砍斷做成人彘放入酒缸，這樣她才消氣。

後來，高宗得了眼疾，就將奏摺都交給武后裁決。沒多久高宗去世了，英王李顯做了皇帝，號唐中宗，李顯的妻子韋氏做了皇后，武媚娘做了皇太后。李顯雖然做了皇帝，可是朝堂上的大小事務仍掌握在武媚娘手裡。

一天，中宗說要封韋皇后父親韋元貞做侍中，裴炎上書勸阻。中宗火冒三丈，說了一句：「這天下都是朕的，別說一個侍中，朕就是想把天下給韋元貞也行。」這話傳到武后的耳朵裡，武后勃然大怒將中宗貶為廬陵王送去了房州。另立豫王李旦做了皇帝，號唐睿宗。睿宗繼位後，只能住在別宮，朝堂上大小事務仍由太后把持。

太后知道李家宗室一定不滿意自己的所作所為，就故意掀起告密之風，讓索元禮、周興、來俊臣羅織罪名，想要除掉李家所有的宗室。中宗在房州聽到消息後嚇得面無人色。從此一聽說太后派使臣過來就想自殺。韋后勸他說：「生死由命，更何況也未必就是賜死，殿下不要慌。」中宗因為韋后的鼓勵才稍感寬慰。

一天，武三思在宮中閒逛，遇到太后身邊的女官上官婉兒，上官婉兒說韋皇后曾多次稱讚過他，想派他去房州看看廬陵王。

武三思領旨到了房州，聽說中宗成天心無旁騖地跟和尚談經論道，心想這樣看來廬陵王確實沒有異心。第二天，武三思正式拜訪中宗，武三思說起徐敬業發檄文討伐太后的事。中宗大罵：「這樣一個犯上作亂的小人，等抓住他一定要碎屍萬段。」兩人正說著，侍從稟報說，酒席準備好了。武三思跟著中宗往裡走的時候，韋后身邊的一個宮奴悄聲說：「武爺別喝醉了，娘娘還要出來跟武爺說話。」

到了晚上，武三思靠在桌邊看書，韋后悄悄走進來並送了武三思不少東西，兩人又說了些情話。武三思說：「你放心，回去之後，一定在太后面前幫你們說話，用不了多久你們就可以回去了。」韋后說：「好，妾有一枝鶴頂❶送給你做信物，這對碧玉連環你幫我交給婉兒，說謝謝她。」武三思擔心太后疑心，不敢在房州多作停留，三天後便辭別中宗回了長安。

太后掌管朝政的時間久了，就生出了自己稱帝的心思。她有一個男寵叫傅遊藝，多次慫恿她更改國號自己做皇帝。太后就下定決心將唐朝改為周朝，自稱聖神皇帝，命人建立武氏

---

❶【鶴頂】用鶴的頭蓋骨加工成的飾品。

宗廟❷。

武三思回到長安後，跟太后說盧陵王一直十分掛念她，每天都去感德寺為她祈福。太后聽了便下旨將盧陵王召回了京城。

❷【宗廟】古代帝王、諸侯等設立的祭祀祖宗的地方，也是國家政權的代稱。

第四十六回　武三思稱霸

高宗死後，武后在身邊養了很多男寵，白馬寺主持薛懷義就是其中之一。武后封他做了鄂國公，薛懷義仗勢作威作福變得越來越驕橫。他和武后關係近，很多人為了走門路偷偷送金銀珠寶給他，他都照單全收，他還在自己府中還養著很多花容月貌的女人。

一天，武后派人傳召薛懷義進宮。薛懷義喝了不少酒，正和那些女人快活，聽到旨意竟然火冒三丈，說：「宣什麼宣，大爺這邊這麼多嬌花嫩蕊都照顧不過來，哪有工夫去伺候一棵老樹枯藤？」這話傳到武后耳中，武后勃然大怒。太平公主說：「一個不知好歹的禿驢，母后有什麼可氣的，我明天就去把他殺了。」

第二天，太平公主讓二十多個健壯的宮娥埋伏好，派人宣薛懷義進宮。薛懷義酒醒之後知道自己闖了禍，聽說武后宣他進宮急忙趕來賠罪，沒想到等著他的竟然是太平公主。太平公主將他引到一個偏僻的角落，那二十多個宮娥衝上來將薛懷義摁倒在地上活活打死了。薛懷義死了之後，太平公主讓人將薛懷義的屍體帶到白馬寺一把火燒了。

武后的男寵中，還有張易之和張昌宗兄弟。這兩人本是進京趕考的舉子❶，武三思見兩人長得眉清目秀，就把他們引薦給了太后。兩人仗著太后的寵愛囂張跋扈，只對狄仁傑還有所忌憚。狄仁傑死後，朝中只剩宋璟敢說實話。太后很敬重宋璟，連武三思都不敢輕易得罪他。

朝堂上張柬之、桓彥範、敬暉、袁恕己等人都是狄仁傑所引薦，他們跟宋璟說一定要想辦法除掉張易之和張昌宗。

一天，中宗帶人去南山打獵，張柬之等五人隨行。到了山中僻靜之地，五人一起下馬跪在中宗面前說：「臣等聽說太后想傳位給張昌宗，現在還不知道是真是假。但萬一是真的，陛下恐怕就沒有退路了，陛下還是早些謀劃的好。」

中宗聽了大吃一驚，忙問：「那怎麼辦？」張柬之說：「現在只能想辦法除掉張氏兄弟，只有這樣陛下才能保全。」中宗說：「太后還在，怎麼殺得了？」張柬之說：「臣已經準備好了，陛下不用擔心。」中宗說：「你們可以殺張氏兄弟，但武氏的族人都是我的表親，你們看在太后的面子上不要妄動。」張柬之說：「臣會帶兵殺進宮裡，要是遇不上就不殺，要是遇上了刀劍無眼，臣也作不了主。」中宗說：「好吧，等我恢復帝位，一定封你們為王。」

那天，武三思聽說中宗帶人出去打獵，就到中宗府裡找韋后廝混。兩人玩得正開心，有人跑進來說中宗回來了。武三思嚇得渾身發抖，韋后說：「怕什麼，整理好衣服，我們去外邊的書房下棋。」

中宗進來看見他們，笑著說：「你們兩個倒挺自在。」武三思起身說：「天色已晚，我這就回去了，改天再來和娘娘下棋。」中宗說：「既然晚了，吃過飯再走吧。」吩咐人準備酒菜，又將上官婉兒叫來，四個人一起擲骰子喝酒。到了初更，中宗著急起來，心想：「到現在還沒有動靜，難道張柬之他們放棄了？要是這樣就把武三思放回去吧。」又想：「不行，得先讓人去打聽一下再說。」於是對上官婉兒說：「你看他們兩個擲，我出去一下。」不一會兒就聽見外面響起嘈雜之聲，韋后聽見，忙問：「發生什麼事了？」話還沒說完，中宗就進來說：「武大哥你和婉兒先去後邊坐一會兒吧。」武三思問為何，中宗就將張柬之五人準備殺掉張氏兄弟的事說了。又說：「我一直不讓你走，就是擔心你受到連累，現在他們應該已經殺掉張氏兄弟了。」武三思聽了嚇出一身冷汗，哆哆嗦嗦地跪在地上說：「多謝萬歲爺救命之恩。」

張柬之等人帶著兵馬衝進後宮的時候，張氏兄弟正和武后躺在一起酣睡，軍士們衝上去一刀一個，兩個人根本來不及反應當場就死了。太后大驚，張柬之等人逼著太后搬去上陽

---

❶【舉子】參加科舉考試的讀書人。

宮，又搶了玉璽交給中宗。中宗恢復帝位後，把國號改回唐，封韋后為皇后，封韋后的父親韋元貞為洛王，母親楊氏為榮國夫人，並實現諾言將張柬之等五人全都封了王。

張柬之說：「陛下仁厚，不忍心殺害親人。但武三思絕不能繼續做宰相了。」中宗沒辦法只得將武三思降為司空。洛州長史薛季昶長歎一聲，對五王說：「武三思不死，我們恐怕就要死了。」可惜五王並沒有放在心上。中宗下旨，賜母親封號為則天，稱她大聖皇帝，封弟弟李旦做了湘王。

武后到了上陽宮後，想起當初覺得就像做了一場夢。她年紀大了又沒有人陪伴，沒多久就病了。武三思聽說後覺得有些愧疚就去上陽宮看她，他見武后臉色蠟黃、單薄瘦弱，大吃一驚地說：「臣因為有事，不能常來探望陛

「武三思不死，我們恐怕就要死了。」

下，沒想到陛下已經瘦成了這個樣子。」武后說：「我的兒啊，我唯一擔心的是我死後武氏一族不知道能不能保全。」

武三思說：「陛下別擔心，聖上已經說了會保全武氏全族的，你只要好好調養身體就好了。」武三思又說：「臣其實早就想來看望陛下了，可是張柬之那些人看管得太嚴。」說到這裡，武三思忍不住大哭起來。武后長歎一聲，說：「我現在已經幫不上你什麼了。你可以去和韋后商量。等你除了那五個人就可以安枕無憂了。」武三思連連點頭。武后又說：「去叫皇上來，我還有幾句話想要跟他說。」武三思急忙去請中宗過來，武后又叮囑了中宗幾句，沒幾天就去世了。

武三思手下有五人，分別是兵部尚書宗楚客、御史中丞周利用、侍御史冉祖雍、太僕李俊、光祿丞宋之遜、監察御史姚紹之，這五個人和韋后、上官婉兒每天在中宗面前說五王的壞話。武三思又讓人將皇后的穢行寫成榜文貼到了天津橋上，上面寫著希望中宗廢掉韋后。中宗聽說後火冒三丈，命監察御史姚紹之徹查這件事。結果姚紹之上奏說幕後主使是張柬之等五王，又說：「五王這麼做，表面上看是要廢后，其實是想造反。陛下要為皇后雪恥，一定殺了這幾個人。」中宗於是下旨將張柬之等五人流放各地。武三思派人在半路將五個人殺了。五王死後，武三思權傾天下再沒人能制住他。中宗軟弱無能，什麼事都去問武三思的意見。韋后常跟武三思說：「我要是能像武后那樣也做一回皇帝就心滿意足了。」

第四十七回　想學武則天的女人

中宗和韋后的女兒安樂公主府裡有兩個小官，一個叫馬秦客精通醫術，一個叫楊均，精通烹調。兩人長得儀表堂堂，非常得安樂公主喜歡，安樂公主還把他們引薦給母親韋后。韋后見了他們也很喜歡，封馬秦客為散騎常侍，楊均為光祿少卿。

一天魏元忠進宮見駕，中宗說想廢掉太子重俊，立安樂公主為皇太女，問魏元忠覺得怎麼樣。魏元忠說：「太子又沒有犯錯，陛下怎麼會想廢掉太子呢？皇太女這種說法以前從沒有過，若是封公主做了太女，那駙馬怎麼辦？」中宗一想也是，就將這件事放下了。韋后和安樂公主聽說後心裡十分不滿。安樂公主一心相當太女，所以極力慫恿韋后專政，但一時也沒什麼好辦法。

一天，韋后偷偷地讓人宣楊均過去，對楊均說：「陛下進來越來越聽外臣的話，看來已經不相信我們了。」楊均說：「娘娘不用擔心，陛下捨不得娘娘的。等陛下千秋❶之後，天下就是娘娘的了。」韋后搖頭說：「陛下的身子一直不錯，我的美貌又能留多長時間呢？要是他以後變了心，我恐怕等不到那個時候。」楊均想了想說：「那娘娘的意思是？」韋后貼著他的耳朵說：「有什麼藥能解決這件事嗎？」楊均長吸一口氣，頓了頓，說：「馬秦客那裡有藥，只是這事非同小可，一定要十分謹慎，千萬不能急。」

太子重俊聽說韋后想要廢了他十分害怕，他擔心武三思、上官婉兒那些人會謀害自己，所以就想先發制人。他和東宮屬官李多祚（ㄗㄨㄛˋ）等人帶御林軍殺進武三思家，將武三思一家男女老幼全都殺了。之後，這些人又想衝進皇宮殺掉上官婉兒。中宗得到消息嚇得臉色大變，連忙派內官楊思勖帶人狙擊李多祚。李多祚戰敗自刎，太子也死在亂軍之中。

一天，許州參軍燕欽融上書指責韋后干政。中宗還沒發話，韋后卻直接傳旨將燕欽融殺了。中宗心裡不高興，臉上就表露出來了。韋后對楊均說：「老東西已經變心了，我前一陣子跟你說的藥，準備好了嗎？再不動手就晚了。」楊均說：「馬秦客有一種藥，人吃了會肚子痛、說不了話，要是再喝口人參湯必死無疑，身上也不會留下痕跡。」韋后說：「好，快點把藥拿來。放心，事成之後少不了你的富貴。」

韋后知道中宗喜歡吃三酥餅，便將藥包在餅餡裡。那天中宗在神龍殿中閒坐，韋后拿餅給他吃，中宗吃了幾個，沒一會兒就覺得腹中劇痛。中宗倒在榻上亂滾，韋后裝模作樣地

---

❶【千秋】對他人死亡的一種婉轉的說法。

問：「陛下，你怎麼了，那裡不舒服？」中宗說不出話，用手指著嘴，韋后急忙對內侍說：「陛下想喝湯，快去取人參湯來。」人參湯早就準備好了，韋后接過來直接給中宗灌了進去。到了晚上，中宗就駕崩❷了。

韋后殺了中宗後封鎖了消息。太平公主卻從一些蛛絲馬跡中知道中宗的死一定不簡單，可是卻沒有證據，只能暫時忍耐。她找到上官婉兒跟她商量扶湘王李旦上位，韋后和安樂公主卻想扶溫王重茂上位。兩人先是迅速召集大臣進宮，說中宗因急病過世留下遺詔立溫王重茂為太子繼承皇位。因為重茂只有十五歲，所以由韋后臨朝聽政。宗楚客對韋后說：「想要社稷安穩，一定要除掉湘王和太平公主。」韋后覺得有理，就讓他和安樂公主負責此事。

湘王的第三個兒子臨淄王李隆基曾經做過潞州別駕，罷官回京後發現京城動盪不安。兵部侍郎崔日用原本是韋后的人，但他十分看好李隆基，所以私下告訴他韋后準備除掉湘王和太平公主。李隆基聽了，忙將此事告訴了太平公主，又聯繫好內苑總監鍾紹京、果毅校尉葛福順、御史劉幽求、李仙鳧等人打算先發制人。太平公主讓她的三個兒子薛崇行、薛崇敏、薛崇簡過去幫忙。

葛福順問李隆基說：「王爺，這件事要不要先跟湘王說一聲。」李隆基說：「我們為社稷舉事，事情要是成了，父王能永享平安。但要是敗了，死的是我連累不了他。更何況我們先跟父王說，他若是不答應呢？」於是眾人換好衣裳潛進內苑。到了晚上，天上竟然下起了流星雨。劉幽求說：「看來老天也會保佑我們成功。」他大喊一聲：「韋后毒殺先帝，謀害社稷，人人得而誅之，誰敢幫助逆黨誅滅三族❸。」便帶人衝了上去。

韋后聽到外邊的喊殺聲嚇得驚慌失措，只穿了見小衣就往出跑，正遇上楊均、馬秦客。三人在慌亂中都被殺死。

第二天早朝，太平公主就廢掉少帝重茂，立湘王做了睿宗皇帝，重茂做回了溫王。

景雲元年，大臣們開始商議立太子的事。睿宗不知道是立嫡長子宋王李成器好，還是立有功的平王李隆基好。宋王說：「立儲的事，應該是國家安定的時候先考慮嫡長子，國家動盪的時候先考慮有功的。現在國家不穩，請陛下立隆基做太子。」睿宗於是下旨，立平王李隆基做了太子。

太平公主和太子隆基一起除掉韋氏立了大功，勢力倍增。太平公主聰慧過人，而且極擅權謀，朝廷之事睿宗都會和她商量。宰相以下的官員升遷貶斥幾乎都由她掌控，所以有不少趨炎附勢的人投奔她。太平公主得意忘形，慢慢地生出了掌權的心思。她擔心李隆基是自己的阻礙，便想讓睿宗廢了他，於是就在睿宗面前說太子大肆結交大臣，恐怕要圖謀不軌。睿

❷【駕崩】中國古代稱帝王的死爲駕崩。
❸【三族】三族有兩種說法，一種是父、子、孫三族，另一種是父、母、妻三族。

宗聽得多了，慢慢生了疑心。

一天，睿宗問侍臣韋安石說：「聽說朝中有不少大臣都和太子有私交，你可知道？」韋安石說：「陛下難道還不了解自己的兒子嗎？太子仁孝，陛下可別聽了別人的讒言，傷了父子之情。」

太平公主又讓人散播謠言，說李隆基即將發動兵變。睿宗聽說後便問身邊近臣，大臣們則說：「這一定是奸人造謠，想要離間陛下和東宮的關係。陛下不如派太子監國，到時流言不攻自破。」睿宗覺得有理，便下旨命李隆基監國。

太極元年七月，彗星❹直衝太微星❺。太平公主讓術士跟睿宗說這是太子將做天子的徵兆，想要以此刺激睿宗。沒想到睿宗聽了哈哈大笑，說：「我正擔心是什麼不好的預

太平公主聰慧過人，而且極擅權謀，朝廷之事睿宗都會和她商量。

兆呢，既然天意說太子該做皇帝，我馬上就傳位給他。」於是，睿宗便下旨擇日傳位給太子。太平公主聽了極力勸阻，李隆基也上表推拒。不過睿宗主意已定，到了八月就把皇位傳給李隆基，自己做了太上皇。李隆基即為唐玄宗，他登基之後，封自己的妻子王氏做了皇后。

太平公主見自己的計畫未能得逞，一直憤憤不平，她和朝臣蕭至忠、岑羲、竇懷貞等人商議，想要假傳太上皇懿旨廢了玄宗，另立新君。開元元年七月，王琚私下奏報玄宗說太平公主想要弒君謀反。玄宗不信，侍郎魏知古走進來說：「臣有一件機密要稟報皇上。臣得到消息，公主將會在這個月四號動手，陛下必須要馬上想好對策。」玄宗心想看來不得不防，於是下旨岐王李範、薛王李業、兵部尚書郭元振、龍武將軍王毛仲、內侍高力士等人帶兵到虔化門斬殺岑羲、蕭至忠。太平公主得到消息逃進寺廟，最後還是被玄宗抓住，被賜死在公主府。

---

❹【彗星】繞著太陽轉的一種星體。由於看起來像掃把，所以又叫掃把星。古代的人常把彗星和戰爭、瘟疫等災難聯繫到一起，不過這並沒有什麼科學根據。

❺【太微星】三垣之一，包含十顆星，常用來表示朝廷或帝皇的住處。

第四十八回　楊、梅爭寵

唐玄宗登基之後，在一段時間內勵精圖治十分英明。他在姚崇、張說、宋璟等人的輔佐下將大唐治理得國富民強。可是後來朝中重臣逐漸凋零，玄宗皇帝做久了也慢慢懈怠起來。他剛繼位的時候崇尚節儉，曾經殿前焚燒珠玉錦緞以示決心，還下令將放了一千多個宮人出宮，但到後來卻喜歡上了奢華美色。當時最得寵的妃子是武惠妃，皇后王氏都因為她被廢了。她誣陷太子李瑛以及鄂王、光王，結果玄宗一天之內連殺三個兒子，震驚了朝野內外。武惠妃難產去世之後，玄宗非常難過。高力士勸玄宗選秀，玄宗於是下旨從民間選取有才有貌的女子進宮。

閩中興化縣珍珠村，有個叫江仲遜的秀才。他有個女兒名叫江采蘋，不但人長得漂亮，還飽讀詩書，琴棋書畫樣樣精通。江仲遜對這個女兒十分寵愛，女兒喜歡梅花，他就讓人到江浙山中尋找各種梅花移植到家中。高力士到了興化，聽說江采蘋的芳名，就將她選進宮裡。當時，剛滿十六歲江采蘋美貌無雙，玄宗一見驚為天人。玄宗知道她喜歡梅花，就讓人在宮中四處種滿梅花，封江采蘋做了梅妃。梅妃說：「不知道陛下對臣妾的心，會不會像這梅花一樣終有落下的一天。」玄宗說：「朕的心，花神可鑒。」

一天，玄宗邀請王爺們進宮賞梅。酒席吃到一半，忽然有絲絲嫋嫋的笛聲傳過來，王爺們問玄宗是誰在吹笛子，吹得這麼美。玄宗說是梅妃，又讓人將梅妃請過來和王爺們相見。玄宗說：「朕的梅妃最擅長驚鴻舞，王爺們也看看。」梅妃領旨，一舞下來，那些王爺果然連聲道好。玄宗又讓梅妃為王爺們斟酒。當時寧王已經醉了，見梅妃過來敬酒連忙起來接，沒想到起得急了一腳踢到梅妃的繡鞋上。梅妃大怒，轉身就走了。

寧王嚇得魂不附體，離開皇宮後連忙去找楊回商量辦法。楊回說：「沒事，我有兩條計策，只要照辦包你無事。」

第二天早朝，寧王光著上身跪在地上請罪，說自己昨天醉酒不小心碰到了梅妃的鞋。玄宗說：「我要是因為這件事處置你，天下人都會說我重女色、輕臣子了。你既然不是有心的，朕不怪你。」寧王連忙磕頭謝恩。楊回私下對玄宗說：「陛下的宮裡已經有那麼多美人了，怎麼還讓高力士尋訪美人呢？」玄宗說：「嬪妃倒是不少，可是沒有一個絕色的。」楊回說：「陛下要是想找絕色的，恐怕沒人比得上壽王的妃子楊玉環。」

玄宗一聽來了興致，連忙讓高力士去宣楊玉環進宮。楊玉環聽到消息，哭著對壽王說：「妾本想和殿下白頭偕老，可是這次進宮恐怕就回不來了。」高力士在邊上不住地催促，楊玉環只得和壽王訣別了。

玄宗見到楊玉環的時候正是晚上。當時燈燭相映，楊玉環美得像是月宮中的仙子一樣。果真是回頭一笑百媚生，六宮粉黛無顏色。玄宗想納楊玉環為妃，但楊玉環終究是壽王的妃子，玄宗怕傳出去不好聽。高力士想出一個辦法，讓楊玉環先出家做道士，之後再還俗，就算名正言順了。於是玄宗給楊玉環賜了一個叫「太真」的法號，讓她去太真宮暫時出家。玄宗為了補償壽王，又為壽王娶了左衛將軍韋昭訓的女兒做王妃。一段時間之後，玄宗封太真宮女道士楊氏為貴妃，封楊貴妃的叔父楊元珪為光祿卿，表兄楊釗為侍郎，並給他改名為楊國忠。楊家從此開始權傾天下。玄宗自從有了楊貴妃就慢慢地疏遠梅妃了。

一日梅妃問宮女嫣紅說：「陛下好久都沒到我這兒來了，知道是什麼原因嗎？」嫣紅說：「奴婢不知道，不過高力士一定知道。」梅妃於是讓嫣紅去找高力士。高力士說：「聖上剛剛納了壽王的妃子楊妃，自從楊妃入宮，陛下沒有一天不笑的，賞了她不少金銀珠翠，楊妃的家人全都封了官，楊妃的儀仗幾乎和皇后不相上下。」

梅妃聽了，傷心地說：「我剛入宮的時候就擔心有這麼一天，現在果然到了，你回去吧。」嫣紅說：「娘娘不要傷心，不如先去南宮看看情況。」梅妃拿起梳子，看著菱花寶鏡裡的自己，歎道：「天啊，我江采蘋這樣的才貌怎麼會憔悴到這樣的地步！」話還沒說完，眼淚就落了下來。嫣紅等人忙過來勸她。梅妃這才提起精神打扮起來。

玄宗見到梅妃，說：「愛妃怎麼來了？」梅妃說：「我今天看見天氣不錯，隨便走走。」玄宗說：「我剛剛看這花開得這麼好，還想著，得派人找愛妃過來看呢。」梅妃說：「聽說陛下新納了一個楊妃，妾過來道喜，順便看看妹妹。」玄宗笑著說：「楊妃只是朕一時拈花惹草得來的，不值愛妃一看。」梅妃堅持要看，玄宗於是宣楊妃出來見過梅妃。兩人見過禮，玄宗命人擺酒設宴。又讓梅妃和楊妃作詩。梅妃寫的是：撇卻巫山下楚雲，南宮一夜玉樓春。冰肌月貌誰能似？錦繡江天半為君。

玄宗看了連連稱好，又拿給楊玉環看。楊玉環看了梅妃的詩，心想：「這首詩寫得雖然好，但分明是在嘲笑我，撇卻巫山下楚雲，是說我離開壽王跟了皇上。錦繡江天半為君，是說我胖。」楊玉環便笑著對梅妃說：「娘娘過獎了，我看娘娘美豔無雙，我也要給娘娘寫一首。」拿過紙筆也寫了一首。

梅妃拿過來一看，上面寫著：美豔何曾減卻春，梅花雪裡亦清真。總教借得春風早，不與凡花鬥色新。梅妃心想：「她說梅花雪裡亦清真，是笑我瘦弱，她說不與凡花鬥色新，是笑我過時了。」梅妃不覺惆悵起來。梅妃性格柔順，根本鬥不過楊玉環，沒多久就被遷去了陽東宮。

一天，玄宗閒逛到梅園忽想起梅妃，讓高力士去看看梅妃怎麼樣了。高力士回來說：「梅妃聽說陛下讓奴才去看她高興極了。梅妃還說：『陛下既然讓你來看我，就是還沒忘了我。』還讓奴才代她叩謝陛下呢。」玄宗聽了覺得非常慚愧，說：「朕怎麼會忘了她。」之後，讓高力士偷偷將梅妃帶到翠花西閣見面。梅妃問高力士：「皇上想要見我，怎麼還要鬼鬼祟祟的？」高力士說：「陛下是怕楊妃知道呢。」梅妃聽了只得深深歎了口氣。

楊妃聽說玄宗召梅妃去了翠花西閣火冒三丈，連忙趕了過去。玄宗聽說楊妃來了，抱起梅妃把她藏在了夾幕裡。楊妃問玄宗：「陛下怎麼起晚了？」玄宗說：「是愛妃來得早。」楊妃說：「我聽說來了一個梅精，特意來看看。」玄宗說：「梅妃在東樓呢，怎麼會在這裡。」楊妃大罵：「看看床下的鞋、枕邊的釵，昨天是誰伺候陛下的，害得陛下到現在還不能去上朝？」玄宗急忙道歉，楊妃將床上的金釵往地下一摔轉身走了。一個內監見事情緊急連忙將梅妃送回去。楊妃走了之後，玄宗又想找梅妃說話，沒想到已經被人送回去了，於是勃然大怒把那個內監殺了。玄宗讓人拿些金銀珠翠給梅妃送去。梅妃回覆說：「告訴陛下，他的心意我收到了，這些東西我就不收了，免得他又受氣。」

第四十九回　楊貴妃認子

營州有一個胡人名叫安祿山。他原本姓康，叫阿落山，母親改嫁後，他就改姓了安。這個人奸猾狡詐，極擅長揣摩別人的心思。安祿山所在的部落散了之後，他就去幽州投奔節度使張守珪，張守珪很喜歡安祿山收他做了養子，經常把他帶在身邊。

一天張守珪洗腳的時候，安祿山發現張守珪左腳下面有五個黑痣，張守珪說：「我這五顆黑痣，人家都說是貴相。」安祿山說：「真巧，我的腳下也有痣呢。」張守珪聽了，讓他脫了鞋給自己看，果然兩隻腳下各有七顆黑痣，看起來像是北斗七星❶一樣。從此，張守珪更加喜歡安祿山了，只要有機會就藉著軍功引薦他，一直將他扶上了平盧討擊使的職位。

有一次安祿山在和契丹交戰時，仗著自己勇武過人，不聽張守珪的調遣帶兵追擊，結果大敗而回。張守珪雖然寵他，但最重視軍規，於是讓人押安祿山進京交給朝廷處置。安祿山

❶【北斗七星】由天樞、天璿、天璣、天權、玉衡、開陽、搖光七星組成，看起來很像勺子。

到了京城用重金賄賂內侍，讓他們在玄宗面前給自己說情。最終玄宗下旨安祿山仍任原職，戴罪立功。

安祿山是個非常善於鑽營的人。他在平盧的時候，玄宗所有的親信路過平盧都能收到他的好處。因此玄宗總是能聽到稱讚安祿山的話，時間長了愈發相信安祿山是個賢臣，多次下旨升他的官。到了天寶二年，還把安祿山召到京城來隨侍左右。

一天，安祿山帶了一隻會說話的白鸚鵡進宮想要獻給玄宗。當時玄宗正和太子在花園裡散步，安祿山將鸚鵡籠掛在樹枝上過去見禮。可他只拜見了玄宗，卻沒拜見太子。玄宗問：「愛卿怎麼不拜見太子呢？」安祿山說：「臣是個笨人，不知道太子是什麼官，在陛下面前也要拜嗎？」玄宗笑著說：「太子就是未來的皇帝。」安祿山說：「臣只知道有皇上，不知道有太子。」

玄宗看了眼太子，說：「安愛卿是個直性子。」這時，掛在樹上的鸚鵡說：「安祿山，還不拜見太子。」安祿山忙給太子見禮。玄宗問安祿山那隻鳥是怎麼回事。安祿山說他有一天做夢夢見先朝的名臣李靖，正想祭拜，此時這隻鳥就從天上飛下來了，他覺得是個祥瑞，所以馴好了想要獻給玄宗。幾個人正說著，楊貴妃也來了。安祿山本想迴避，玄宗說沒事，讓他不用走。玄宗對楊妃說：「這個鳥是安祿山送的，能說人語，非常可愛。」楊貴妃逗弄了一會兒非常喜歡，就要了這隻鳥。

玄宗說：「安祿山原本是張守珪的養子，現在服侍朕也跟兒子一樣。」楊貴妃說：「陛下那麼說，也是我的兒子了。」玄宗笑著說：「那愛妃就收他做養子好了。」安祿山聽了，立即跪到階前給楊貴妃磕頭，嘴裡喊著：「兒子願母妃千歲。」玄宗哈哈大笑，說：「安祿山，你的禮數不對，要先拜過父親，才能拜見母親。」安祿山說：「臣沒錯，臣是胡人，按照胡人的禮節，都是先拜見母親，再拜見父親。」玄宗聽了也不怪罪，對楊貴妃說：「看，愛卿確實是個直性人。」

過一會兒宴席上來了，玄宗讓安祿山伺候酒席，安祿山用酒杯擋著偷眼打量楊妃，心想：「都說楊貴妃漂亮，今日一見果然名不虛傳。」

安祿山聽了，立即跪到階前給楊貴妃磕頭，嘴裡喊著：「兒子願母妃千歲。」

那年秦叔寶的玄孫秦國楨和秦國模都被任命為翰林。秦國模個性剛正，見楊家權勢滔天，安祿山驕橫放蕩，就和弟弟秦國楨聯名上書請玄宗注意收斂楊家的權勢。玄宗看了奏章非常反感，下旨免了兩人的官職。當時的宰相李林甫是個大奸臣，他見皇帝驕傲自滿、貪圖享樂就想乘機掌權。他監察下臣上奏的奏本，只報喜不報憂。玄宗以為天下太平，見庫房裡裝滿了金銀，愈發覺得國家富足充裕，以致越來越驕傲自滿、揮霍無度。

玄宗將朝中的大小事務都交給了李林甫。李林甫心裡嫉妒楊國忠有個得寵的姐姐，但表面看上去卻和楊國忠十分親近。他知道安祿山野心勃勃，又佩服他有手段，所以刻意和他結交。這些人狼狽❷為奸，處處迎合玄宗的心意，玄宗每天在宮裡飲酒作樂，卻不知道楊貴妃已經和安祿山有了私情，還讓安祿山和楊國忠結成兄弟。

楊貴妃有三個姐姐都長得非常漂亮，玄宗封大姐為韓國夫人，封三姐為虢國夫人，八姐為秦國夫人。每月給三位夫人的脂粉錢就有十萬兩。三位夫人中虢國夫人最為受寵，玄宗時常邀請她進宮遊玩。

一天，安祿山生日，玄宗和楊貴妃賞了他不少東西。楊家的兄弟姐妹們為他設宴慶祝，一直鬧了兩天。第三天，安祿山進宮謝恩。他先見過玄宗，又去叩謝楊貴妃。楊貴妃喝了酒，見到安祿山來了，笑著說：「我聽人說，做父母的會給自己的孩子洗三❸，今天正好是你生日的第三天，我也要給你洗三。」說完，讓內監宮女們都過來將安祿山的衣裳脫了，然後用錦緞包好，就像襁褓中的孩子一樣。安祿山躺在車輦裡，眾人簇擁著他在宮裡遊行。宮人們看了笑得前仰後合。玄宗當時正在宜春院看書，聽到笑聲後問怎麼回事。侍從回答說：「貴妃娘娘給安大人洗三呢。」玄宗聽了哈哈大笑，帶著人也趕去看，還賞了楊貴妃黃金白銀各一萬兩，說是洗三的禮錢。

玄宗越來越寵愛楊貴妃，早把梅妃忘在了腦後，梅妃在上陽宮有著說不出的寂寞。於是寫了一首詩送給玄宗。玄宗見了詩，想起當初的恩愛，不覺有些難過。楊貴妃聽了這個消息，怒氣沖沖地說：「陛下，梅精江采蘋竟然敢怨懟陛下，求陛下將她賜死。」玄宗不說話，楊貴妃再三要求。玄宗說：「她不過是因為好久沒見到朕，閒著沒事做首詩，為什麼一定要殺了她？」楊貴妃說：「陛下既然還想著她，那就再把她召到翠華西閣相會好了。」玄宗聽她舊事重提又羞又惱，但因為一直都寵著她，所以忍著沒發作。楊貴妃見他無論如何也不肯殺梅妃而心裡氣悶，因此動不動就使性子一天到晚沒個好臉色。

---

❷【狽】中國傳說中的一種動物，前腿短，沒辦法自己走，得趴在狼的身上，據說狽很聰明，可以幫狼出謀劃策不被獵人抓到，狼則會把自己抓到的食物分給狽吃。

❸【洗三】中國古代嬰兒出生後的第三天要舉行沐浴儀式，嬰兒的親友們會來爲他祈福。有去除污穢、消災解厄和祈福三重意思。

一天玄宗邀請王爺們進宮喝酒。席間寧王還吹了一首曲子。席散之後，楊妃拿起寧王放下的玉笛吹了起來。玄宗見了，笑著說：「這玉笛是寧王的，他剛剛吹過唾沫還沒乾，你怎麼就拿來吹。」楊貴妃說：「寧王都走多長時間了，唾沫早乾了，當初還有人鞋都被人踩到了，陛下也沒說什麼。」玄宗聽了大怒，厲聲說：「楊玉環，你太放肆了！」說完就拂袖而去，並下旨說：「高力士，即刻將娘娘送回楊家，告訴她不用再回來了。」

楊貴妃在玄宗身邊從沒聽過一句重話，見玄宗發這麼大的火，嚇得不知如何是好。她本想進去求饒，但一想玄宗正在氣頭上，自己過去怕反倒出事，只得含著淚和高力士回家了。

玄宗趕走了楊貴妃之後，覺得後宮變得空蕩蕩的，四周一個合心意的人都沒有。他本想讓梅妃過來伺候，但可憐的梅妃聽說楊貴妃要殺她又氣又怕，已經病了好幾天了。玄宗聽了更覺得寂寞。他心裡不舒服，宮裡的太監宮女就倒楣了，稍有不慎就要吃苦頭。高力士看出玄宗還是捨不得楊貴妃，就跟楊國忠說：「想要讓娘娘回宮，最好是找個外人上奏。」楊國忠於是找到了李林甫的親信，法曹吉溫。吉溫上奏說：「貴妃不過是個什麼也不懂的婦人，陛下一向寵愛她，現在就算想要處死她，也應該讓她死在宮裡而不是宮外。」玄宗聽了點點頭，於是就讓內侍霍韜光給楊貴妃送些御膳、珍玩過去。

楊貴妃接了東西，哭著說：「陛下洪恩，臣妾沒齒難忘。陛下不要我了，我也沒臉活在世上了。」說著拿起剪刀割下一綹頭髮交給霍韜光，說：「你幫我把他交給陛下，算是我對他的報答吧。告訴陛下，我死之後請他不要掛念我。」霍韜光回宮後，將把楊貴妃的頭髮交給玄宗。又將楊貴妃的話複述了一遍。玄宗聽了非常感動，馬上讓高力士馬上去將楊貴妃接回宮來。

楊貴妃這次進宮既沒有塗脂抹粉，也沒有穿華衣美服，見到玄宗跪在地上只是哭。玄宗忙走過去將她扶起來，吩咐侍女服侍楊貴妃梳洗更衣，又軟語安慰她很長時間。第二天，楊國忠、安祿山等人都進宮道賀，連公主王爺們也來了。楊貴妃這次入宮，所得的寵愛比從前更勝十倍。

第五十回　安祿山離京

李林甫深受玄宗寵信又手握重權，連安祿山都要讓他三分。楊國忠心裡雖然嫉妒，但因為形勢的關係不得不彼此照應。當初玄宗連殺了三個兒子，李林甫的意思是讓玄宗立壽王李瑁為太子，可惜玄宗聽了高力士的話立了忠王李嶼。李林甫不喜歡李嶼，就讓手下想辦法誣陷李嶼，好讓玄宗廢了他。

戶曹官楊慎矜上書，說刑部尚書韋堅和節度使皇甫惟明正在密謀除掉皇帝，擁立太子上位，還說楊國忠可以作證。刑部尚書韋堅正是太子妃韋氏的哥哥，皇甫惟明是邊防節度使曾經去太子府拜見過太子。玄宗看了奏章勃然大怒，要不是高力士極力勸阻韋堅、皇甫惟明必死無疑，不過玄宗還是削了兩個人的官。

太子聽說此事嚇得魂不附體，急忙上書說要和韋氏劃清界限，玄宗因為高力士勸阻並沒有答應。李林甫私下和玄宗說：「不如讓楊恆矜、吉溫等人去徹查這件事。」玄宗想了想，下旨處死了韋堅和皇甫惟明，表示這件事到此為止，太子這才安下心來。過了一段時間，李

林甫又派人誣陷太子勾結吐蕃，玄宗不肯相信：「太子深居簡出，怎麼可能勾結吐蕃，一定是有人想要挑撥離間。」

楊家兄妹在玄宗的縱容下，生活日益驕奢糜爛。楊氏三姐妹都在皇宮附近建造規模宏大、富麗堂皇的府邸。但她們對此並不滿足，互相攀比極為奢華，一間廳堂的花費就常常超過一千萬錢。但只要誰家發現別家的超過自己，馬上就會拆毀重建。

楊國忠和那三位夫人不是親兄妹，他的府邸和虢國夫人緊挨著，兩人時常聚在一起胡鬧。安祿山和虢國夫人也很親密，虢國夫人還把自己最喜歡的一隻玉連環送給了安祿山，安祿山非常高興馬上帶到身上。楊國忠本來就覺得安祿山最近十分傲慢，見了玉連環後知道安祿山和虢國夫人有私情，氣得渾身發抖。他恫嚇安祿山，讓他和楊貴妃私通的時候要謹慎一些，萬一讓玄宗知道了會吃不了兜著走。楊貴妃聽說後心裡又驚又懼。

一天，玄宗和安祿山在昭慶宮閒聊。玄宗見安祿山肚子大得都要過膝蓋了，逗他說：「愛卿的肚子，看起來就像是抱著一隻大缸，裡面裝的是什麼呢？」安祿山回答說：「什麼「什麼都沒有，只有一顆忠心。臣願用這顆忠心來侍奉陛下。」玄宗聽了他的話非常高興。

經楊國忠提醒，楊貴妃每次見到安祿山都要叮囑他謹言慎行。安祿山知道楊國忠記恨他，怕他謀害自己。但又想其實楊國忠沒什麼好怕的，反倒是李林甫更讓人擔心，他們兩人要是聯手，自己沒什麼勝算，還是去外邊躲一躲的好。安祿山這麼想，楊國忠也在想，「安祿山這個人野心勃勃，日後一定會跟我爭權，必須想辦法除掉他才行，不過皇上和娘娘這麼寵他，恐怕沒法在京城動他，不如先把他弄到外邊再說。」

正好這個時候，李林甫上奏讓皇帝將邊鎮節度使都換成番人。唐朝的邊鎮節度使一直以來用的都是有才智、有威望的文臣，等這些人攢夠了戰功就能入朝做宰相。林甫大權獨攬，當然不想有人過來分權，於是上奏說文人柔弱怯戰，根本無法抵禦外敵，而勇武善戰的番人最適合保家衛國。玄宗覺得有道理，下旨以後邊鎮節度使都要用番人。

楊國忠乘機上書，說：「將邊鎮節度改成番人確實是個好辦法，不過河東那樣的戰略要地，所用的番人必須既有才智又有威望，還得對陛下足夠忠心，如此看來只有安祿山才能擔當這樣的重任。」玄宗覺得很有道理，對安祿山說：「你對朕的忠心，朕是知道的，本想把你留在身邊，可是河東重

「愛卿的肚子，看起來就像是抱著一隻大缸，裡面裝的是什麼呢？」

鎮非你不可。現在你先去河東掛帥，只要有需要還能入朝的。」於是下旨封安祿山為平盧、范陽、河東三鎮節度使，賜爵東平郡王。這樣的安排正合了安祿山的心意，他連忙領旨謝恩。當天安祿山進宮去找楊貴妃辭行，兩人依依不捨。楊貴妃抓著安祿山的手說：「都是因為我哥哥猜忌你，才害得你不得不走，你這一走不知道什麼時候才能再見。不過這樣也好，你在京城待久了難免露出破綻。我會在陛下面前幫你說話的，你放心去吧。」

李林甫為安祿山設宴餞行，暗示他說所有節度使都在自己的控制之中。安祿山平時就畏懼李林甫，聽了他的話更加恭敬，說：「安祿山是個沒什麼智慧的大老粗，現在陛下把這麼大的責任交給我，我也時常擔心自己不能勝任，要是有什麼地方做得不對，大人一定要指點我。」楊國忠在前一天就表示要為安祿山餞行，安祿山找了個藉口沒去。今天李林甫設宴，楊國忠也來了。楊國忠見安祿山對自己十分傲慢就更加厭惡他了。安祿山到任後，查點軍馬錢糧、訓練士卒。他在坐鎮范陽，自永平以西至太原，所有東北的要害都掌握在他手裡，勢力越來越大，人也愈發驕橫。

第五十一回　長生殿夫妻

李林甫雖是奸臣，卻十分疼愛自己的妻子。妻子病逝後他也生了重病，沒多久就死了。得知李林甫死了，安祿山馬上放下心來。李林甫一死，楊國忠立即上奏說李林甫生前在府裡養了很多死士，說是守護宅院其實是圖謀不軌。又說李林甫多次設計陷害東宮，動搖國本、居心叵測。楊貴妃怨恨李林甫挾制安祿山，也在玄宗面前說李林甫的壞話。玄宗派人徹查後證據確鑿，下旨奪了李林甫的官職、掘了他的墳、沒收了他的家產。李林甫的兒子侍郎李岫也被罷官，永不錄用。

李林甫死後，楊國忠身兼左右丞相，獨攬大權，飛揚跋扈，朝廷的大小官員沒有不怕他的，只有安祿山不把他放在心上。楊國忠升官，各個藩鎮都給楊國忠送禮，唯獨安祿山不送。楊國忠大怒，私下對玄宗說：「安祿山是番人，現在一人掌控三個重鎮恐怕不合適，陛下一定要有所防範。」玄宗不以為然。楊國忠於是勾結隴右節度使哥舒翰排擠安祿山，多次為哥舒翰請功，結果哥舒翰成了隴右、河西兩鎮的節度使。安祿山知道後大罵楊國忠，楊國

忠聽說後跟玄宗說：「安祿山一直和李林甫交好，李林甫死了，安祿山一定會覺得不安。現在恐怕會防備陛下。陛下要是不信，立即召他入宮，他要是有二心肯定不來。」玄宗猶豫不決，就問楊貴妃怎麼看。楊貴妃：「哥哥怎麼會這麼說，我看安祿山一直對陛下忠心耿耿的。陛下不妨召安祿山回來，安祿山要是肯來，大家也就都放心了。」玄宗覺得有理，於是派輔繆琳去范陽宣安祿山進宮見駕。輔繆琳出發前，楊貴妃給了他不少金銀珠寶，讓他給安祿山帶封信過去。

輔繆琳到了范陽，將楊貴妃的信交給安祿山，上面寫著：「不必疑心，速來京城。」安祿山於是快馬加鞭地進了長安，朝見玄宗。玄宗大喜說：「他們都說你不會來，只有朕說你一定會來，現在你果然來了。」安祿山說：「陛下對臣恩重如山，臣怎麼會不來呢。只是楊國忠嫉恨臣，臣恐怕早晚要死在他手裡。」玄宗說：「你不用擔心，只要朕在就無人敢動你。」玄宗從此對安祿山越發信任了。要是有人上奏說安祿山居心不良，玄宗命就讓人將上書的人綁到范陽交給安祿山處置，從此再沒人敢說安祿山的壞話。

安祿山擔心把守各處險要的將士都是漢人，以後會行動起來會不方便，於是上奏玄宗，說漢將不如番將勇猛，希望將守邊的漢將換成番將。同平章事韋見素極力勸阻，玄宗不聽，最終還是同意了。

一天，高力士說起南詔的邊將兵權太大造反了。楊國忠乘機進言說：「安祿山坐擁三大鎮，手握重兵，要是起了異心……」韋見素緊接著說：「不如將安祿山升為平章事，讓他入朝做官，再派三個大臣接手范陽、平盧、河東三鎮節度使。這樣安祿山沒了兵權，陛下也能安心。」玄宗嘴上說好，心裡卻十分猶豫。下了朝，又把這件事跟楊貴妃說了。楊貴妃說：「安祿山現在手握重兵鎮守邊關，要是陛下頻頻召他回來怕傷了君臣感情，既然陛下不放心，不如派個穩當的人去看看有沒有可疑的地方再說。」玄宗於是派輔繆琳帶著各種瓜果前去犒賞安祿山，暗中觀察安祿山的舉動。輔繆琳一直收著安祿山的好處，滿心歡喜地去了，果然大有收穫，回來之後在玄宗面前極力稱讚安祿山忠心。玄宗放下心來，想起自己年紀也大了正應該及時行樂，於是每天和後宮嬪妃們在宮裡唱歌跳舞、飲酒作樂。

天寶十年夏天，玄宗帶楊妃到驪山宮避暑。驪山宮有一處宮殿，名叫長生殿，因為地勢很高，所以十分涼爽。楊貴妃身體肥胖耐不住熱，所以常在長生殿避暑。那天正是七月七，牛郎織女相會的日子。楊貴妃熱得睡不著，拉玄宗起來看星星。玄宗說：「今天牛郎織女相會，不知道有多開心。」楊貴妃說：「鵲橋相會這個說法，不知道是不是真的，要是真的，天上的快樂可比不上人間。」玄宗笑著說：「是啊，他們聚少離多，哪有我們朝夕相對快樂。」楊貴妃說：「人間的歡樂能有多少時間，總會散的。天上的星星卻永遠都是一對。」說完長長地歎了一口氣。這句話也觸動了玄宗，玄宗便動情地說：「不如今天我們在這星光下許願發誓，願以後生生世世都結為夫妻。」楊貴妃點點頭說：「好，玉環願和陛下結為永世夫妻，雙星為證。」兩人深情款款，緊緊相擁在一起。

安祿山在范陽常想起楊貴妃和虢國夫人，只是忌憚楊國忠不敢輕易回去。心想要和美人們團聚，恐怕只有造反才行。楊國忠也盼著安祿山造反，這樣才能除掉他。所以動不動就要撩撥他想激他造反，安祿山也想試探一下朝廷的意思，於是上書要進獻三千多匹駿馬。又說一匹馬要兩個人驅趕，算上護送的二十四員番將和士兵得需要一萬多人。玄宗看了摺子不知道怎麼辦才好。楊國忠說：「安祿山想借獻馬的名義逆謀，陛下一定不能答應。」

這時河南府尹達奚珣上奏說：「安祿山借獻馬運送軍將，請陛下一定要阻止。」玄宗看著達奚珣的奏摺沉吟不語。高力士說：「陛下，人心難測啊，老奴剛剛聽說，輔繆琳兩次

玄宗便動情地說：「不如今天我們在這星光下許願發誓，願以後生生世世都結為夫妻。」

奉旨去范陽都收了安祿山賄賂，所以他說的話未必可信。」玄宗一聽，忙問：「既然這樣，你怎麼不早說？」

高力士說：「老奴原本也不知道，只是剛在輔繆琳房裡發現一封安祿山的信，上面詳細詢問了陛下的情況，又說讓輔繆琳替他多多周旋。」玄宗大怒讓人去搜輔繆琳的家。其中有不少輔繆琳和安祿山往來的信件，高力士將涉及楊貴妃的信都燒了。玄宗下旨要處死輔繆琳。高力士說：「陛下可以殺輔繆琳，但必須借其他罪名，不然安祿山得到消息立刻造反就糟了。」玄宗於是給輔繆琳安了一個違抗皇命的罪名，讓馮神威帶聖旨去告訴安祿山不必獻馬。

馮神威還沒到范陽，安祿山就已得到消息。等馮神威到了，安祿山也不出去迎接，馮神威只得自己進府。安祿山讓手下的將士帶著兵器站成兩列，馮神威進去只見刀槍密布、旌旗飄揚心裡先怕了三分，戰戰兢兢地讀完聖旨。安祿山怒氣沖沖地說：「我聽說貴妃娘娘最近在宮裡學騎馬，想著皇上一定喜歡馬，就想將我這兒的馬獻給陛下，既然如此那就不獻了。告訴陛下就算不獻馬我十月份也要回京，不寫奏章了，你直接告訴皇上就行。」

馮神威回京之後，將安祿山的反應一一跟玄宗說了。玄宗聽了又驚又氣，便對楊貴妃說：「我和你對他那麼好，想不到他現在一點當臣子的自覺都沒有，看樣子日後必反，怪不得別人說他不可信，他確實不可信。」說完扶著桌案歎息起來，楊貴妃低著頭也跟著歎氣。

第五十二回　安祿山造反

玄宗聽了內監馮神威的彙報，每次想起安祿山都要大罵一頓。楊貴妃說：「安祿山是個番人不懂禮數，陛下又一直寵著他，難免使他有些恃寵生嬌。他說想要獻馬，也許真的是想獻馬並無他意。他的兒子還在京城，他要是在外造反，難道連兒子都不管了嗎？」

安祿山的兩個兒子，大的叫安慶宗，小的安慶緒。安慶宗娶了宗室的榮義郡主，安祿山去范陽的時候，玄宗剛為兩人賜婚，所以安祿山並沒有將他帶走。玄宗想了想說：「那讓安慶宗給安祿山寫信讓他入朝謝罪，看他來不來，就知道他要不要造反了。」

玄宗想讓安祿山回京，楊國忠卻不想，他擔心安祿山留在京城會跟自己奪權。於是害死了安祿山留在京城的門客李超，又私下跟玄宗說：「安慶宗表面上按照陛下的意思寫信，但私底下有沒有給安祿山寫別的信，我們就不知道了。我敢說安祿山一定不會來，很快就會造反。」

除此之外，楊國忠還派人日夜兼程趕往范陽散布流言，說皇帝發現了安祿山和楊貴妃

的私情十分惱怒，已經扣押了安祿山的兒子安慶宗，並且逼安慶宗寫信將安祿山誘回京城，想把安祿山父子一網打盡。安祿山聽了流言嚇得不知所措。過了一天，安慶宗的家書果然到了，上面寫著讓安祿山進京謝罪。安祿山問送信的家丁，「我的兒子還好嗎？」家丁說：「小的出京的時候少爺還挺好的，不過門客李超犯了事被抓起來處死了。」安祿山又問：「宮裡的楊貴妃有沒有信給我？」家丁說沒有。安祿山當即心想：「看現在的形勢是非反不可了。」

第二天，安祿山將手下的兵丁召集到一起，以聲討奸相楊國忠為名起兵造反，安祿山下令范陽節度副使賈循鎮守范陽，平盧副使呂知誨鎮守平盧，別將高秀岩鎮守大同。當天，安祿山帶著二十萬兵馬南下。

河北一帶都是安祿山的管轄範圍，安祿山的

安祿山帶著二十萬兵馬南下，聲勢浩大。

兵馬一路穿州過省，各個地方官員要麼開門迎接，要麼棄城逃跑，有組織反抗的也都被安祿山殺了。剛開始玄宗聽說安祿山造反了還以為是謠言，直到太原留守楊光翽被殺，才知道安祿山真的反了。他又驚又氣，楊貴妃也嚇得張口結舌。

玄宗於是召集文武大臣商議，大臣們有的說剿、有的說撫。楊國忠得意地說：「臣早就說過安祿山會造反了，現在陛下相信了吧。」玄宗說：「你有什麼禦敵的辦法嗎？」楊國忠說：「陛下不用擔心，造反的其實只有安祿山一個，其餘的將士都是被安祿山脅迫的。陛下只要下旨讓他們歸降，並承諾饒恕他們的罪責，用不了一個月安祿山的叛軍就會不攻自破。」玄宗覺得有理，楊國忠又勸玄宗殺了安祿山的兒子安慶宗和安慶宗的妻子榮義郡主，玄宗也答應了。

安祿山剛攻下陳留，就聽說兒子安慶宗被玄宗殺了，大哭著喊道：「玄宗殺了我兒，我與他勢不兩立。」

陳留失守的消息傳到長安舉朝皆驚。玄宗召集群臣說要讓太子監國，自己帶兵出征。楊國忠聽了大驚失色，心想：「我當初和李林甫陷害了太子好幾次，他不可能不恨我。現在要是太子監國非殺了我不可。」楊國忠回到家裡和夫人、姐妹們商量對策，最後眾人覺得還得楊貴妃出馬。楊貴妃聽了點點頭，摘掉頭飾耳環、口含黃土，爬到玄宗面前磕頭哀泣。玄宗忙把她扶起來，問她怎麼了。楊貴妃說：「臣妾聽說陛下要御駕親征，臣妾害怕。臣妾是女人，不能跟陛下上戰場，情願在死在陛下面前。」說完，趴在地上大哭起來。玄宗拍著楊貴妃的背安慰她。楊貴妃說：「堂堂天朝，難道就沒有一兩個良將嗎？安祿山不過是個跳梁小丑，哪用陛下親征？」玄宗想了想也捨不得離開楊貴妃，就下旨封皇子榮王李琬為帥，右金吾大將軍高仙芝為副帥帶兵出征。

當天晚上，玄宗夢見一隻鬼怪上竄下跳，他急得不知如何是好，忽然出現一個大漢將那隻鬼怪揉成一團塞進嘴裡吃了。玄宗問他是誰，他說他叫鍾馗。玄宗醒了之後，想起太宗當初用秦叔寶、尉遲敬德的畫像鎮鬼的事，因此想起了秦叔寶的後人，於是下旨起復秦國模、秦國楨，讓他們官復原職。

秦國模和秦國楨入朝後，玄宗問他們有沒有退敵的辦法。秦國楨說：「郭子儀戰功赫赫，現在已經做到了九原太守，是個不可多得的將才。」玄宗點點頭，又問：「哥舒翰怎麼樣？」秦國模說：「哥舒翰執法嚴苛不懂得體恤兵將，不過也是一員猛將。陛下要是肯重用他，他一定不會讓陛下失望。」玄宗於是下旨封郭子儀為朔方節度使，哥舒翰為兵馬副元帥。哥舒翰因病請辭，玄宗沒有答應，讓他帶十萬人馬抵禦安祿山。

當時，安祿山已經攻陷了靈昌、陳留、滎陽，直逼東京。封常清帶兵抵擋可惜大敗，洛陽失陷。河南尹達奚珣開城投降。封常清收拾好殘兵敗將逃去陜州，見到了陜州守將高仙芝。高仙芝和封常清一商量，帶兵退守潼關。兩人剛修整好防禦設施，安祿山的人就到了，不過他始終沒能攻進去。按理說這也算是守城有功了，但因為監軍宦官邊令誠沒能在高仙芝和封常清手裡拿到好處，誣陷兩人私減軍糧、不敢應戰。玄宗見到奏報也沒讓人核實，直接下旨將兩人殺了。兩人死的時候，守城的兵丁大喊冤枉，哭聲震天。兩人死後，玄宗又派哥舒翰帶二十萬大軍鎮守潼關。

安祿山攻陷河南後，讓手下段子光、盧奕、蔣清等人到河北勸各地官員投降。平原郡太守顏真卿早就料到安祿山會反，所以在安祿山尚未造反之前就開始準備了。他向安祿山主動請降。安祿山讓他防守河津，顏真卿表面答應，私下派親信到各地聯絡起兵，自己又招募了一萬多人。段子光奉安祿山的命到顏真卿那裡視察情況，被顏真卿綁到城上腰斬示眾。之後饒陽太守盧全誠、河間司法李奐、濟陽太守李隨都把安祿山派去的官吏殺了。玄宗得到消息喜出望外，封顏真卿為河北採訪使。顏真卿的哥哥顏杲卿是常山太守。安祿山進攻常山的時候，顏杲卿帶人堅守城池，結果城破被抓。顏杲卿見到安祿山破口大罵，安祿山讓人先割了他的舌頭，然後才殺了他。

顏真卿聽到大哥的死訊號啕痛哭。這時又有人回報說李光弼已奪回了常山，跟郭子儀的兵馬會合了。安祿山派手下大將史思明攻打郭子儀，沒想到被郭子儀打得大敗，郭子儀乘勝追擊，接連奪回了河北十幾個縣。沒過多久，玄宗下旨催哥舒翰迅速出戰。

哥舒翰屯軍潼關，原本是打算做長安的屏障，所以他才暫時按兵不動等待時機。當時，河源軍副使王思禮對哥舒翰說：「楊國忠禍國，副帥要想後方安穩必須請旨先除掉楊國忠。」哥舒翰不答應。王思禮又說：「就算副帥上奏皇上也未必答應，那請給我三十個人，我去把楊國忠的腦袋砍下來。」哥舒翰大驚，說：「真要這樣，不是安祿山造反，而是我哥舒翰造反了，你怎麼會說這樣的話？」王思禮歎口氣不敢再勸了。

楊國忠那邊也有人說：「朝廷的兵馬現在都在哥舒翰手裡，要是有人在他面前說大人的不是，大人就危險了。」楊國忠聽了非常害怕，正好聽人說安祿山的手下崔乾佑駐紮在陝西一帶，手下還不足四千人。於是楊國忠跟玄宗說，讓哥舒翰帶兵奪回陝西。哥舒翰接到聖旨，連忙回覆說：「安祿山善於用兵，崔乾佑這四千人不過是誘餌，要是輕易出兵正中了他的奸計。而且安祿山的兵馬遠道而來需要速戰，我們的兵馬佔據天險適合堅守。再說賊人不得民心，早晚會發生內鬥，只要再稍等一下就可以不戰而勝了。」郭子儀、李光弼也上書說：「請皇上下旨讓我們領兵攻打范陽，抓住了賊黨的家眷我們就可以招安，賊兵必定大敗。潼關大軍只適合固守。」顏真卿也上書說：「潼關是長安的屏障應該固守，千萬不要中了敵人的誘敵之計。」大家紛紛上書勸說，可玄宗只信楊國忠的，堅持讓哥舒翰出戰。

哥舒翰沒辦法，只好出關追擊崔乾佑的人馬，結果中了崔乾佑的埋伏死傷大半。崔乾佑乘勝追擊攻破了潼關。

哥舒翰帶人退到關西驛中，收拾兵馬打算再打一場。哥舒翰手下的番將火拔歸仁卻想歸順安祿山，他將哥舒翰騙出營地，對哥舒翰說：「主帥這次帶二十萬人出戰，結果全軍覆沒，還有什麼臉見陛下呢，更何況奸相楊國忠還總是找元帥的麻煩。大人難道忘了高仙芝、封常清的事了嗎？我們往東走吧，我有萬全之策。」

哥舒翰說：「我身為大將，絕不會投降的。」說著就要下馬。火拔歸仁大喊一聲，旁邊的小兵瞬時擁上去將哥舒翰的腿綁在了馬腹上。之後，他們將所有不服的將士全都綁了起來，一路押去了安祿山的大營。安祿山和哥舒翰的關係原本並不好，可安祿山知道哥舒翰是員大將，所以也不計較從前的恩怨軟語勸哥舒翰投降。哥舒翰沒辦法只得降了。火拔歸仁在安祿山面前誇誇其談，說安祿山能收服哥舒翰都是自己的功勞。他將自己綁到哥舒翰的過程加油添醋地宣揚了一番，沒想到安祿山勃然大怒，說：「火拔歸仁背叛朝廷，逼迫主帥，不忠不義！」當即命人將火拔歸仁斬首了。

哥舒翰歸降安祿山之後，安祿山任命哥舒翰為司空，逼哥舒翰給李光弼等人寫勸降信。李光弼等人回信大罵哥舒翰、安祿山。安祿山知道這招沒用，於是將哥舒翰圈禁在後院裡。

第五十三回　楊貴妃被逼自盡

潼關失陷之後，河東、華陰、馮翊、上洛等地的守將相繼棄城逃跑。玄宗得到消息大吃一驚，連忙召集群臣商議對策。

楊國忠擔心別人埋怨他催逼哥舒翰出戰，搶先說：「哥舒翰本來應該早些出戰，打敵人一個措手不及，結果他遲遲不肯出戰才讓敵人有了準備。」同平章事韋見素說：「當務之急是調集兵馬進京守衛都城，在京城招募守城的兵丁。」秦國楨說：「還得讓郭子儀、李光弼等人立即去賊人進京的要道上布防。」玄宗見楊國忠不說話，問：「宰相怎麼看？」楊國忠說：「潼關失陷，長安危在旦夕，陛下不如先去四川暫避，只要陛下安穩，大唐就安穩。等逃出長安，再召集各地兵馬勤王救駕，這樣才萬無一失。」秦國楨等大臣聽了極力反對。玄宗見大臣們爭論不休，下旨讓他們盡快拿出一個定論，自己回宮去了。

楊國忠心想：「當初皇上想要親征、禪位都是娘娘勸住的，這回去四川的事，看來還得找娘娘。」楊國忠對虢國夫人說：「潼關失守，安祿山的兵馬很快就會殺過來，我曾經在四

川做過劍南節度使，在那邊積攢了不少家業，我們去了那裡還可以安享富貴。可是朝臣們議論紛紛，聖上猶豫不決。你們進宮和娘娘一起勸勸陛下，否則等安祿山打過來，咱們都性命難保。」

虢國夫人聽了急忙約韓國夫人一起進宮，將楊國忠的話告訴楊貴妃。姐妹三個見到玄宗，你一言，我一語，又哭又勸，極力求玄宗早日去四川暫避。玄宗想了想，召楊國忠進宮，幾個人商量了一番便下旨說要御駕親征，命少尹崔光遠留守西京，龍武將軍陳元禮調集護駕的兵馬，並選一千匹好馬養在宮裡備用，又吩咐內官邊令誠掌管宮門的鑰匙，不讓外人知道。

第二天天還沒亮，玄宗就帶著楊貴妃姐妹、太子以及宮中的及親近的宦官宮人從延秋門離開了。玄宗本想叫上梅妃江采蘋，楊貴妃說：「我們先走，讓剩下的人隨後趕上。」玄宗走時文武百官並不知道，照常準備上朝。當宮門一開才發現皇帝不見了，宮人、嬪妃頓時亂成一團。

秦國模、秦國楨早就料到玄宗會去四川，騎著馬追了上去。剩下的官員見皇上走了也跟著四散奔逃，被留下的王子皇孫跪在路邊大哭。滿城百姓全都慌了手腳，他們衝進皇宮和大臣的家裡搶劫擄掠，整個長安城一時間人心惶惶，哭聲、喊聲響成一片。楊國忠離開京城的時候見財物太多，一時間不能全部帶走，心想不能便宜了別人，就想將帶不走的都燒了。玄宗說：「賊人追來見不到財物，豈不是要盤剝百姓。」急忙讓高力士帶人把火滅了。

玄宗帶人一路倉皇西逃到了馬嵬驛。這時河源軍使王思禮從潼關趕到這裡，玄宗才知道哥舒翰被安祿山抓了，於是封王思禮做了河西隴右節度使，讓他收攏分散到各處的兵卒以備將來東征。王思禮臨走時，私下對陳元禮說：「楊國忠罪大惡極，人人都想殺他，將軍要是能做成這件事，必定大快人心！」

陳元禮於是找到東宮內侍李輔國商量這件事，兩人剛想去找太子，就有人稟報說來了二十多個吐蕃使者想要和唐朝議和。那天陳元禮帶著人馬到楊國忠面前大喊：「楊國忠勾結吐蕃謀反罪大惡極，人人當得而誅之！」兵將們齊聲說好，然後蜂擁而上將楊國忠砍死了。隨後，眾人又殺了楊國忠的兒子戶部侍郎楊暄和韓國夫人。虢國夫人得到消息帶著兒子裴徽以及楊國忠妻子和小兒子一直跑到陳倉，結果也被縣令薛景仙帶人抓住殺了。

玄宗聽說楊國忠被殺，忙到驛門好言好語地勸兵將們，可是兵將們仍都義憤難平。陳元禮說：「大家的意思是既然已經殺了楊國忠，楊貴妃也就不能留了。」玄宗一聽大驚失色，忙說：「楊妃一直住在深宮，楊國忠謀反和她有什麼關係？」高力士說：「娘娘雖然沒有罪，但將士們擔心殺了楊國忠，娘娘以後會想報仇。陛下，現在只有讓將士們安心，您才能活啊。」玄宗聽了一言不發地回了驛站。韋見素的兒子韋諤也對玄宗說：「眾怒難犯，是安是危都是轉瞬之間的事，陛下還是忍痛割愛吧。」

玄宗回到行宮見了楊貴妃，一句話也說不出來，只是抱著她痛哭。正在這時門外喧譁聲四起，高喊：「殺了楊貴妃！」玄宗將楊貴妃拉到驛道的北牆口，哭著說：「愛妃，我和你從此永別了！」楊貴妃也哭著說：「陛下保重。」一說完，楊貴妃跪到佛堂前磕了幾個頭，然後在佛堂前一棵樹下自縊而死。當時是天寶十五年六月，楊貴妃三十八歲。楊貴妃死了之後，陳元禮帶人驗過屍，這才跪在地上山呼萬歲。玄宗讓高力士準備好棺槨，草草地將楊貴妃葬在了西郊。

楊貴妃死後，眾人決定不去四川而去扶風，可是當地的百姓卻攔在大軍前面不想讓他們走。玄宗讓太子在後邊勸百姓放行，百姓圍著太子的馬說：「皇上既然要走，太子爺帶上我們吧，我們願意和太子一起去殺敵，保衛長

楊貴妃跪到佛堂前磕了幾個頭，然後在佛堂前一棵樹下自縊而死。

安。」太子的兩個兒子廣平王李俶、建寧王李倓勸太子順應民意留下來。玄宗聽了這件事，說：「現在人心歸了太子，實在是一件天大的好事。」於是他下令給太子留了兩千士兵以及飛龍廄的馬匹，自己帶人去了四川。玄宗到了成都駐蹕後，下旨封太子為天下兵馬大元帥，兼職朔方、河北、平盧節度使，讓他收復長安。不料，玄宗的詔書還沒發出去，太子已經在靈武登基做了皇帝，稱呼唐肅宗，讓玄宗做了太上皇。玄宗接到消息後讓韋見素、秦國模、秦國楨等人將玉璽給肅宗送去，並表示等肅宗收復兩京後，他將完全不過問政事。

安祿山帶人殺到長安，聽說馬嵬兵變，楊國忠、楊貴妃、韓國夫人、虢國夫人都被殺了，號啕大哭，於是下令將京城所有的皇親國戚、公主駙馬以及自己平時看不順眼的人全都殺了。他又下令將長安所有不歸順自己的官員通通處死。於是，京兆尹崔光遠、故相陳希烈及刑部尚書張均等不想死的官員全都歸順了安祿山。

一天有人稟報安祿山：「皇太子已經在靈武即位，現在封李泌做了軍師，命廣平王、建寧王一隊，郭子儀、李光弼一隊，要帶人收復兩京。」安祿山聽了，下令立即動身前往東京，並將西京所有的宮女宦官、奇珍玩物以及樂器與樂工都帶去了東京。安祿山的人馬經過太廟時安祿山下令焚燒，當時一道青煙直沖到天上，安祿山抬頭去看，沒想到一道煙火從天而降，直接落到了安祿山的眼睛裡。安祿山霎時痛徹心扉、淚如泉湧，從此得了眼病，沒過多久就瞎了。

安祿山本來脾氣就不好，失明之後脾氣變得更加暴躁。服侍他的太監宮人，稍不如他的意非打即罵，有的時甚至會被安祿山砍死。他身邊有個貼身侍從名叫李豬兒，一直在安祿山身邊照顧他，可是卻時時都要被安祿山打罵；安祿山手下的重臣嚴莊，原本是安祿山最信任的大臣，可是安祿山一個不順心就會對他又打又罰。連他們都這樣，更不用說別人了，安祿山身邊的人沒有不恨他的。安祿山原本很寵愛自己的兒子安慶緒，還立他做了太子，可是他的愛妾段氏，後來又給他生了一個兒子安慶恩。安祿山因為寵愛段氏，就想廢了安慶緒立安慶恩為太子。安慶緒又氣又怕，於是去找嚴莊想辦法。嚴莊就對安慶緒說：「太子殿下看過不少史書，自古立太子、廢太子，有幾個廢太子能保住性命的？」然後勸安慶緒殺了安祿山。安慶緒想了想點頭說好。當晚，嚴莊又約了李豬兒讓他動手。

第二天黃昏，安慶緒和嚴莊帶上短刀說有事稟報，然後進了安祿山的殿門。當時安祿山已經上床歇息，李豬兒帶著刀忽然衝進安祿山的房間。安祿山眼睛瞎了，正想問是誰，忽然覺得身上被子被人掀開，他剛要去枕下摸刀，李豬兒手起刀落，安祿山就這樣一命嗚呼了。

第五十四回　廣平王收復兩京

一天，肅宗讓人送捷報給太上皇，說廣平王和郭子儀屢次大敗賊兵，在回紇軍隊的幫助下已經收復西京，現在正帶兵東進準備收復東京。太上皇聽了大喜過望。

肅宗自從在靈武登基為帝之後，就讓郭子儀做了武部尚書，讓靈武長史李光弼做了戶部尚書，又讓人找來李泌。李泌字長源，從小就聰明機敏，七歲就能吟詩作賦。當初玄宗聽說李泌的名聲將他召到宮裡，玄宗見李泌才思敏捷，什麼問題都對答如流，非常喜歡他，特地送他去翰林院讀書。李泌長大後，玄宗本想給他封官，可是李泌不願意當官，於是玄宗將他送到太子身邊，太子對李泌十分敬重。肅宗登基後便重用李泌，行軍打仗、大事小情都先找他商量。

肅宗想讓建寧王李倓當大元帥，李泌說廣平王是嫡長子，肅宗若是讓建寧王做了元帥，以後天下就只能交給建寧王了。肅宗於是下旨封廣平王李俶為天下兵馬大元帥，郭子儀、李光弼等人都由他調派。

至德二年，肅宗到了鳳翔，命廣平王與郭子儀等人帶兵收復兩京。郭子儀請求藉助回紇兵馬。回紇可汗表示收復的土地歸唐朝，但搜刮的金銀和女人要歸回紇。肅宗急於求成就答應了。回紇可汗於是派他的兒子葉護帶一萬兵馬助戰，葉護又集結了一些西域的人馬，一共十五萬。李泌表示要先攻范陽毀了安慶緒的老巢，肅宗卻覺得長安更重要。李泌說：「我們手裡的兵馬都是耐寒畏暑的北方人，現在他們剛來，應該讓他們去攻打南方的范陽。若是先攻打長安，其餘的匪徒逃去范陽，到時春天一過暑氣蒸騰，兵將們只想回鄉必定沒有心思打仗。」肅宗說：「你說得雖然有理，可是朕太想收復長安迎回太上皇了，根本不想再等。」於是肅宗下旨，讓大軍往長安進發。

廣平王的大軍到了長安城西，李嗣業領前軍，廣平王、郭子儀、李泌帶兵居中，王思禮帶第三隊在後方策應。安慶緒手下的將領李歸仁率先出戰，郭子儀帶前軍迎戰。李嗣業一馬當先，一陣衝殺瞬間殺了十幾個敵軍。兵士們見了士氣大振，拿著長槍衝了上去。當時的都知馬王難得被人一箭射中眉毛，王難得眼睛都不眨一下一把將箭拔了出來，血流了一臉還在奮勇殺敵。這場仗從中午一直打到傍晚，賊兵死了六萬多人，大敗而回。第二天，廣平王接到消息，賊將李歸仁、安守忠、田乾真、張通儒等人棄城逃跑了。廣平王於是帶人進了長安城，滿城的百姓無論男女老幼都出來夾道歡呼。葉護本想按照約定搶些金銀女人，廣平王下馬到了葉護的馬前說：「小王爺，現在只是奪回了西京，以後賊人必定堅守東都洛陽，要是你讓手下的人亂來，洛陽那場仗就不好打了。您等到攻陷東京之後再履行約定，怎麼樣？」葉護想了想說：「好。」於是他和僕固懷恩帶上西域以及本部的人馬直奔東京。

廣平王在長安留下一些兵馬駐守，然後帶上大軍去了洛陽。肅宗收到捷報非常高興，跟李泌說想將太上皇接回來繼續當皇上，自己做回太子。李泌嚇了一跳，說：「陛下若是這樣跟太上皇說，太上皇一定覺得陛下有別的心思，不會答應的。」肅宗問：「那怎麼辦？」李泌說：「陛下只需派人請太上皇回宮，說思念太上皇，想盡孝就可以了。」

太上皇聽說肅宗想將皇位還給自己，嚇得不知如何是好，連飯都吃不下。後來見到群臣送來的賀書，聽說自己仍做太上

廣平王在長安留下一些兵馬駐守，然後帶上大軍去了洛陽。

皇這才高興起來，命人收拾東西準備回京。

李泌一直都不喜歡做官，見朝廷基本安定下來了，就和肅宗說想要離開。肅宗說：「愛卿和朕在一起這麼久了，朕有什麼做得不到的地方嗎，愛卿為什麼想走？」李泌說：「臣有五個原因，第一，臣遇到陛下的時間太早；第二，陛下太寵愛微臣；第三陛下太重用微臣；第四，臣的功勞太大；第五，臣的際遇太奇特。因為這五件事，臣無論如何也不能留下。」肅宗聽後說：「等收到東京的捷報，我們回到長安之後再說。」沒過幾天，東京的捷報就到了，上面說安慶緒帶人逃亡河北，當初被抓的哥舒翰等二十多個將士都被殺了。

肅宗接到捷報喜出望外，一面讓秦國模、秦國楨去成都迎太上皇回京，一邊帶人先回了京城等太上皇回鑾。李泌再次上書請求肅宗放他回去。肅宗知道他去意已決，於是下旨准他暫時回鄉。肅宗當初不聽李泌先攻范陽的建議，致使唐朝雖然收復了兩京，卻沒有完全剿滅安慶緒的人馬，後來史思明殺了安慶緒，又被自己的兒子史朝義所殺，唐朝花了很長時間才除掉他們。

太上皇回到長安的時候，肅宗身穿紫袍，帶著文武百官出城迎接。太上皇選了興慶宮作為寢宮。他聽說梅妃沒有死，立即下旨召將梅妃入宮。時隔多年再次見面，身邊的一切都不一樣了。他們又哭又笑，抱在一起說起自己這些年的遭遇。梅妃說安祿山到的時候，她已經被人救走了，這些年她一直想念太上皇，玄宗聽了心中百感交集。

第五十五回　李輔國欺壓太上皇

太上皇自從退居興慶宮就不再過問朝政。當時肅宗已經立張良娣做了皇后，張皇后是個狡猾、貪婪的女人，她和李輔國、魚朝恩勾結到一起，幾個人時常為了達到自己的目的而左右肅宗的言行。

肅宗命郭子儀、李光弼帶人剷除安慶緒、史思明的殘黨，可監軍魚朝恩專橫跋扈，使得軍中人心散亂，初戰大敗。肅宗下旨召郭子儀回京。太上皇聽說此事，對肅宗說：「李光弼、郭子儀都是唐朝的大功臣，對唐朝可以說恩同再造，這次戰敗不是郭子儀的錯，你不該怪他。」肅宗於是下旨讓郭子儀繼續領兵。後來郭子儀剿匪成功，肅宗便封李光弼做了太尉中書令，封郭子儀做了汾陽王。

郭子儀為人十分謹慎，雖然手握重兵，但朝廷每次傳召他都立即動身，所以旁人也抓不住他的把柄。郭子儀年老辭官後，每天養花養鳥自得其樂，他的七個兒子、八個女婿都是大官。他活到了八十五歲，死時皇帝下旨賜葬、賜諡號，稱得上福壽雙全。

梅妃回宮之前，葉法善❶曾經給了她一株梅花，並告訴她會和那株梅花同生同死。一天早上，梅妃忽然發現那株梅花的香氣淡了，看上去也已枯萎。梅妃用手一碰，花瓣就飄飄零零地落了下來。梅妃大驚，沒多久就病倒了。太上皇來看梅妃，梅妃說：「妾死了之後，陛下將那株梅花燒了吧。」太上皇哭著說：「愛妃走了，朕以後怎麼辦。」梅妃就著枕頭磕了一個頭，說：「願上皇萬壽無疆，千萬不要因為我傷了身子。」話音一落，梅妃就閉上眼睛死了。太上皇放聲大哭，並讓人按照梅妃的意思將那株梅花燒了。那枝梅花一到火裡竟散發出沁人心脾的香氣。

梅妃病逝後，肅宗親自來慰問太上皇，不少王公大臣也來了，可皇后張氏卻沒來。太上皇對高力士說：「皇后太傲慢了。」他本想跟肅宗說張后的不是，讓肅宗教訓一下張皇后，高力士極力勸阻，太上皇最終忍了下來。

一天，肅宗到興慶宮問安，太上皇告誡他說：「李輔國權勢過大，你一定要注意節制。」肅宗連連稱是。可是肅宗對張皇后因愛生懼，張皇后又對李輔國十分寵信，所以肅宗雖知不妥也不敢動手，回宮之後仍舊隱忍不發。肅宗雖然沒發作，但太上皇的話卻傳到了李輔國的耳朵裡。李輔國對張皇后說：「太上皇深居內宮，早就不過問朝政了，這些事他怎麼

---

❶【葉法善】唐朝一位有名的道士。

會知道，一定是高力士說的。我們得想辦法除掉高力士，將太上皇移到別的地方去。」

太上皇住的興慶宮和京城百姓的住處只有一牆之隔，只要登上西北角的長慶樓，就能看見長安城的街市。太上皇時常登上長慶樓去看百姓們的生活，過往的行人看到太上皇，時常會遙望叩拜。太上皇還時常讓高力士把剩下的御膳分給城中的百姓，街上的人歡呼雀躍、高喊萬歲。李輔國乘機跟肅宗說：「太上皇住在興慶宮，高力士每天和宮外的人互通消息，這對陛下來說恐怕不是什麼好事。更何況興慶宮離百姓的住處太近，也不是太上皇該住的地方。不如把太上皇往裡挪一挪，也可以保證太上皇的安全。」

肅宗說：「太上皇喜歡興慶宮，自從回京就一直住在那裡。怎麼能無緣無故就讓他搬離呢？」李輔國見肅宗不聽，就叫張皇后勸他。張皇后怒氣沖沖地說：「臣妾做的所有的事都是為了陛下，陛下不聽，以後可別後悔。」說完就拂袖而去。肅宗心中憋著怒火，偏巧又受了些風寒❷，沒多久就病了。

李輔國和張皇后一商量，決定假傳聖旨先把太上皇騙到西內再說。太上皇本不想搬，但聽說是聖旨只得上了車駕。剛到西內，太上皇就看見李輔國一身戎裝，帶著數百個手執尖刀的武士站在前面。高力士見了勃然大怒，厲聲喝道：「李輔國，你安排這個陣仗是想謀反嗎？」李輔國被高力士一喊，嚇得急忙跪在地上說：「奴才不敢，奴才是奉了陛下的旨意過來護駕的。」高力士喊道：「既然是護駕，就把利器收起來。」李輔國聽了只得把腰上的佩劍摘了下來，和高力士一起護衛車輦前行。到了甘露殿，太上皇問李輔國：「皇上在哪兒呢？」李輔國說：「陛下本想親自接上皇過來，可是偏巧染上了風寒，改天再過來。」

李輔國走了之後，太上皇對高力士說：「今天多虧你了，要不然不知道會怎麼樣。」高力士說：「太上皇想多了，太上皇做了五十年的太平天子，誰敢動您？」太上皇搖搖頭：「此一時，彼一時了。」高力士說：「今天遷宮的事恐怕不是皇上的意思，應該是李輔國和張皇后搞的鬼。」太上皇說：「興慶宮是朕建的，本來想在那裡養老，沒想到最後還是搬到這裡，我這個孤孤單單的老頭子以後怕是沒有好日子過了。」

❷【風寒】因爲風和寒冷產生的病症。

高力士見了勃然大怒，厲聲喝道：「李輔國，你安排這個陣仗，是想謀反嗎？」

李輔國擔心肅宗怪罪，就讓張皇后先跟肅宗說一聲。肅宗聽了大驚，問道：「沒嚇著太上皇吧？」張皇后說：「沒有，太上皇挺喜歡甘露殿的，什麼也沒說。」李輔國又主動過來請罪，肅宗或是因為有病在身也就沒再追究。

一天，李唐進宮見駕，當時肅宗正在逗弄小公主。肅宗對李唐說：「愛卿不要見怪，朕十分喜歡這個女兒。」李唐說：「臣覺得太上皇對陛下的喜愛，應該和陛下對公主的喜愛是一樣的。」肅宗聽了立即到西內看望太上皇，太上皇什麼都沒說，只是不住地歎息。肅宗因此越發不安，他回宮之後，張皇后又冷言冷語地譏諷肅宗。肅宗十分氣憤，結果引發了舊病。

太上皇被李輔國逼著搬到了西內，一直照顧他的高力士又被李輔國設計流放到巫州，太上皇越發覺得慘澹。他環顧左右，發現身邊只有女伶❸謝阿蠻，樂工張野狐、賀懷智、李謨幾個舊人，剩下的全都是新面孔。

一天，謝阿蠻將一隻朱釵拿給太上皇，說是當初楊貴妃賞的，太上皇睹物思人痛哭流涕。後來賀懷智交給太上皇一個錦囊，裡面裝著一條絲巾，也是楊貴妃曾經用過的。太上皇說：「這絲巾上面的香是龍腦香，國外進貢的稀罕物，朕曾經在暖池中的玉蓮花上放了一點，再去的時候，香氣還是那麼濃郁。現在這條絲巾上的香氣仍存，可是愛妃已經不在了。」

後來，太上皇開始戒除奢華，練習辟穀❹之術，每天誦讀經典。到了肅宗寶應元年的一個夏天，一天太上皇正在吹笛子，天空中忽然飛來一對白鶴。這對白鶴落到太上皇面前翩翩起舞，隨即又飛走了。太上皇對邊上的宮女說：「我昨天晚上夢見了張果老❺、葉法善還有羅公遠❻，三位仙師跟我說我原本是元始孔升真人，被貶到人間已經歷經了兩世輪迴，現在命數到了，他們要接我去修真觀修行，等我修滿六十年就能回復原位。現在雙鶴來接我，看樣子我的時候到了。」他命令宮女備好浴湯，吩咐左右不要打擾。第二天一早，宮人過去送飯時，太上皇已經駕崩了。

太上皇死的時候，肅宗正在病中，聽到消息又驚又痛，結果病勢加重，沒多久也去世了。肅宗死後，張皇后想要廢掉太子，扶自己的兒子做皇帝。李輔國殺了張皇后，扶太子上位，也就是代宗皇帝。之後，李輔國仗著自己有擁立之功又手握重權，愈發囂張跋扈。代宗忍無可忍派刺客將李輔國殺了。安祿山和史思明的餘黨，直到代宗廣德年間才被剿滅。代宗之後，唐朝又歷經了十三位皇帝才最終覆滅。

❸【女伶】以表演爲職業的女人。
❹【辟穀】道家一種修煉的方法，不吃五穀，只從自然中吸收能量。
❺【張果老】唐朝一位有名的道士。後成爲「八仙」之一。
❻【羅公遠】又名思遠，唐朝道士。

巧讀隋唐演義 /（清）褚人穫原著；高欣改寫. --
一版.-- 臺北市：大地, 2020.12
面：　公分. --（巧讀經典：14）

ISBN 978-986-402-343-1（平裝）

857.4537　　109018156

巧讀隋唐演義

巧讀經典 014

作　者	（清）褚人穫原著、高欣改寫
發行人	吳錫清
主　編	陳玟玟
出版者	大地出版社
社　址	114台北市內湖區瑞光路358巷38弄36號4樓之2
劃撥帳號	50031946（戶名：大地出版社有限公司）
電　話	02-26277749
傳　眞	02-26270895
E - mail	support@vastplain.com.tw
網　址	www.vastplain.com.tw
美術設計	成樺廣告印刷有限公司
印刷者	博客斯彩藝有限公司
一版一刷	2020年12月

大地

定　價：280元

Printed in Taiwan